조 선 의
선 　 비
불 교 를
만 나 다

조선의
선 비
불교를
만나다

박동춘 지음

이른아침

책을 내며

　유불儒佛의 아름다운 교유를 일구어낸 이들은 동진東晉 때에, 여산의 고승 혜원과 도사 육수정, 시인 도연명이다. 이들의 미담은 '호계삼소虎溪三笑'라 칭송되는 한편 이상적인 유불 교유의 표상으로도 회자된다. 그렇다면 이들을 통쾌하게 웃음 짓게 한 연유는 무엇일까. 바로 교유했던 이들의 이상향과 지향하는 목표가 같고, 속기나 꾸밈이 사라진 순수 그 자체를 통유했기 때문일 터이다. 하지만 우리가 처한 현실이란 이런 여유와 꿈을 갖기에는 삶을 영위하는 자체도 버겁고 힘이 든다. 그러므로 범인凡人의 삶은 하루하루가 치열하고 욕심 사나워지기에 좀처럼 오욕으로 얼룩진 삶의 괘도를 벗어나지 못한다. 이런저런 사정을 이해하는 처지에서는 지혜를 기르지 못했기 때문이라는 질타보다는 연민과 안타까움이 앞선다.

　그러나 하늘은 사람이 극복할 만한 어려움을 줄 뿐이며, 이로 인해 죽지는 않는다는 것이 자연의 원리이다. 이런 이치를 알았던 현자賢者는 자신의 입처立處와 처세에 온화함과 관용이 있었고, 세상의 흐름을 관조하는 여유를 지녔다. 더구나 이들은 혼란한 시절, 산림에 몸을 숨겨 은일隱逸로 세월을 보낼 줄을 알았다. 이는 때를 기다릴 줄 아는 군자의 모습이다. 이들은 마음에 맞는

4

벗을 찾아가 차와 시를 나누고, 때로는 수승한 수행력이나 지혜를 가진 이들과 담소로써 호연지기를 함께 키웠다. 어느 때이든 찰나의 순간에도 수신이나 수행의 탁마의 끈을 놓지 않았다. 이러한 유불의 교유사는 긴 역사를 이어가는 동안 끊어질 듯 이어졌던 것이다.

억불시대였던 조선시대에도 마찬가지다. 조선이 건국된 후, 유불의 교유는 정치적인 이유에서, 표면적으론 대치를 보이는 듯하지만 실제 학문의 지혜를 갈고 닦던 사람들의 인간미 넘치는 교류가 끊어져 버린 것은 아니다. 다만 이념적인 갈등으로 인해 표면적으로 드러난 폐해가 컸던 시대일 뿐이다.

당시 새 시대를 열었던 조선 유학자들은 국태민안國泰民安을 정치적인 이상으로 삼았다. 성리학은 이들의 이상적 목표를 담아낼 원천과도 같았다. 그러기에 유불의 갈등은 시대적 소명이었을 것이다. 그러나 이러한 시대 상황에서 점차 정치, 사회적으로 힘을 잃어가던 불교는 그 구성원, 즉 수행승들마저 수행의 의지마저 수천 척의 벼랑으로 떨어져 버린 것은 아니었다. 산간으로 밀려간 수행승들은 수행의 여가에 시를 짓고, 차를 즐겼던 것이다.

비록 이들이 정치, 사회에 미치는 영향력은 전대에 비해 미약해졌다 하더라도 수행에 대한 이들의 의지는 더욱 강성해질 수밖에 없었다. 백척간두에서 수행력을 탁마하던 승려들은 자신의 속 깊은 마음을 시어에 의탁했으니 승려들의 화운和韻은 더욱 쌓여만 갔다. 특히 수행승들은 자신의 시축 말미에 제발題跋을 받고자, 당대의 이름 높은 선비를 찾아 나섰으니 이는 조선시대 유불 교유의 독특한 양상이기도 하다. 물론 조선 전기, 중기, 후기마다 다른 특징을 보이는 것도 사실이지만 억불의 시대에서도 이들의 교유는 지속되었다는 점에서 중요한 의미를 지닌다.

정치적인 이유에서 불교를 억제했던 조선시대, 이런 상황에서도 유불도의 인간적인 만남은 지속되었던 것일까라는 의문에서 출발한 이 글은 재작년 현대불교신문에 연재했다. 이 글을 연재하는 동안, 유불 교유사에 자취를 남긴 이들의 문집에서 자료를 찾고 연재 글을 완성하는 동안, 따뜻한 인간애로 맺어진 우정은 실로 시공간을 초월한다는 사실을 확인했다. 이뿐만이 아니다. 예나 지금이나 산사山寺라는 공간은 속진에 찌든 사람들의 우환을 씻어 주는 장소였다. 불교의 품 넓은 너그러움, 그리고 온화함은 언제나 변함없이 중생들의 위안처였던 것이다. 이 외에도 속기가 빠져버린 수행승의 탈속한 맛은 그 자체로도, 시원하고 맑은 바람을 일게 하여 곁에만 있어도 심신이 정화된다는 점이라 하겠다. 따라서 유불 교유의 아름다운 미담은 현대인의 심금을 울리게 한다. 아울러 어떻게 살 것인지, 그리고 무엇이 행복한 일인지도 자연스럽게 습윤될 것이다.

이 책이 세상에 그 모습을 드러내는 과정에서 수고를 아끼지 않았던 이른아침 편집부원들, 그리고 지면을 허락해주신 현대불교신문 전 최정희 이사님, 그리고 김주일 국장과 제위諸位께 머리 숙여 감사를 드리며, 아울러 이 글이 연재되는 동안, 거친 글을 읽어주신 독자들의 인내심에 경의를 표하고 싶다. 또한 새 둥지를 튼 운니동 연구실에서 처음 이 책이 나온 인연도 경이롭다.

2017년 4월
운니동 용슬재容膝齋에서 박동춘

차 례

제3부 조선 전기의 유학자들

제1부

조선 후기의 유학자들

추사 김정희
秋史 金正喜

　　　　　　　추사 김정희(1786~1856)만큼 그 명성
이 후대에까지 회자되는 인물도 퍽 드물다. 이는 그의 사상과 예
술의 지향점이 추사체로 완성되고, 고증을 중시하는 그의 학문적
성향 또한 교유했던 이들에게 큰 영향을 미쳤기 때문일 터이다.
이뿐만 아니라 성리학 일변도의 조선사회에서 불교에 대한 깊은
성찰과 이해를 바탕으로 간난艱難한 제주 유배 시절을 견디며 그
의 사유세계를 폭넓게 구축했던 일이나, 차를 통해 심신을 위로
했던 그의 일상은 통상적인 유학자의 그것과는 다른 것이다. 특
히 그는 해붕전령(?~1826)과 백파긍선(1767~1852)뿐만 아니라
초의선사(1786~ 1866) 이외에도 여러 승려들과 폭넓게 교유하면
서 서로의 혜안을 밝혀나갔다는 점에서 그를 조선후기 유불 교유
의 대표적인 인물로 꼽아도 손색이 없을 것이다.

　　이처럼 유학자인 추사가 불교를 탐구하게 된 것은 어떤 연유에
서일까. 우선 그의 생애를 따라가 보자.

　　추사의 증조曾祖 김한신(1720~1758)은 영조의 장녀 화순옹주에
게 장가를 들어 월성위에 봉해졌고, 영조의 계비 정순왕후 김씨

소치가 그린 김정희 초상

가 조부와 10촌 형제간이며, 부친 김노경(1766~1837)은 이조판
서 등 높은 관직에 오른 인물이다. 후일 백부 김노영(1747~1797)
의 양자로 피양被養되어 월성위의 봉사손奉祀孫이 되었다. 한마디로
그의 가문은 지체 높은 종척宗戚이었다.

한편 조선의 성리학은 양란兩難(임진왜란과 병자호란) 이후 명분만을
중시하여 현실을 반영하지 못하는 폐단을 드러냈다. 예론 또한

형식을 강조한 허례虛禮가 조장되었고 족벌세가들의 전횡이 난무했다. 이런 상황에 회의를 품었던 신예들은 청에서 일어난 고증학에 관심을 두었을 뿐 아니라 다른 한편으론 사회적인 개혁을 시도하고자 움직이기 시작했다. 이를 주도한 것이 바로 북학파들이었다.

이런 분위기 속에서 정조는 국정의 쇄신을 도모하고자 이들을 후원하였고, 이들이 점차 성장해가던 무렵에 추사가 태어났다. 어린 시절, 천재적인 그의 재기才氣를 한눈에 알아본 인물은 이용후생학파의 거두 박제가였다. 그의 문하에서 수학했던 추사는 자연스럽게 북학에 눈을 떴을 것이니, 그에게 미친 박제가의 영향을 능히 짐작할 수 있다. 후일 추사가 자신의 학문관에 지대한 영향을 미친 청나라의 옹방강(1733~1818)이나 완원(1764~1849)을 만나게 된 것도 우연은 아니었을 것이다. 추사는 이미 박제가를 통해 이들의 학문적 위상이나 깊이에 대해 익히 들어서 알고 있었다. 반대로 연경의 학자들 사이에서도 추사의 천재적인 자질과 결기는 익히 소문이 나 있었던 듯한데, 이는 연경에 출입했던 박제가나 추사의 벗들에 의해 퍼진 듯하다.

특히 추사가 고증학의 골수인 경학뿐 아니라 금석학에 대한 관심을 지녔던 배경엔 청의 문예를 이끈 옹방강과 완원이 있다. 수많은 장서와 해박한 학식을 겸비한 이들에 대한 존경을 넘어 추사에게는 학문적 충격도 컸을 것이다. 특히 추사는 차와 불교에 깊이 침잠된 이들의 품 넓은 학문의 포용성에도 깊은 감동을 받았다. 옹방강의 사경寫經에 대한 열의 또한 불교에 대한 추사의 인식을 새롭게 한 계기일지도 모른다. 더구나 옹방강이 존경했던 소동파의 학문 세계, 다시 말해 소동파의 불교적인 삶과 수행에 대한 깊은 식견은 추사의 학문적 시야를 넓힌 계기가 되었을 것이라 여겨진다.

후일 추사는 학문적으로 경학만큼이나 불교학에도 큰 비중을 두었다. 그는 승려들과 폭 넓게 교유한 유학자이며 불경을 연구한 선비였다. 『화엄경』, 『법화경』, 『능엄경』, 『원각경』, 『안반수경』 등 경전뿐 아니라 『법원주림』, 어록, 전기 등을 섭렵하여 불교에 대한 안목이 높았다. 특히 초의의순과는 차뿐 아니라 불경에 대한 이론적 검증을 함께 담론한 지음知音이었다.

조선 중·후기의 불교계에서는 선禪 일변도의 침체된 분위기에서 새바람이 일어났으니 이는 화엄학에 대한 관심이었다. 편양언기(1581~1644)의 법손 환성지안(1664~1729)은 종풍을 드날렸다. 전라도 대흥사를 중심으로 화엄강회가 일어났는데 화엄종장으로 꼽히는 인물은 설파상언(1707~1791)이다. 이후 연담유일(1720~1799), 묵암최눌(1717~1790) 같은 학승들이 출현하였다. 특히 연담은 사기私記를 저술하여 자신의 선리를 극명하게 드러냈다. 백파의 『선문수경』에 드러난 오류를 지적한 초의의 『선문사변만어』는 조선후기 불교계의 활발한 선리 논쟁을 이끈 동인動因이었다. 그런데 이 논쟁에는 추사와 신헌 같은 유학자도 참여하여 초의의 입장을 옹호했다는 점이 이채롭다. 특히 추사의 〈변망증십오조〉는 백파의 오처誤處를 신랄하게 지적한 것이다. 이는 유학뿐 아니라 불교계에서도 활발한 논의 과정을 거치면서 새로운 변화를 모색하려는 과정을 드러낸 것이라 하겠다.

이외에도 사회적인 혼란이 극심했던 시기에 정쟁의 상처와 간난을 절감한 유학자들 중에는 불교에 심취하여 유불회통儒佛會通을 말하는 이도 있었다. 하지만 추사의 입장은 달랐다. 바로 유학과 불교가 지닌 특장을 깊이 인식한 학자였던 것이다. 학계에서 그의 친불 성향은 이미 예산의 영내 화암사 건립을 위시하여 집안의 친불 환경과 유배로 인한 굴곡된 삶이 작용하였다는 견해를 피력한 바가 있지만, 소동파의 외유내불外儒內佛의 학문적 경향이나 옹방강, 완원의 친불교적 입장에도 영향을 받았을 것이라 여겨진다. 물론 동파의 학문적 경향과 문인의 이상을 실천하려 했던 삶의 방식은 조선 유학자들이 흠모했던 것이다. 추사 또한 동파가 승려들과의 폭 넓은 교유를 통해 사유의 깊이를 심화했던 사실에 주목했던 듯하다. 이러한 사실을 살펴볼 수 있는 자료는 그가 1815년 겨울 학림암을 방문하여 해붕과 나눈 법거량法去量에서 드러나는데 이는 초의의 〈제해붕대사영정첩題海鵬大師影幀帖〉 발문跋文에서 확인된다. 그 내용은 이렇다.

지난번 을해년(1815)에 노화상을 모시고 수락산 학림암에서 수행하고 있을 적에 하루는 추사가 눈을 헤집고 찾아와 해붕 노사와 공각(空覺)의 능소생(能所生)에 대해 논했다. 하루를 묵고 돌아갈 적에 노사가 행축(行軸)에 게(偈)를 써주었다.

(昔在乙亥 陪老和尙 結臘於水落山鶴林庵 一日阮堂披雪委訪 與老師大論空覺之能所生 經宿臨歸 書偈於老師行軸)

1815년은 초의에게 의미가 깊은 해이다. 처음 상경하여 추사를 만났기 때문이다. 당시 초의의 첫 상경의 연유는 알려지지 않았지만, 다산의 장남인 유산 정학연(1783~1859)과의 언약이 있었던 듯하다. 이 당시 승려들은 도성에 출입할 수 없었기에 초의는 한강진에서 배를 타고 남양주 수종사에 도착했을 것이다. 하지만 초의가 당도하여 두릉의 다산 댁을 찾았을 때 유산은 출타 중이었다. 난감해진 초의는 우선 수종사에 머문다. 당시 수종사의 수행 환경은 열악했다. 물자가 풍족하지 못했던 시절, 추운 겨울을 보낸다는 건 어려웠던 듯하다. 출타에서 돌아온 유산은 이런 사정을 알고 다른 거처를 주선하였으니 그곳이 바로 학림암이다. 그런데 이곳 학림암에서는 마침 선암사 승려 해붕이 수행 중이었고, 초의는 거기서 해붕을 찾아온 추사를 극적으로 만난 것이었다.

그 무렵 추사는 연경에서 막 돌아온 후로, 수행이 깊었던 해붕과 공·각의 소생을 논했다는 사실이다. 따라서 그는 이미 『금강경』의 공 도리와 각처覺處에 대해 일견一見이 있었던 듯하다. 하룻밤을 묵은 다음 떠나는 추사를 위해 해붕은 게를 써주었다고 한다. 후일 추사가 『해붕선사영찬海鵬先師影讚』을 쓴 인연은 공각의 법거량을 통해 서로의 그릇을 알았기 때문이리라. 특히 이 영찬은 추사의 묵적墨跡 중에서도 귀한 글이다.

해붕이 말하는 공은 오온개공의 공이 아니라 곧 공즉시색의 공이다. 혹자는 그것을 공종이라고 하지만 아니다. 종에 있지 않다. 또한 혹자는 진공이라고 하는데 이는 그런 듯하다. 나는 또 진이 그 공을 얽맨다면 또한 해붕의 공이 아니다. 해붕의 공은 곧 해붕의 공이다. 공이 대각을 이룬다 하니 이는 해붕이 잘못 이해한 것이다. 해붕이 홀로 나아가 홀로 통했으니 또한 잘못 이해한 것이다.

(海鵬之空兮 非五蘊皆空之空 卽空卽是色之空 人或謂之空宗 非也 不在於宗 又或
謂之眞空似然矣 吾又眞之累其空 又非鵬之空也 鵬之空 卽 鵬之空也 空生大覺 是
鵬之錯解 鵬之獨造獨透 又在錯解中)

이 글은 추사의 유작이나 진배없는 작품이다. 영찬影讚을 쓴 후
5개월 만에 세상을 떠났으니 말이다. 더구나 이는 추사와 승려들
의 교유를 가늠할 수 있는 자료이다. 이 영찬은 해붕과 추사가
눈이 내린 학림암의 깊은 암자에서 공각空覺의 능소생能所生을 토
론한 인연으로 세상에 남겨진 것이다. 대부분 공空사상에 대한 내
용이다. 이들의 첫 만남에서 나눈 법거량이 그때까지도 추사에게
는 미흡했던 것이었던가 보다. 그러기에 사람들은 해붕이 관통한
공空은 진공眞空이라 하고 공종空宗(공의 교리를 종지로 하는 것)이라 하지
만 추사의 견해로는 미진하다는 것이다. 해붕의 잘못은 공이 대
각을 이룬다고 료해了解한 점이었다. 추사가 내린 결론은 해붕이
홀로 공의 도리에 나아가 홀로 통했기 때문에 이런 착해錯解가 일
어난 것이라 본 듯하다.

그럼 공空 사상에 정통했던 해붕은 어떤 인물이었을까. 범해의
『동사열전』에 의하면 스님의 이름은 전령展翎이고, 자는 천유天遊이
며, 호는 해붕海鵬으로, 순천사람이다. 선암사에서 출가하여 묵암
최눌嘿庵崔訥 선사의 법을 받았다. 호남칠고붕湖南七高朋 중 한 사람
이다. 칠고붕은 첫째 하정荷亭 노질盧質로 함양에 살며, 둘째 복재
復齋 이학전李學傳으로 남원에 산다. 셋째 운와雲臥 김각金玨으로 함
양에 살며, 넷째 영교永橋 심두영沈斗永은 곡성에 산다. 다섯째 강
재强齋 이삼만李三萬으로 창암蒼岩에 살았으며 여섯째가 해붕전령으

로 선암사에 산다. 일곱째가 초의의순으로 대둔사에 산다.

이 가운데 해붕은 문장을 잘했다고 전해진다 하였다. 당시 호남의 칠고붕 중 이삼만은 글씨에 능했던 인물로 초의와도 교유했으며, 김각은 도가의 양생에 밝아 초의에게 호흡법을 가르쳐 준 선비다. 그와 초의가 나눈 시문이 수십 편 전해진다. 따라서 해붕은 호남에서 손꼽히는 학승으로 유학자들과의 교유가 많았다는 것을 알 수 있다. 추측하건대 이는 다산이 승려들과 학연을 맺고 교학했던 것도 호남지역의 유불 교유에 어느 정도 영향을 미쳤을 것이라 여겨진다. 이밖에도 해붕이 선암사를 떠나 학림암에 머물며 수행했던 사실이나, 백파가 이곳에서 수행했던 일로 미루어 볼 때 조선후기에 학림암은 지방에서 상경한 승려들의 거점 사찰이었던 듯하다. 다시 말해 사대문 안에 출입할 수 없었던 승려들의 출입 동선을 생각해 볼 때 학림암의 역할이 얼마나 중요한 것인지를 드러낸 것이라 하겠다.

조선 후기는 성리학이 주도했던 시기로 신분제도도 엄격했다. 이런 때에 유학자와 승려의 교유를 가장 활발하게 남긴 인물은 추사와 초의이다. 이미 알려진 바와 같이 이들은 1815년 겨울 학림암에서 만나 평생을 교유했다. 특히 추사는 첫 만남에서 초의와의 숙연宿緣을 짐작했던지, 가까운 자신의 벗들을 초의에게 소개해 주었다. 1815년 10월 27일에 쓴 초의의 편지엔 이들과의 해후가 이렇게 그려져 있다.

하물며 정벽(유최관) 선생께서는 화권(畵卷)을 주시고 형암(김훈) 선생께서는 비를 무릅쓰고 찾아주셨으며 소유(박장암) 선생께서는 맑은 가르침을 내려주시니 모두 천한 제가 감당할 바가 아니었습니다.

(矧貞碧先生之饋以畵卷 迴篸先生之衡雨命駕 小籹先生之賜以淸誨 俱非賤品所敢當)

정벽貞碧 유최관柳最寬은 옹방강의 아들 옹수곤과 교유했던 인물이고, 형암迴篸 김훈金壎은 천문학을 깊이 연구하고 관음상觀音像을 잘 그렸던 인물이며, 소유小籹 박장암朴長馣은 박제가의 아들이었다. 추사 연구가 박철상 선생은 2011년에 열린 '명선초의전' 도록에서 '초의가 관음상을 잘 그리게 된 데에는 이때 만난 형암의 역할이 있었을 것이라 추정한다'고 하였다. 이처럼 초의가 만났던 장안의 문사들은 초의에게 유무형의 영향을 주었으리라 짐작된다.

이렇게 초의가 경향의 문사들을 만나 폭 넓은 교유를 맺었던 배경에는 추사가 있고 다산가의 유산 정학연이 있다. 특히 초의가 새로운 문물에 눈을 뜨게 된 것이나 당시에 관심이 고조되던 고증학을 접하게 된 계기 또한 추사에게서 비롯된 것이라 여겨진다. 따라서 이들은 학문과 예술의 지향점이 같았던 지기知己로서 서로를 상보相補하던 도반이었던 셈이다.

특히 추사와 초의의 교유는 각별하여 수많은 이야기를 남겼다. 추사는 정치적인 위기 속에서 유배 길에 오를 때 남도의 마지막 땅 해남의 일지암을 찾았고, 초의는 성의를 다해 따뜻한 차를 대접하며 어려운 처지의 벗을 성심으로 위로했다. 산차를 앞에 놓고 밤을 지새우며 혼란한 정국을 걱정했던 이들은 달마의 관심법과 혈맥론에 대해서도 깊이 담론했다. 다음날 유배지 제주로 떠나는 추사를 위해 초의뿐 아니라 추사를 신망했던 몇몇 지인들이

동행하여 이진포 나루까지 배웅한다. 초의는 만리창파를 건너야 할 추사를 위해 급히 〈제주화북진도〉를 그려 벗의 무사안녕을 기원했다. 당시 그려진 이 그림은 실로 추사의 호신부護身符였던 것이다. 따라서 〈제주화북진도〉의 제발題跋에 '평시에 공은 나와 더불어 신의가 중후하여 서로 사모하고 경애하는 도리를 잊지 않았는데 갑자기 유배 길에 머물게 되니 불행 중 다행한 일이다[平時 公與我信義重厚 不忘相思相愛之道 橫路留得 幸於行耳]'라 하였다. 서로의 우정을 '서로 사모하고 경애하는 도리를 잊지 않는' 사이라 정의하였다. 뜻을 아는 이들의 관계는 금란지교金蘭之交처럼 향기롭고 단단한 것이다. 특히 제주 유배 시절 추사는 자신의 학문과 예술을 더욱 승화시켰다. 아울러 차와 불교에 깊이 천착했던 시기이기도 하다. 이 과정에서 늘 청에서 간행되는 신간 서적을 추사에게 가져다준 인물은 이상적이었다. 그의 변치 않는 신의에 보답하고자 〈세한도〉를 그려 제자에게 주었으니, 그의 속내는 사제지간의 은근한 존경과 의리, 인간애를 드러낸 것이라 하겠다.

그렇다면 추사는 어떤 경전을 연구하고 마음에 거울로 삼았던 것일까. 그가 초의에게 보낸 편지엔 『안반수의경安般守意經』을 얻은 기쁨이 다음과 같이 묘사되어 있다.

근래 『안반수의경』을 얻었습니다. 이것은 선가에서도 보관하기 드문 책입니다. 선가에서는 흔히 현실성 없는 할과 갈로서[盲捧瞎喝] 어두운 산의 귀신 굴[黑山鬼窟]로 가서, 이러한 최상의 진리[妙諦]를 모르니 사람(의 마음)을 슬프고 비통하게 합니다. 그대와 천기(天機)의 맑고 오묘한 세계를 논증하지 못함이 한스럽습니다. 『유마경』은 철선

스님이 끝내 빈말 하고 마는군요. 요즘 그대와는 내왕이 없습니까?

(近得安般守意經 是禪藏之所希 有禪家每以盲捧瞎喝 做去黑山鬼窟 不知此無上妙

諦 令人悲憫 恨不如與師天機淸妙者一爲對證可歎 維摩經鐵衲 遂食言耳 比與師無

來往否)

　이 글은 1836년 새해에 초의에게 보낸 편지로 『안반수의경』을 구한 만족감을 드러냈다. 『안반수의경』은 안세고의 번역을 통해 세상에 알려진 경전으로 초기 불교 수행의 오정심관五停心觀 중 하나이다. 좌선수행을 할 때 들숨과 날숨[入出息]을 관觀하여 어지러운 마음을 고요히 안정시켜 집중케 하는 수행법을 초의와 함께 논증할 수 없었던 자신의 처지를 '그대와 천기天機의 맑고 오묘한 세계를 논증하지 못함이 한스럽습니다'라고 한 것이다. 초의는 태식법胎息法에도 밝았다. 이 외에도 아암혜장의 제자 철선鐵船 (1791~1858) 스님과도 『유마경』에 대한 모종某種의 약속이 있었으나 이행되지 않았던가 보다. 오래전부터 추사와 교류가 있었던 철선은 수룡袖龍(1777~?)의 제자이며 다산의 전등계傳燈契 제자이기도 한데 글씨에 능했다. 수룡이 아암(1792~1811)의 고제高弟라는 점에서 이들과의 교유에는 아암의 역할이 있었던 것으로 짐작된다. 초의에게 '요즘 그대와는 내왕이 없습니까'라고 에둘러 물었던 것은 철선에 대한 추사의 관심을 나타낸 것이다.

　한편 추사에게 있어 초의는 불교의 깊은 심원을 증험할 벗이었다. 이처럼 서로의 정신적 일체감을 돈독히 나누웠던 정황은 금강산을 유람하던 초의에게 보낸 추사의 편지에서도 확인된다. '그대가 간 곳(금강산)은 이 몸 또한 간 것이고 그대 가지 않은

곳은 나도 가지 않은 것입니다'라며, '명상名相(눈과 귀로 보고 듣는 것)으로 나를 찾고자 한다면 어떻게 나를 볼 수 있겠습니까'라고 한 대목이 한 예다. (금강산에서) 돌아오는 길에 '설령 매우 춥다 하더라도 나를 보지 않고는 결코 돌아갈 수 없을 것'이라던 추사의 회유는 깊은 믿음으로 자리매김한 벗에게나 드러낼 수 있는 속내이다.

한편 추사는 조선후기 불교계에 벌어진 선리논쟁에 참여하여 초의의 입장을 옹호하였는데, 이것이 바로 〈변망증 15조〉이다. 추사와 백파긍선(1767~1852)은 이미 알고 있던 사이지만 불교적 관점은 조금 차이가 있었던 듯하다. 『완당전집』〈여초의〉제11신에는 백파에 대한 추사의 생각이 묘사되어 있는데 그 내용은 이렇다.

그대가 멀리(대둔사로) 돌아갔으리라 여겼기에 그동안 학림암에 있었다고는 생각지도 못했습니다. 교활한 백파 노승에게 얽힌 것이로군요. 이 노인(백파)은 강설(講說)이 화려하고 소초(疏鈔)에도 익숙하며 구변이 바다를 뒤집을 만하지만 선리에 대해서는 진정 그 깊이를 모르겠습니다. 지난날을 생각해보니 나의 병세가 깊어져 한 번도 만나질 못했으니 더욱 마음이 아픕니다. (조카 같이 가까운) 그대는 이 사람이 어떤 사람인 줄을 모르셨던가요. (백파) 그 노승이 글을 가지고 와서 한두 번 보았을 뿐입니다. 이 사람은 (시와 문장에) 재주가 뛰어나고 도도하고 당당하며 경험한 것도 이미 많아서 일일이 견줄 수가 없습니다. 그대의 선은 부처에서 연원된 것이고,

또 대둔사에서 연원한 것입니다. 이 외에 (참고할 만한) 다른 선이 없는데, 어찌 행장을 꾸리지 않으십니까.

(意謂歸錫遠擧 不料間留鶴林 爲白坡老狡獪所纏繞也 此老 亦於說講爛 熟疏鈔 口海爛翻 至於禪理 寔未知其淺深也 顧此病情際劇 未與一會 殊可恨 威生不知是何人歟 帶來其老師書一再見之而已 此等 錦心繡口 滔滔盈盈 所經歷已多 不可方物耳 師之禪在金仙 又在頭輪 外此更無禪耳 何當理裝)

1838년경에 쓴 추사의 편지이다. 당시 초의는 금강산을 유람하고 돌아와 잠시 학림암에서 머물며 백파에게 의지해 공부하고 있었다. 그러므로 추사는 '이 노인(백파)은 강설講說이 화려하고, 소초疏鈔에도 익숙하며 구변이 바다를 뒤집을 만하지만 선리에 대해서는 진정 그 깊이를 모르겠습니다'라고 하면서 초의가 지향해야 할 선의 연원은 대둔사(현 대흥사)에 있으니 '이 외에 (참고할 만한) 다른 선이 없는데, 어찌 행장을 꾸리지 않으십니까'라고 채근한다. 이는 백파처럼 교활한 노승에게 얽매이지 말라는 충고였다. 이처럼 백파와 추사는 서로의 입장이 팽팽하여 서로 싫어한 것 같지만 그 속내는 달랐다. 학문적 관점을 드러낸 논의에서만 추사의 입처를 명백하게 드러낸 것뿐이며, 정작 백파의 비문[華嚴宗主白坡大律師大機大用之碑]을 써줄 정도로 백파의 진면목을 이해했던 추사였다. 이처럼 추사는 아무리 학문적 견해가 다르더라도 백파에게 보인 정중한 예의에서는 소홀함이 없었다.

한편 추사의 친불교적 요소는 승려들과의 교유에서도 잘 드러나지만, 다른 한편으론 묘향산에 들어갈 때 『금강경』과 『개원고경開元古鏡』을 호신부護身符로 삼았다는 점도 눈길을 끈다. 이는 그의

〈제천송금강경후題川頌金剛經後〉에 '내가 묘향산에 들어갈 때 이 경(금강경)과 『개원고경』을 산에 들어가는데 (몸에) 지니는 호신부로 삼았다'고 한 것에서 확인된다. 더구나 〈불설사십이장경후佛說四十二章經後〉에서 '〈불설사십이장경후〉는 모두 사실과 인과를 쫓아서 이야기를 만들었으니 『능엄경』, 『화엄경』 같은 여러 경전들이 아마 모두 이 경으로부터 부연된 것 같다'고 하면서 '이 경전을 읽고 불교 역시 사람에게 착한 일을 하도록 권하고 악한 짓을 징계하도록 권하는 데 지나지 않는 것임을 알았다'고 하였다. 그러면서 '내전內典(불교 경전)을 익히고자 하는 사람은 먼저 『사십이장경후』로부터 시작하는 것이 좋다'고 말할 정도로 추사는 불교에 밝았다.

특히 추사의 제주 유배 시절엔 그의 명성을 따라 제주까지 먼 길을 달려온 승려들이 있었다. 『완당전집』 〈여초의〉 제20신에 '영순 스님이 갑자기 이 멀리까지 왔으며 그대의 편지를 보니 매우 위로가 된다'고 하면서 '영순 스님의 향학에 대한 뜻이 매우 가상합니다. 돌이켜보건대 나는 우매하여 어느 것 하나도 능한 것이 없는데 어떻게 다른 사람에게 영향을 미칠 수 있겠습니까. 배를 잡고 웃음이 나는 것을 참지 못하겠습니다'라고 하였다. 이 외에도 '영남의 스님이 이제 돌아간다는데 무슨 이야기를 듣고 왔다가 무엇을 보고 가는지 모르겠습니다'라고 한 것에서도 제주까지 추사를 찾아온 승려들의 정황이 확인된다. 그러기에 승려들 사이에서 추사의 박학한 불교에 대한 인식과 수준은 이미 널리 알려졌던 듯하다. 이는 승려들이 제주까지 찾아가 배우기를 청한 연유이다. 아무튼 조선후기 대유학자 추사는 친불교적인 인물로 조선의 유불교유사儒佛交遊史를 장식할 족적을 남긴 인물이라 하겠다.

자하도인 신위
紫霞道人 申緯

　　자하도인 신위(1769~1845)는 조선후
기 문예를 이끌었던 인물이다. 외척세력의 득세로 그의 정치적
입지는 좁았지만 실제의 삶은 소요유逍遙遊의 자유로움과 선오禪悟
의 경지를 체험했던 듯하다. 한때 병조참판이 되었다가 강화유수
로 봉직되었던 그는 윤상도의 탄핵으로 곤욕을 당하기도 했는데,
이때 그를 도운 이가 풍고楓皐 김조순金祖淳(1765~1832)이었다.

　1831년에 다시 형조참판에 임명되었으나 병을 핑계로 벼슬에
나아가지 않았다. 이 무렵 용강에서 병을 치료한 후 시흥현의 자
하산방으로 돌아온 그는 차를 즐기며 선오禪悟의 경지를 느낀 선
객禪客 같았다. 이 해 8월, 초의가 지은 〈북선원으로 자하도인을
찾아가다[北禪院謁紫霞道人]〉에는 자하산방 시절의 모습이 이렇게 드
러나 있다.

　　문을 연 사람은 문을 닫고 돌아가는 사람임을 기억하지만
　　잠깐 사이에 오십 년이 지났구려
　　비각에서 단련하는 옛 학사인 듯

범궁에서 향 사르는 대승의 선객인 듯하네
오래된 세 그루 회나무는 땅 가득 그늘을 드리우고
구름을 뚫은 맑은 옥경 소리, 여운마저 그윽하네
승려로서 아직 정이 남아 있다는 것이 부끄럽지만
새벽꿈에 의지해 은근히 서로 이끄누나

開門人記閉門旋 回首中間五十年 秘閣丹鉛前學士 梵宮香火上乘禪

綠蔭滿地三槐老 玉響穿雲一磬圓 慙愧闍黎情想在 憑將曉夢暗相牽

당시 초의는 두 번째 상경했다. 이 무렵 그는 유산 정학연 및 추사와의 인연으로 홍현주(1793~1865), 윤정진(1792~?), 이만용 (1792~1863), 홍희인, 홍성모 뿐만 아니라 김조순, 오창렬 등 경 향의 이름 높은 선비들을 두루 만난다. 특히 스승 완호 스님의 삼여탑三如塔에 쓸 서문과 글씨를 받기 위해 찾았던 북선원에서 이틀간을 머물며 자하와 서로를 이해했다. 초의가 보기에 당시 자하의 모습은 마치 '비각에서 단련하는 옛 학사'인 듯하고, '범 궁에서 향 사르는 대승의 객' 같았다는 것이다. 이는 벼슬을 사양하고 수행자처럼 살던 자하의 삶의 일면을 드러낸 것이라 하겠다. 자하의 화답한 시는 이렇다.

도에 잠긴 동파 노인처럼 노니나니
이런 즐거움, 늙을 무렵에야 생겼다네
쓴 차, 빈틈없이 다룰 때 속된 기운 고칠 수 있고
아름다운 곳, 좋은 시는 참선과 같은 경지라네
道潛坡老共周旋　此樂衰年有此年　苦茗嚴時宜砭俗　好詩佳處合參禪

실로 자하산방 시절의 자하는 소동파蘇東坡처럼 물외物外의 경지를 읊조리고 시삼매詩三昧의 순일純一한 경계를 실천했던 듯하다. 자신의 거처를 북선원이라 불렀던 그의 사유세계는 이미 드러난 셈이다.

이처럼 인생의 공허空虛를 짐작했던 그의 생애를 우선 간략하게 살펴보자. 자하는 일찍이 강세황의 문하에서 서화書畫를 익혔고, 스승 강세황의 문인적인 화풍을 이었다. 특히 대나무를 잘 그렸으며, 시와 글씨에도 능해 시서화삼절詩書畫三絕로 칭송된다. 비교적 늦은 나이(1799, 30세)에 문과에 급제했고, 5년 후인 1804년에 도당회권都堂會圈(홍문관 교리나 수찬 등을 선임하기 위한 의정부의 추천)에 합격한다. 하지만 그의 환로는 그리 순탄치만은 않았으니 이는 병고와 외척세력의 견제 때문이었다. 정치적으로 어려웠던 시기에 닥친 부인의 죽음은 그에게 많은 회한을 남겼으며 인생무상을 느끼게 했는데, 이런 상황이 그가 불교를 가까이한 요인 가운데 하나였다. 이 외에도 추사 김정희의 불교에 대한 관심 역시 그에게 어느 정도 영향을 미쳤을 것이라 여겨진다.

한편 1812년 7월, 자하는 주청사서장관 이시수와 부사 김선을 수행하여 연경에 사신으로 가게 되었다. 이때 추사는 〈연경으로 가는 자하를 전송하며[送紫霞入燕]〉라는 전별시에서 '자하선배도 만리 길을 건너 중국에 들어간다 하니 진기한 경치와 위엄 있는 광경을 보겠지만, 그러나 저는 본 적이 없는 수많은 경관을 본다 하더라도, 한번 소재노인(옹방강)을 보는 것만 못할 것입니다[紫霞前輩 涉萬里入中國 瑰景偉觀吾不知其千萬億 而不知見─蘇齋老人也]'라고 하였다. 바로 소재(옹방강)를 만나보라는 간곡한 뜻을 전한 것이다.

실제 추사는 옹방강을 만난 이후 자신의 학문관이나 불교, 예술, 차에 대한 이해와 고증학에 대한 안목을 높였기에 자하도 옹방강을 만나는 것이 좋겠다는 의지를 보인 것이다. 이에 앞서 자하는 이미 옹방강의 인품과 학문적 성취에 대해서는 익히 들었던 터다. 이뿐 아니라 스승 강세황을 통해 옹방강의 묵적을 일람했던 경험이 있기에 문예의 거두 옹방강을 만난 후에 일회만감─會萬感이 교차되었으리라.

더구나 그는 평소 품성이 호탕해 당색黨色을 불문하고 폭 넓은 탁마지우琢磨知友를 사귀었다. 초의처럼 불교에 귀의한 승려들과도 폭 넓게 교유했다. 실제 그는 1830년경에 각기병이 심해져 2년 정도 용경蓉涇에 머물며 요양했는데, 이때 산인山人 청당靑棠은 연훈법煙薰法으로 자하의 병을 치료해 주었다. 따라서 1831년 8월에 초의를 만났을 때에는 용경에서 자하산방으로 돌아온 직후인 듯하다. 앞서 말한 바와 같이 초의는 자하에게 스승 완호를 위한 삼여탑三如塔의 글씨와 서문을 받기 위해 찾아간 것이었다. 자하가 탑의 서문과 글씨를 쓰게 된 것은 홍현주의 요청 때문이었다.

초의는 이전부터 자신이 만든 차를 선비들에게 주었다. 자하산 방으로 자신이 만든 보림백모차를 보냈던 사실은 널리 알려진 일이었다. 그러나 이런 초의의 노력에도 불구하고 자하의 글씨와 서문을 제때 받지 못했다. 초의는 몇 차례나 금선암金仙庵에서 자하를 만나고자 했지만 한질寒疾과 형역亨役을 겪었던 자하는 초의를 만나지 못했다. 원래 금선암은 북한산에 위치한 암자로 선홍善洪 스님이 주석하고 있었는데 신위와는 이미 내왕이 있던 사이였다.

이 밖에도 자하는 화엄사 법능法能 스님과도 교유했다. 어느 해에 화엄사의 법능 스님을 찾아가 스님의 방에 묵으며 『패엽경貝葉經』을 열람했던 자하는 당시의 정황을 이렇게 기록했다.

> 패엽경의 소문을 오래 전에 들었는데
> 새벽에 일어나 손으로 (패엽경을) 들추니
> 향기로운 기운이 피어나누나
> 貝多梵夾聞名久 曉起手披香氣霏

이외에도 자하는 초의와 석가모니 탄신일이 2월 8일인지 아니면 4월 8일인지를 두고 논쟁도 했는데, 여기에는 추사까지 가세하게 되었다. 우선 자하는 〈2월 8일이 석가의 탄신일이라[二月八日作佛辰]〉에서 '석가의 생신을 오늘 아침 만났다 함은, 내가 근거 없이 우겨서 말하는 것이 아니라 고증함이 있다네'라고 하였다. 석가탄신일이 2월 8일이라는 자신의 주장은 고증을 거친 것이고, 4월 8일은 잘못된 주장이라는 것이다. 그가 석가탄신일을 2월 8

일이라고 주장한 근거는, 주나라와 하나라의 정월이 각각 인寅과 자子이고, 이렇게 정월의 명칭이 바뀌면서 착오가 생겼기 때문이라고 한다. 결국 하나라의 월력으로는 2월에 해당하므로 태사太史 소유蘇繇가 붓다의 탄신일로 기록한 날은 2월 8일로 보아야 한다는 것이다. 그렇다면 자하가 언급한 태사 소유의 고사古事는 어떤 내용일까. 『주서周書』〈이기異記〉에 다음과 같은 내용이 있다.

> 주 소왕(昭王) 즉위 24년 4월 8일에 강과 하천이 범람하여 우물물이 넘치고 산천이 진동하고 오색 빛이 태미(太微, 별이름)로 들어가 꿰어 사방에 퍼져 모두 청홍색이 되었다. 이에 태사 소요가 '대성인(大聖人)이 서방에서 태어났는데 1천년 후에 그 성스러운 가르침이 여기까지 미치겠다고 하였다.

이는 바로 석가모니 부처님이 인도에서 태어나신 것을 예언한 것이다. 실제 소왕이 이런 사실을 기록하여 남쪽에 묻으라고 명하여 돌에 새겼다고 전해지는데 이것이 바로 소유각석蘇繇刻石이다. 이런 점들로 볼 때 세존의 탄신일은 2월 8일이 분명하며, 그런데도 이것이 와전되어 4월 8일에 등불을 밝히고 떠들썩하게 석가의 탄신일을 기리는 것은 잘못이라는 것이다. 따라서 자하는 이렇게 읊는다.

> 내 이제 늙어 선탑에 의지하니
> 2월 8일 봄 강의 새벽일세
> 내 등불은 무진하여 본래 등불이 없으니

불사의 시를 지어 마음으로 공경히 기도하누나

我今髻絲寄禪榻 二月八日春江曉 我燈無盡本無燈 作詩佛事心虔禱

　하지만 초의는 자하의 이런 주장에 대해 〈자하시랑의 2월 8일 이라는 시에 화답하여[奉和紫霞侍郎二月八日之作]〉를 지어 이렇게 반박한다.

　자세히 살펴보면 주나라 소왕에 그친 것이 아니고
　무을(武乙)이나 하나라의 걸(傑)까지 거슬러 올라가네

　　細考又不止周昭　上溯武乙并夏傑

　실제 '오색이 밤을 밝힌 것은 오히려 장왕 때의 일[夜明還是莊王時]'이라 고증하였으니 자하와는 견해의 차이가 분명했다. 이어 초의는 소왕 때라는 것도 '갑오니 갑인이니 하여 시끄럽다[甲午甲寅復相眶]'고 하였다. 따라서 석가탄신일이 2월 8일이나 4월 8일이라는 주장은 실제로는 정확한 고증이 어렵다는 견해를 드러냈다. 그러기에 초의는 '백천의 등불이 석가모니를 보좌하니[百千燈影攝牟尼] 2월이든 4월이든 아무런 해로움이 없다[二月不妨作四月]'는 폭넓은 견해를 나타냈던 것이다.

　당시 자하와 초의의 이 논쟁은 유학자들에게도 회자된 듯하다. 불교에 밝았던 추사는 〈'2월 8일 작불신'에 답하다 – 초납을 대신하여[答二月八日作佛辰代草衲]〉를 지어 초의의 입장을 옹호했는데, 추사의 견해는 초의의 설과 대동소이大同小異하다. 다만 추사는 4월 8일로 굳어진 것에 대해 '소문이 퍼져 조선에 그대로 굳어져

[聲聞依俙滯方隅] 가섭이 죽은 지 오래되자 말이 잘못 전해진 것[離迦翻轉恣譌脫]'이라고 하였다. 따라서 '화호경에도 근거라곤 전혀 없어[化胡經又沒巴鼻] 이 송사 질질 끌어 언제나 끝날까[此訟漫漫無時畢]'라는 자신의 뜻을 나타냈다. 결국 4월 8일이니 2월 8일이니 하는 논쟁은 이를 고증할 근거가 그리 정확하지 않다는 것이다. 이는 결국 고대사에 대한 고증이 얼마나 어려운지를 말하고 있는 것은 아닐까. 역사의 간극間隙은 이처럼 각설을 만든다.

하여간 이 논쟁은 부처님의 탄신일을 두고 초의와 자하, 그리고 추사 등 고증학에 밝았던 인물들의 학문적 방법론을 설파하고 있다는 점에서 중요한 의미를 지닌다.

한편 자하의 불교관은 공空이나 평등사상에 깊은 관심을 보이고 있었다는 점이 주목된다. 그러기에 자하는 '일체의 영욕은 본래 평등한 것이라[一切榮辱本平等], 다시 업장을 바로잡아 번뇌를 소멸하리[再要業障消煩惱]'라고 한 것은 아니었을까. 그는 또 '실로 머리를 조아려 부처께 아뢰어도 부처는 말이 없는데[稽首白佛佛無言], 뜻으로 전하는 묘체를 절로 마음에서 알아차리네[意援妙諦心自了]'라 하였다. 이처럼 자하는 실로 '범궁에서 향을 사르는 선객'처럼 살았던 듯하다. 그의 제자 금령 박영보(1808~1872)는 자하의 〈2월 8일이 석가의 탄신일이라〉를 읽고 '이월팔일춘강효二月八日春江曉의 일곱 글자는 선의 깨달음을 갖춘 것[此七字便具禪悟]'이라고 평가했다. 이에 대해 자하는 이렇게 응답했다.

이월 팔일 새벽, 봄날의 강에서
그대는 선의 깨달음을 드러냈다고 하였네

시구 중에 있는 것도 아니며 시구 밖에 있는 것도 아니라

생각에 사로잡혔다가 겨우 무시처(無是處)를 찾았네

二月八日春江曉　問汝從底見禪悟　不在句中不在外　着意纏心無是處

자하는 실로 불교를 료해了解했던 선비였다 하겠다.

운와 김각
雲臥 金珏

　　　　　　　운와 김각은 함양 출신으로, 조선후기
호남지역의 선비였다. 그는 선암사와 대흥사에서 수행했던 해붕
선사海鵬禪師와 초의선사, 그리고 호의縞衣 스님뿐 아니라 이들의
제자와도 교유했다. 원래 그는 도가의 태식법에 밝았던 인물로
알려졌으나 대흥사 승려들과의 교유를 통해 불교뿐 아니라 차에
도 관심이 컸던 듯하다. 그의 자는 태화太和이며, 호는 운엄雲广,
운관雲館, 운와雲臥, 운옹雲翁, 운암거사雲巖居士 등이다.

　지금까지 드러난 김각에 관한 자료로는 초의선사의 『일지암시
고一枝菴詩稿』와 범해 스님의 『범해선사유고梵海禪師遺稿』, 그리고 그의
친필본 자료인 『운관시축雲館詩軸』이 있다. 그가 호남칠고붕湖南七高
朋이었다는 사실은 범해 스님의 시초詩抄를 통해 밝혀진 것인데,
범해 스님의 〈김운옹 선생에 화답하여[和金雲翁先生]〉에 따르면 김
각은 1843년경 가을에 해남에 거주했었다[居海南癸卯秋]고 하였다.
호남의 이름난 명사들이었던 '호남칠고붕'은 노질盧質과 이학전李學
傳, 함양 사람 김각金珏, 곡성 사람 홍교永橋 심두영沈斗永, 전주 출
신 이삼만李三晚, 대흥사 승려 초의草衣, 선암사 승려 해붕海鵬 등이

다. 이들은 대부분 호남지역에 거주했던 인물로, 선비와 승려들로 구성되었다. 이미 알려진 바와 같이 이삼만은 조선후기 명필로 이름을 떨친 인물이다. 홍교 심두영은 곡성 출신으로 진사시에 합격하였고, 곡성에 대환정大還亭을 지었으며, 당대 문인으로 이름 높던 이만용李晚用이나 성재成齋 조병현趙秉鉉과 교유했다. 이런 사실은 그가 을해년(1815)에 묘군卯君 경성景成과 옥교 심두영, 이산此山 이만용, 부성蓉城 이의철李懿喆 등과 시회를 열어 연작聯作으로 지은 〈새로운 사람을 만나다[逢新人]〉에서 확인된다. 이 시는 『성재집成齋集』에 실려 있다.

앞서 언급한 김각의 친필본 자료인 『운관시축』은 김각 자신의 시는 물론 그와 교유했던 벗들의 시를 엮은 책이다. 먼저 〈운관사회방서雲館四會訪序〉에는 초의 스님이 1842년 김각의 집을 방문했을 때 모인 사람들, 즉 김각과 초의, 그리고 김각과 교유했던 오하사吳河槎 및 김석엄金石厓 등 4인의 벗들이 지은 시를 수록하였다. 대흥사의 수행승 일곱 명에 대한 찬시讚詩인 〈대둔칠사大屯七師〉도 수록하였고, 창암 이삼만과 관련된 시 등도 실려 있다. 이 자료에는 또 초의 스님의 명성이 호남지역에 회자되었음 알게 해주는 시문들이 실려 있고, 초의 스님과 김각이 속 깊은 우정을 나누었던 정황을 파악할 수 있게 해주는 시문도 다수 수록되어 있다.

김각과 승려들의 교유가 어떤 동기로 시작되었는지는 알 수 없으나, 그런 교유가 집중되었던 기간은 대략 파악할 수 있다. 『운관시축』이 1842년 10월과 11월 및 중동仲冬 13일의 일들을 수록한 시축이라는 점, 초의가 〈운옹과 월사가 앞의 운으로 시를 지

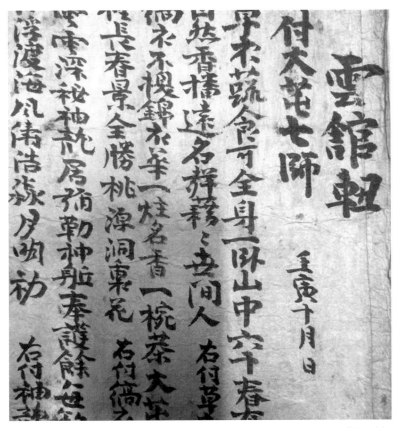

『운관시축』

어 보내왔기에 그 운으로 시를 지어 다시 보내다[雲翁月槎用前韻見寄
次韻却寄]〉라는 시를 1843년경에 지었다는 점 등을 고려할 때 김
각과 초의의 교유는 1842~ 1843년에 집중되어 있었다고 할 수
있다. 그러나 김각이 호남칠고붕湖南七高朋이었고, 그와 대흥사 승
려들의 교유는 이미 호남에서 아름다운 고회高會로 회자되었다는
점에서 중요한 의미를 지닌다 하겠다.

호남지역은 선비와 승려들의 교유가 빈번했던 지역이고, 유자들 중에 불교를 이해했던 층도 넓었던 듯하다. 이런 호남지역의 분위기는 다산 정약용의 전등계傳燈契(다산이 승려들과 맺은 사제관계) 인연과도 관련이 있을 듯한데 이는 다산의 유불 제자들이 스승이 강진을 떠난 후에도 지속적으로 서로 교유를 이어갔기 때문이다.

한편 김각의 『운관시축』은 유불교유儒佛交遊의 실마리를 풀 수 있는 중요한 자료이다. 이는 두루마리 형태의 시축詩軸으로 세로가 24cm, 길이가 무려 5m에 이르는 장축長軸으로 구성되어 있다. 『운관시축』에 들어있는 〈운관사화방서雲館四會訪序〉에서는 초의 스님의 금강산 유람이 호남지역의 유생들 사이에서 회자되었다는 사실을 확인할 수 있다. 이뿐만 아니라 〈초의가 멀리서 온 것은 11월 11일이다[草衣遠來十一月十一日]〉라는 시에서는 초의 스님과 김각이 나눈 인간적인 우정이 오롯이 드러난다. 특히 김각은 그와 교유했던 대흥사 승려들의 찬시讚詩를 지었는데 이것이 바로 〈대둔칠사大屯七師〉이다. 그가 손꼽은 대흥사 승려는 초의, 호의縞衣, 수룡袖龍, 철선鐵船, 경월鏡月, 서주犀舟, 만휴万休 스님이다. 지면관계상 초의와 호의에 대한 찬시讚詩만 소개하면 다음과 같다. 우선 초의에 대한 찬시다.

> 소식하는 초의스님은 전신불인 듯
> 산중에서 육십년을 보내누나
> 사향노루의 향기는 자연히 멀리 퍼지는 법
> 세간에 (초의의) 명성이 자자하다네
> 草衣蔬食可全身 一臥山中六十春 有麝自然香播遠 名聲藉藉世間人

1842년 당시 초의스님의 명성은 경향에 두루 퍼져 있었다. 시문을 잘할 뿐 아니라 선리와 차에 밝았던 그는 전다박사煎茶博士로 칭송되었고, 백파 스님과의 선리논쟁은 추사와 신위까지 가세하여 초의를 옹호했다. 더구나 초의의 금강산 유람은 호남의 지식인들에게 부러움과 환호를 받았던 듯하다. 그러므로 김각은 초의를 사향노루에 비유하여 그 명성이 세상에 두루 퍼졌음을 드러냈다. 또한 엄정한 계율을 지켰던 초의 스님을 '소식하는 초의스님은 전신불인 듯' 하다고 했다.

한편, 호의縞衣 스님은 초의의 사형이다. 완호 스님의 제자로 초의 스님만큼이나 차에 밝았던 수행자로 칭송되었던 듯하다. 김각은 호의에 대해 이렇게 칭송했다.

흰 깁옷을 화려한 비단옷으로 바꾸지 않고
향기로운 향, 차 한 잔뿐이라
대둔산 속 장춘의 풍경은
도원동 복숭아꽃처럼 아름다워라
縞衣不換錦衣華 一炷名香一椀茶 大屯山裏長春景 全勝桃源洞裏花

김각은 호의 스님을 검소한 수행자라 여겼다. 그러므로 '흰 깁옷을 화려한 비단옷으로 바꾸지 않고' 수행 중에는 늘 향을 사르고 차를 즐긴다고 한 것이다. 호의 스님이 차에 조예가 깊었고 차를 즐기는 다실이 있었다는 사실은 근자에 과천 추사박물관에 전시된, 정학연이 쓴 '호의다실縞衣茶室'이라는 편액에서도 확인된다.

예부터 대둔사 장춘동 9곡은 승경지로 소문난 곳이다. 그러므로 신선이 사는 도원동에 비유하여 늘 올곧은 수행 풍토와 다툼이 없는 곳이 바로 대둔사라 칭송하였다.

김각 또한 지방에 은둔했던 선비로 태식법胎息法을 초의에게 알려주었으니 그가 그리던 무릉도원은 수행승의 기상이 드높던 대흥사라 여긴 듯하다. 따라서 김각은 그와 교유했던 대흥사 승려들을 통해 불교를 이해했으며, 억불抑佛이 강조되던 시대에 정치적인 이념을 초월하여 수행승과 만나며 서로의 깊은 뜻을 나누었던 것이다.

초의가 김각을 찾았을 때 네 명의 뜻 맞는 문사들이 모여 시회를 열었는데 이 시회는 다음날까지 이어졌다. 당시의 정황을 그린 김각의 글은 정겨울 뿐만 아니라 이들이 초의 스님에게 보인 성의가 어떠했는지를 짐작케 한다. 〈운관사회방서〉의 내용은 다음과 같다.

운엄노인이 완성서관에서 머물고 있을 때 마침 초의 스님이 찾아와서 함께 늦은 저녁을 먹었다. 등불을 밝히고 스님에게 금강산 승경지에 대해 (이야기를) 듣다가 밤이 깊어지자 졸음이 와서 팔을 베고 누웠다가 코를 드릉드릉 골며 잠이 들었다. 홀연히 문을 두드리는 소리에 놀라서 일어나 문을 여니 서릿발 같은 달빛이 하늘에 가득한데 땅 위에 한두 사람의 그림자가 어른거렸다. 바로 오하서와 김석엄이었다. 아마 초의가 왔다는 풍문을 듣고 찾아온 사람들이다. 반갑게 (이들을) 방으로 모시고 다시 등불을 켜고 화롯가에 빙 둘러앉으니 4인의 아름다운 모임이 되었다. 서로 바라보고 웃다가 운에 따라 시를 짓지 않을 수 있는가 하고 나는 오하서를 부르고 오하서는 나를 불렀다. 김석엄과 초의 또한 그러하였다. 잠시 이처럼 하다가 초의가 문득 정유산(丁酉山, 정학연)이 지은 절구를 읊조리더니 "이 운을 따라 짓는 것이 좋을 듯한데 어찌 다른 운을 찾겠는가"라고 하였다. 이어 각자 묵묵히 미간을 찌푸리며 중얼중얼 시를 읊조리는 사이에 네 사람의 시가 모두 완성되었다. 종이를 찾아 (지은 시를) 모두 기록하였다.

(雲广老人滯臥完城書館之日 適逢草衣師來偕喫晚飯占燈聊 楊縱談金剛山勝 至夜久睡思至枕臂齁齁而睡 忽驚有剥啄聲 卽起開門則霜月滿天地上之人影有二一 是吳河槎一是金石斥 盖聞草衣之風而來者也 迎而入室 更占燈圍炉而坐團團四人高會也 相視而笑曰不可無作相推呼韻 雲曰河 呼 河曰雲呼 石與草亦然 如是久之 草輒詠丁酉山之所作絶句曰 此韻可矣何必呼他哉 仍各黙黙皺眉咄嗟頃四詩俱成覔紙寫軍)

1842년 겨울 초의스님은 완성서관으로 김각을 찾았다. 이들이 늦은 저녁을 먹었다는 것으로 보아 초의가 도착한 것은 해가 질 무렵이었던 듯하다. 그러기에 저녁밥을 먹은 후 곧 등불을 밝혔다고 했을 것이다. 당시 초의는 금강산의 아름다운 승경과 그가 만났던 추사나 그의 아우 김명희 등 경향의 이름 높은 이들과 나누었던 교유의 정황을 들려주었을 것이다. 하지만 아무리 흥미 있는 이야기라지만 밤이 깊어지면 졸음이 오는 것은 자연현상이다. 잠시 팔을 베고 누웠던 이들이 코를 골며 잠들었다. 초의가 왔다는 소문을 듣고 멀리서 찾아온 이들은 오하서와 김석엄이다. 이미 초의를 알고 있었던 유생들인 듯하다.

서릿발 같은 달빛이 하늘에 가득한 밤, 초의 스님이 지은 시는 이런 것이었다.

서리 맺힌 밤 서늘한 냉기는 옷 속으로 파고들고
깊은 산골, 달 아래에서 사립문을 두드리네
손에 든 문장, 득의를 보였으니
향기로운 차와 담소에 대부분 돌아가길 잊었네

霜濃夜色冷穿衣 深巷來敲月下扉 入手文章看得足 茶香談例坐忘歸

이날 밤 이들이 나눈 고담高談이 얼마나 진지했기에 집으로 돌아가길 잊었다는 것일까. 시회詩會가 무르익고 향기로운 차마저 곁에 있었으니 득의를 드러낸 시구詩句를 얻는 것도 당연한 듯하다. 모두가 만족했던 시회이기에 신분이나 사상적 편견은 이미 사라진 지기知己들이다. 그 중심에 김각이 있고 초의가 자리했으니 유불의 교유는 이처럼 담백하다. 분명 김각은 유불儒佛의 깊은 원리를 자유롭게 넘나든 유자儒者였을 것이다.

소치 허련

小癡 許鍊

　　　　조선후기 남종화를 대표했던 소치 허
련(1809~1893)은 모란을 잘 그려 '허모란'이라 불렸던 인물이다.
한때 헌종의 어전御前에서 그림을 그리기도 하고, 명화를 함께 감
상하는 영광을 누리기도 했던 그였지만 시은施恩의 은택은 그리
오래가지 않았다. 어전에서 물러난 후 여전히 객지를 떠돌며 생
활의 어려움을 겪는다.

　그의 일생에서 환한 햇살이 비쳤던 시기는 초의와 추사를 만나
사제의 정을 나눈 때였다. 그의 재주를 한눈에 알아본 추사는 성
의를 다해 그에게 실질적인 도움을 주었고, 그가 지체 높은 사대
부들과 폭 넓은 교유를 할 수 있었던 것 또한 추사의 덕분이었
다. 이런 배려로 서화에서 안목을 높인 그는 1838년 12월경에
화삼매畵三昧에 도달했다. 이러한 사실은 초의에게 보낸 추사의 편
지에서 확인되는데 내용은 이렇다.

　허 소치는 훌륭한 사람입니다. 그림의 격조가 날로 나아져 공재(윤
　두서)의 습기도 다 떨어져버리고, 점차 대치(大癡)의 문중으로 들어

가는 듯합니다. 병든 나는 이에 힘입어 (나의)번뇌를 녹여 없애게 합니다. 그대와 화삼매를 참증하지 못하는 것이 한스럽습니다.

(許生佳生也 畵品日勝盡祛恭齋習氣 漸入大痴門中 病枕賴以銷破煩惱 恨不使老衲子參證畵三昧也)

소치가 추사 댁에 머문 것은 1838년 8월경이다. 4개 월 만에 추사의 뜻대로 그림의 격조가 날로 높아졌을 뿐 아니라 대치가 이룩했던 격조에 다다랐다는 것인데, 이는 소치의 노력이 얼마나 치열했는지를 짐작하게 한다. 그의 호號 소치小癡는 추사가 지어준 것으로 원말元末 사대가四大家로 칭송되는 대치大癡 황공망黃公望처럼 대성하기를 바랐던 추사의 뜻이 담긴 것이다. 따라서 소치의 팔목에 번뇌를 해소했다는 추사의 언표言表는 자신의 만족감을 드러낸 것이다.

궁벽한 섬 진도에서 태어나 어려운 환경에서도 그림에 대한 그의 열정은 식지 않았다. 그의 재주를 먼저 알아본 숙부는 '내 조카는 반드시 그림으로 일가를 이룰 것'이라고 용기를 주면서 『오륜행실도』를 참고하면 도움이 될 것이라 하였다. 어렵게 책을 구한 그는 무더운 여름동안 『오륜행실도』 4점을 모방했다고 하니 그의 열의는 이처럼 뜨거웠다.

그는 청장년기이던 1835년경에 초의 스님을 찾아갔다. 이 무렵 초의는 경향의 이름 있는 인사들과 널리 교유하고 있었으며, 호남의 유생들 사이에서는 '호남팔고湖南八高'로 칭송되고 있었다. 더구나 다산의 하명下命으로 그린 〈다산도茶山圖〉와 〈백운동도白雲洞圖〉는 초의가 수행뿐만 아니라 시문과 그림에도 얼마나 조예가 깊은지를

두루 확인시켜 주었다. 또 추사의 1839년 12월 편지는 초의가 그린 불화의 격조가 얼마나 높았는지를 보여준다. 이 편지의 내용은 다음과 같다.

모든 소식이 끊기고 막혔다가 마침 종자(從者)로부터 (그대가) 그린 관음진영을 얻어 친견하게 되었습니다. 그대를 보는 것과 무엇이 다르겠습니까마는 정말 뛰어난 호상(好像)이구려. 하지만 (관음진영을 그리는) 필법이 언제 이런 단계까지 이르게 되었소. 경탄을 금할 길이 없습니다. 대개 초묵법(焦墨法)은 전하기 쉽지 않은 오묘한 진리인데, 우연히 허소치가 이어 드러냈으니 전해지고 전해진 초묵법이 또 그대에게까지 이른 것이라 여겨집니다. 이 관음상권(觀音像卷)

은 황산 김유근 상서께서 소장하려 하십니다. 황산 대감께서 그대가 그린 관음상의 하단에 찬탄하는 글을 손수 쓰고자 하시니 초의 그대는 선림예단(禪林藝圃)의 아름다운 얘기꺼리입니다.

(一以阻截　適從人獲見所畫觀音眞影　何異見師　殊勝相也　但筆法何時到此地位歟 讚歎不能已　大槩焦墨一法　爲不傳妙諦　偶因許凝發之　何料墨輪輪轉又及於師也　此 像卷見爲黃山尙書所藏　尙書將欲手寫師所作讚語於其下　洵爲禪林藝圃一段佳話)

선가에 전해진 초묵법焦墨法(진한 먹을 사용하여 그리는 것)이 초의에게 전해졌고, 이를 소치가 이었다는 사실이 추사의 편지로 확인되었다.

초의가 그린 관음상은 당시의 세도가인 김조순의 아들 황산 김유근이 소장하려고 했던 명화名畵이며 황산이 그 불화에 발문까지 쓰려고 했을 만큼 그림에 대한 초의의 명성은 높았다. 그러기에 그림에 열망을 지녔던 소치가 초의 스님을 찾은 것은 필연이었다. 그의 『몽연록夢緣錄』에서는 당시의 상황을 '초의선사는 (나를) 따뜻하게 대접해 주었고 방을 빌려주며 거처하도록 해주었다[草衣款曲仍 借榻留寓]'라고 회상하였다. 이후 소치는 대흥사 한산전에 머물며 초의에게 불화를 배우는 한편 녹우당 해남윤씨의 가장본 공재화첩과 『고씨화보高氏畵譜』, 그리고 공재恭齋 윤두서尹斗緖의 『가전보회』, 『윤씨가보』를 빌려 열람하는 등 그림에 열중한다. 그가 윤씨의 가전본을 빌릴 수 있었다는 사실은 꿈같은 일이었기에 '수일간 침식을 잊을 정도로' 감동을 받는다. 이는 모두 초의의 주선으로 이루어진 일이었다. 초의의 이런 인맥은 다산의 문하에서 해남윤씨 후손인 윤종민, 윤종영, 윤종심, 윤종삼 등과 동문수학했던 인연 때문인데 이는 소치에게 실질적인 도움을 주었다. 소치의 『몽연록』에는 스승 초의와의 인연을 '아주 어릴 적에 초의선사를 만나지 않았다면 어떻게 멀리 돌아다닐 생각을 하였으며 지금까지 이처럼 홀로 담담하고 고요하게 살았겠는가[早年不若草衣 何以遠遊之想 乃至今日而若是若孤淡寂也]'라고 하였다. 그에게 초의는 서화의 안목과 추사를 맺어준 은인이었다.

소치가 '(초의선사와) 수년을 왕래하다보니 기질과 취미가 서로 동일하여 노년에 이르기까지 변하지 않았다[往來數載 氣味相同 至老不開]'고 한 사실에서 간난 속에서도 담적淡寂할 수 있었던 속내는 초의의 영향이 컸다는 것을 드러낸다. 불교와 가까웠던 그의 사유세계는 초의에게서 영향을 받았을 것이라 여겨진다. 이는 그가 한산전에 머물며 불화를 그렸던 사실이나, 추사와 함께 『오백나한진영첩』을 참견參見하며 탁마했던 것에서 충분히 짐작할 수 있는 것이다. 아무튼 그의 일대사一大事에서 첫 행운은 초의를 만난 일이라 하겠다. 이어 그의 인생행로를 새롭게 열어준 이가 추사였다. 앞서 말한 바와 같이 그가 추사를 만난 것은 1838년 8월경이다. 당시 금강산 유람에 나선 초의는 소치의 그림을 가져가 추사에게 보여 주었다. 이에 추사는 한눈에 소치의 진면목을 간파하고 '압록강 이동에 소치만한 화가가 없다'고 평가한 후 초의에게 '허군의 그림 격조는 거듭 볼수록 더욱 묘해 이미 격을 이루었다고 할 만합니다. 다만 보고 들은 것이 좁아 그 좋은 솜씨를 마음대로 구사하지 못하고 있으니 빨리 한양으로 올라와 안목을 넓히는 것이 어떨지요[許君畵格 重見益妙 已足成格 特見聞有拘 不能快駛驥 足函令上來 以拓其眼如何]'라는 편지를 보내 소치의 상경을 종용하였다. 한양에 머물던 초의는 서둘러 이 사실을 소치에 전한다.

이 기별을 듣고 내종형과 함께 상경하던 소치는 소사 근처에서 초의를 만나 칠원점에서 하룻밤을 보낸다. 다음날 소치는 초의와 작별한 후 스승이 써준 편지를 품에 안고 한양으로 발길을 재촉한다. 당시 진도에서 한양까지는 20여 일이 족히 걸리는 먼 길이었다. 겨우 월성궁 추사 댁에 도착한 그는 '초의선사가 전하는 편지를 올리고 곧 추사 선생에게 인사를 드렸다. 처음 만나는 자리였지만 마치 옛날부터 서로 아는 것처럼 느꼈다. 추사 선생의 위대한 덕화가 사람을 감싸는 듯했다. 그는 당시 상중이었다[所前 納草師書封旋 卽邀入拜謁 初筵如舊相識 盛德浹人 公時自居憂]'고 술회하였다.

소치의 말대로 이 무렵 추사는 상중이었다. 그의 부친 김노경이 돌아가셨던 것이다. 추사의 문하에서 서화 공부에 몰두하던 1840년에 추사의 제주 유배는 소치에게 큰 충격을 주었다. 제주로 유배된 스승을 찾아 세 번이나 대정을 오갔던 그는 추사와 초의를 이어준 전령이기도 했다. 이때 소치는 『오백나한진영』을 모사하며 불화의 세계에 몰입했던 듯한데, 이는 1843년 7월에 초의에게 보낸 추사의 편지에서 알 수 있다. 내용은 다음과 같다.

> 허소치는 매일 제 곁에서 많은 고화명첩을 보더니 지난해 겨울과 비교하면 또 얼마나 격조가 높아졌는지 그대와 함께 참증하지 못하는 것이 한스러울 뿐입니다. 『오백나한진영』 수십 권을 보고 있는데 만약 그대가 보면 분명 크게 욕심낼 겁니다. 허소치와 함께 날마다 펴보는 이 즐거움을 어찌 다 말하겠습니까.
>
> (許痴日在傍側 多見古畵名帖 比之前冬 又長幾格 恨未令師參證耳 見有五百佛眞 影數十冊 師若見之 必大生欲矣 與許痴日日對開此樂何極)

운림산방

소치의 그림 격조는 이 무렵 최상의 화격畵格을 이룬 듯하다. 이는 추사가 수집한 고화명첩을 토대로 자신의 그림 세계를 마음껏 확장할 수 있었던 덕분이다. 아울러 스승과 함께 『오백나한진영』을 참구하며 불화의 선미禪味도 이룬 때였다. 이 시절 그가 추사와 나눈 예술의 이상은 그의 서화에 밑거름이 되었고, 추사의 불교관은 그에게 많은 영향을 미쳤다.

하지만 세월은 유한한 것이다. 그에게 추사의 죽음은 최상의 후견인을 잃은 것이며 예술을 담론할 스승을 잃은 것이었다. 고향 진도로 돌아가 운림산방에서 여생을 보냈다. 그의 서화는 세상에서 호평을 받았는데 이는 정학연의 시를 통해 드러난다. 내용은 이렇다.

목단구(木丹邱)보다 그리는 법이 새로워라
동쪽 울타리 몇 송이 국화, 담담하기 그 사람 같네
국화 그림을 보더라도 다만 국화만이 아니니
이는 곧 소치가 (국화의) 진수를 그린 것이라

若木丹邱腕法新 東籬數朶淡如人 縱看畫菊殊非菊 便是痴生自寫眞

　소치의 그림 솜씨는 피사체의 골수를 그리는 능력을 타고났다.
정학연은 소치화첩 발문에서 '마음속에 한 폭의 산수를 채비하여
늘 밝은 정신을 품어 세속을 초월하는 풍취가 있은 다음에야 붓
을 들어 삼매에 들어갈 수 있으니 이 경지는 소치 한 사람뿐이다
[心窩裏準備一副邱壑 神明中常蘊 傲世絕俗之姿然後 落筆便入三昧 此世界小癡一人而已]'
라고 극찬하였다. 남종화의 일격을 이룬 그의 그림은 그가 온축
했던 예술의 이상세계를 드러낸 것이다.

호산 조희룡
壺山 趙熙龍

호산 조희룡(1789~1866)은 조선후기 문인화를 지향했던 화가로 여항시사를 이끌었다. 차를 즐긴 그는 초의와도 교유하였다.

본래 그의 집안은 양반 출신이었다. 그러나 조부 때부터 벼슬에 나아가지 않았고 그 또한 여항인閭巷人들과 어울린 화가였기에 중인으로 분류한다. 그의 자는 이견而見, 치운致雲이다. 학계에 알려진 그의 호는 우봉又峰, 철적鐵笛, 호산壺山, 단로丹老, 매수梅叟, 수도인壽道人인데, 필자의 소장본 자료인 조희룡의 〈일정화영一庭花影〉첩을 통해 '불노佛奴'라는 호가 있었음이 밝혀졌다.

헌종의 총애를 받았던 그는 1813년 식년문과式年文科의 병과丙科로 급제한 후 벼슬길에 올라 오위장五衛將을 지냈다. 그의 나이 62세가 되던 해에 진종眞宗의 조천祧遷에 반대하는 권돈인, 그리고 이 일에 연루된 추사와 가장 가까운 인물로 지목되어 임자도로 유배된다. 완숙한 예술미를 완성한 것은 절해고도 임자도인데, 이는 자신의 거처를 '만구음관萬鷗唫館'이라 하고 그림에 몰두한 결과였다. 병약했던 그는 '마치 학이 가을 구름을 타고 훨훨 날아가

조희룡의 <매화서옥도>

듯이 길을 걸어 다녔다'고 할 정도로 약골이었기에 그리 오래 살 것이라고는 생각하지 않았던 듯하다. 하지만 그는 천수를 누렸다. 『근역서화징槿域書畵徵』에 자신의 호를 수도인壽道人이라 한 연유를 다음과 같이 소개했다.

내가 어렸을 때에는 키만 훌쩍 크고 야위어, 옷을 걸치기에도 힘겨울 만큼 약했다. 그러므로 내 스스로 오래 장수할 상(相)이 아닌 줄을 알았으니 다른 사람들이야 말해 무엇 하겠는가. 열네 살 무렵에 어떤 집안과 혼담이 있었다. 하지만 그 집에서는 내가 반드시 일찍 죽을 것이라 하여 퇴짜를 놓고 다른 집안과 혼인하였다. 그런 지 몇 년이 되지 않아 그 여인은 과부가 되었다. 내가 이제 70여 세가 되었고 많은 아들딸과 손자, 증손자들을 두었으니 이제부터는 노인이라 큰소리 칠만하다. 그러므로 스스로 수도인(壽道人)이라는 호를 지었다.

이처럼 키만 크고 병약했던 그가 70세에 '수도인壽道人'이란 호를 지은 것은 자축의 의미를 담은 것이다. 그에게 장수의 묘약은 매화였다. 그가 쓴 화제畫題에 '장수할 상이 아닌데 늙은 나이가 되었고, 매화를 사랑하여 백발이 되었다'라고 한 것으로 보아 매화를 탐닉한 연유는 분명하였다. 그의 매화벽梅花癖은 『석우망년록石友忘年錄』에 자세한데 내용은 이렇다.

> 내가 그린 매화병풍을 둘러치고 매화를 읊조린 시가 새겨진 벼루와 먹은 매화서옥장연(梅花書屋藏烟)이라는 것을 썼으며 〈매화시백영(梅花詩百詠)〉을 지어 큰소리로 읊다가 목이 마르면 매화편차(梅花片茶)를 달여 마셨다. 나의 거처를 매화백영루(梅花百詠樓)라 하였고 (나의) 호를 매수(梅叟)라고 하였다.

온 종일 매화 향기 속에 묻혀 살았던 그는 꿈속에서도 매화몽梅花夢을 꾸었는데, 이는 그의 「한와헌제화잡존漢瓦軒題畵雜存」에 '대룡과 소룡이 연지에서 일어나 푸른 산호를 다투어 움켜쥐며 붉은 여의주를 토해내고 있었다' 하고, 다시 '깜짝 놀라 깨어보니 크고 작은 홍매화가 작은 방안에 다투어 피고 있었다'고 한 것에서 드러난다. 이뿐만 아니라 벼루벽이 있었던 그는 선화난정연宣和蘭亭硯이나 임길인풍자연林吉人風字硯, 기효람옥정연紀曉嵐玉井硯과 같은 명품 벼루를 수집하였다. 특히 그가 애지중지했던 벼루는 '기효람옥정연'인데 우연히 골동상에서 구하게 된 명연名硯이다. 그가 기효람옥정연이라는 이름을 붙인 사연은 바로 벼루 후면에 있는 '수사고전서지연修四庫全書之硯'이란 글자와 '기윤紀昀'이란 글자 때문이었다. 기윤(1724~1805)은 원래 이 벼루의 소장자였던 청나라 중기의 학자로, 『사고전서』 총찬수관을 지낸 인물이다. 그의 자는 효람曉嵐, 춘범春帆이고, 호는 석운石雲이다. 따라서 조희룡은 기윤이 『사고전서』를 편찬할 때 쓰던 벼루임을 한눈에 알아보고 '기효람옥정연紀曉嵐玉井硯'이라 명명했던 것이다. 당시 중국 고기古器와 예술품을 수집하는 풍조는 조희룡뿐만 아니라 문인이나 문인 취향을 가진 중인들 사이에서도 유행했다.

조희룡의 예술적 취향은 추사의 문하에서 더욱 그 가치를 빛냈다. 개방적인 인품의 소유자였던 추사는 신분을 따지지 않고 승려나 중인들과도 널리 교유하며 사제의 연을 맺었다. 조희룡 또한 추사의 문하에서 그림과 글씨를 본받아 추사체를 방불仿佛할 정도이지만, 그의 글씨는 추사에 비해 금석기가 덜하고 부드럽다는 평가를 받는다.

조희룡은 난초를 치는 데도 일가를 이뤘다. 그의 「한와헌제화잡존」에서는 '문형산文衡山과 진백양陳伯陽은 난초 그리기를 좋아했다. 나하고 천년이나 떨어져 있지만 마음은 같았다. 나는 오늘도 아침부터 저녁까지 난 30폭을 쳤다'고 하였다. 그리고 '두 선생에게 그 풍격을 묻고 싶었지만 할 수가 없었다'라고 하였다.

하루 종일 난초를 쳤던, 그의 그림에 대한 열의를 짐작할 수 있는 대목이다. 충성스런 문형산과 진백양의 인품을 흠모했던 그는 이들에게 자신의 난초 치는 격을 묻고 싶었지만, 천 년 전의 사람에게 어찌 물으랴. 다만 이들과 멀리 떨어져 있지만 '마음은 같다'라고 한 것에서 그의 속내를 짐작할 수 있다.

추사는 조희룡의 난 치는 법을 신뢰하지는 않았다. 추사는 아들 상우에게 보낸 글에서 '난을 치는 법은 예서隸書 쓰는 법과 가까우니 반드시 문자향文字香과 서권기書卷氣가 있은 다음에야 얻을 수 있다'고 하였고, 이어 '난 치는 법은 화법畵法대로 하는 것을 가장 꺼린다. 만약 화법대로 하려면 일필一筆도 하지 않는 것이 옳다'라고 하였다. 따라서 추사는 '조희룡은 내가 난을 치는 솜씨를 그대로 배웠지만, 한 가지 화법만을 쓰는 폐단을 면치 못했다. 이는 그의 가슴 속에 문자기文字氣가 없기 때문이다'라고 지적했다.

하지만 추사가 조희룡의 재주를 인정하지 않은 것은 아니다. 중인의 제자 중에 조희룡을 으뜸으로 여긴 정황은 여기저기서 확인할 수 있다. 아울러 여항인들에게 가장 애호를 받았던 그림은 조희룡의 그림이었다. 직업화가에 비해 문인적인 취향을 드러냈던 그의 그림은 여항인들이 좋아하는 요소를 두루 갖추고 있었던 셈이다.

그가 불교와 친숙해진 정황은 아무래도 추사와 초의를 통해 영향을 받았을 것이라 여겨진다.

그가 친불교적인 문인화가였음은 '불노佛奴'라는 호에서 짐작할 수 있다. 앞서 말한 바와 같이 '불노'라는 호는 조희룡이 초의에게 보낸 〈일정화영一庭花影〉 첩에서 확인되었다. 이 시첩은 총 7장으로 구성되어 있고, 겉표지엔 조희룡의 친필로 '초의노사草衣老師 사수査收'와 철적도인이 보내다[鐵篴道人寄]라는 글씨가 있다. 첫 장에는 '해남에서 소치도인(허련)이 자신이 그린 관음상과 글을 보내왔기에 시로 사례한다[小癡道人 自海南貽書 兼寄自寫觀音像 以詩謝之]'는 부제와 함께 시문이 있으며, 그가 해악海嶽(금강산)에서 돌아온 후 초의와 포연상인蒲蓮上人에게 보낸 시문이 있다. 마지막에는 초의 스님에게 일중공안을 참증해 달라는 부제가 붙은 시문이 있다. 지면관계상 그가 초의 스님과 포연 스님에게 법교를 청하며 올린 시를 소개한다.

도로 향하는 착하고 좋은 남녀가
번뇌와 고통을 다 없애려고
머리를 조아려 금강저에 비네
내 생애 천하의 책을 다 보지 못하고
누가 장차 이런 지경을 글로 쓸 수 있으랴
신선의 땅, 부처의 세계를 유생이 올라
더러운 도랑에서 흰 연꽃 피웠다는 소식을 듣지 못했네
비바람을 맞고 파도에 휘날릴까 두려워
유선(遊仙)에 숨을 수 있을까 나루에 묻는 마음
댕그랑 패옥 소리 울려도 머물 곳이 없어서
다만 노을 바라보고 마음대로 가지 못하네
황괴(皇愧)가 일어나도 큰 붓이 없어서
공연히 세상을 향해 무리지은 쇠파리라
세간의 문자란 오목한 절구 구멍
어찌 모양 밖을 다 들 수 있을까
만약 천고에 통한 사다리와 배를 만든다면
이에 공덕을 노래해 황왕皇王을 칭송하리
칠십이가(七十二家)를 봉선한 일이니
빛나는 옥문갑에 금니(金泥)를 모으리

向道善男與善女　煩惱苦趣共欲除　稽首願乞金剛杵　吾生未窮天下書
誰將是境下箋疏　仙都佛界登楮墨　未聞自成白芙蕖　恐被風雨飄烟瀛
可惹遊仙問津情　環珮冷冷無處所　只見雲霞無羔橫　發皇愧無大手筆

空向海內擬蠻蚡　世間文字是曰窠　安能象外可擧悉　若使千古通梯航

功德向此頌皇王　七十二家封禪事　玉檢金泥聚煌煌

　그는 '홀로 헐성루(금강산 정양사)에 올랐지만 이 묘체를 증명할 사람이 없어 이것을 기록하여 포연상인에게 보내니 돌려서 초의선사에게도 보냅니다. 아울러 법교를 청합니다[獨上歇惺樓　無人證是妙諦　錄此寄示蒲蓮上人　轉呈草衣禪師　並請法敎]'라고 하였다. 그리고 '초의법사께서 금강산을 돌아보시고 쓴 시는 지금 저에게 있으니 때때로 다시 꺼내 읽었습니다. 해악海嶽에서 돌아온 후 처음으로, 산을 보는데도 삼매三昧의 경지가 있다는 것을 알았습니다[草衣法師金剛望遊詩　今在余所　時復取讀於海岳　歸來之後　始知爲看山三昧]'라고 하였다. 그가 '그림으로 불사를 하는 것은 나로부터 시작되었다[以圖畵作佛事　自我始也]'라고 한 사실에서도 그의 불교적인 인식을 확인할 수 있다. 따라서 그의 〈매화도〉는 부처를 현현한 것이니 자신의 호를 불노佛奴라고 했던 뜻을 짐작할 수 있다. 실로 그는 부처를 가슴에 품은 화가였다.

다산 정약용
茶山 丁若鏞

다산 정약용(1762~1836)은 조선후기 실학을 집대성한 대학자로, 2,500여 수가 넘는 시를 남겼다. 경세經世에 관심이 컸던 그는 피폐해진 당시의 정치, 사회, 제도에 대해 그 문제점을 지적하고 다양한 대안을 제안했는데 이는 그의 수많은 저술에서 확인할 수 있다.

영민했던 그가 7세의 어린 나이에 '작은 산이 큰 산을 가리고 있으니[小山蔽大山] 멀고 가까움이 다르기 때문[遠近地不同]'이라는 시를 지었는데, 이를 본 그의 부친은 '분수分數에 밝으니 자라면 틀림없이 역법과 산수에 통달할 것'이라 하였다고 한다. 연천과 화순 현감을 지냈던 그의 부친은 바로 정재원丁載遠으로, 예천군수와 진주목사를 역임하기도 하였다.

다산이 고승 연담 스님을 만난 것은 1778년 무렵이다. 1777년 가을에 화순현감으로 부임하는 부친을 따라 아내와 함께 화순으로 간 다산은 이듬해에 화순에 온 둘째형 약전과 동림사에서 학문에 정진한다. 당시 동림사에는 교학과 선에 밝았던 연담유일(1720~1799)이 머물며 수행하고 있었으니, 현감이었던 그의 부친

은 이미 연담과 알고 지
낸 사이였을 것이라 여겨
진다. 그러기에 두 아들
을 동림사에 보내 공부에
열중할 수 있는 환경을
만들어 주었는데, 이 무
렵 유생들 중에 과거시험
을 위해 절에 머물며 공
부하는 이들이 많았다.
다산 또한 이를 위해 동

정약용 초상

림사에 머물렀을 것이라 여겨진다. 아무튼 연담과의 인연은 이렇
게 시작되었다.

그가 연담 스님을 위해 지은 〈지리산승가智異山僧歌〉에는 연담의
수행자다운 풍모가 잘 드러나 있다. 1778년경 다산이 본 연담은
'백발의 스님이 검은 승복을 입고[有僧白毫垂緇帆]' 있었다고 한다.
당시 연담은 58세의 노승이었기에 백발이 성성했다. 하지만 수행
이 높았던 스님은 '솔잎에 멀건 죽으로 목을 축이고[松葉稀糜或沾喉]
갈사葛絲(칡으로 만든 실)로 만든 방한모로 이마를 가린[葛絲煖帽常覆額]'
검소한 수행승이었다. 이미 그의 수행은 무주무상無住無常을 넘나든
경지였기에 '꽃이 피고 꽃이 져도 거들떠보지 않고[花開花落了不省]
오가는 구름처럼 한가할 뿐[雲來雲去只同閑]'이라고 한 것은 아닐까.

17세의 어린 다산이 불교의 이런 경지를 읊었으니 그의 불교
에 대한 박학이 어느 정도인지를 짐작할 수 있는 대목이다. 이뿐
아니라 다산은 이미 연담 스님의 수행력을 간파한 것일까. 그러

기에 그는 '내 들으니 설파가 선정에 들었다고 하는데[吾聞雪坡入禪定] 그 높은 발걸음이 여기에 숨어든 건 아닌가[無乃高蹤此逃匿]'라고 할 수 있었을 것이다. 그가 말한 설파상언雪坡尚彥(1707~1791)은 연담의 스승으로 화엄에 밝았던 대흥사 승려이다. 후일 다산이 강진 유배 시절에 만덕사 승려 아암혜장을 만난 것이나, 대흥사의 승려들과 전등계를 맺게 된 인연은 이로부터 싹튼 것인지도 모른다.

조선후기 성리학에 전도된 시류에서도 승려들에게 가르침을 베풀고 불교 경전을 배척하지는 않았던 다산은 유학자지만 불교를 가까이한 인물이었다.

그는 1762년 6월에 경기도 광주군 초부면 마현리에서 태어났다. 8대가 연이어 홍문관에 들어갔기에 '팔대옥당八代玉堂'이라 칭송된 명문가 집안이다. 그의 어머니는 해남윤씨 집안으로 공재 윤두서의 손녀이다. 어린 시절 천연두를 앓았는데, 그 흔적이 오른쪽 눈썹 위에 남아 눈썹이 세 갈래로 갈라졌다고 한다. 이로 인해 자호自號를 삼미자三眉子라 하였다.

그가 증광감시增廣監試의 초시初試에 합격한 것은 1783년이다. 이 듬해에 회시會試에 합격하여 생원生員이 되었다. 다산은 육경六經 이외에도 병법兵法이나 도가, 음양가, 묵가, 불교 등에도 관심을 가졌으니 그의 지식욕은 이처럼 왕성하였다.

특히 그가 천주교 교리에 호기심을 갖게 된 데에는 그의 이런 학문적 욕구도 큰 영향을 미쳤겠지만, 집안에 순교한 인물이 많았던 것도 주목해야 할 부분이라 여겨진다. 천주교와 관련된 집안의 내력을 간략하게 살펴보면, 다산의 형 약종과 그의 아들 철상이 신유박해辛酉迫害(1801년에 일어난 천주교인에 대한 박해사건) 때 순교했고, 한국인 최초로 세례를 받은 이승훈이 그의 자형姉兄이다. '황사영백서' 사건의 주모자로 지목된 황사영이 바로 큰형의 사위이고, 그에게 천주교 교리 책을 전해준 이벽은 큰형의 처남이었다. 실제 다산은 적극적으로 천주교를 신봉한 것은 아니라는 설이 일반적이다. 그럼에도 불구하고 정조가 승하한 후 그의 삶을 질곡으로 빠뜨린 것은 천주교와 관련된 인연 때문이었으며, 천주 교리에 대한 그의 호기심은 두고두고 그를 괴롭힌 빌미가 되었던 셈이다

다산은 과거제도에 부정적이었지만 벼슬을 멀리하거나 산림에 은둔한 산림처사는 아니었다. 과거를 통해 벼슬에 오르지 않고는 자신의 이상과 포부를 펼칠 수가 없었다. 이것이 현실이었다. 따라서 문과에 급제한 후 벼슬에 나아가 초계문신으로 임명되는 영광을 누렸고 정조의 총애를 받기도 하였다. 하지만 부친상을 당한 후 잠시 벼슬을 사직하였다가 다시 관직에 나아갔을 때에는 그의 정치적인 입지가 그리 단단하지 않았다. 그에 대한 임금의 신임은 변함이 없었지만 노론 벽파들의 정치 공세로 어려움을 겪는다. 다산의 고뇌는 정치적 상황만큼이나 암담했다. 얼마 후 다시 홍문관 교리에 제수되었다가 연천지방을 순행하는 암행어사가 되었다. 이 지역을 암행 순찰하던 그의 눈에 비친 현실은 피폐할 대로 피폐한 것이었다. 이런 현실을 그린 시 가운데 〈적성촌에서〉가 있다. 군포와 환곡에 시달리던 백성들의 참담한 삶을 다산은 '구리 수저 이정에게 빼앗긴 지 오래인데[銅匙舊遭里正攘] 지금은 옆집 부자가 무쇠 솥을 앗아 가네[鐵鍋新被隣豪奪]'라고 하였다. 그

리고 군포에 시달리던 백성들의 어려움에 대해 '큰아이 다섯 살에 기병으로 등록되고[大兒五歲騎兵簽] 세 살 난 놈은 군적에 올라 있어[小兒三歲軍官括] 두 아들 세공으로 오백 푼을 물고 나니[兩兒歲貢錢五百] 빨리 죽기 바라는데 하물며 옷을 입히랴[願渠速死況衣褐]'라고 하여 당시의 참담한 현실을 생생하게 그렸다. 이런 실상은 다산의 마음에 각인된 듯하다. 후일 그가 사회제도를 개혁하려는 의지를 드러낸 『목민심서』, 『흠흠신서』, 『경세유표』 등은 이런 배경에서 저술된 그의 노작勞作이다.

조선후기의 사회적인 참상은 백성을 수탈하는 관리들의 부패와 왕실의 무능에서 비롯되었다. 이를 해결하기 위해 토지제도의 개혁안을 낸 것이 「전론田論」이다. 다산은 이 글에서 '제가 듣기에 토지에는 두 사람의 주인이 있다고 합니다. 그 하나는 임금이고, 그 두 번째는 농사를 짓는 사람입니다[臣嘗謂田有二主 其一王者也 其二佃夫也]'라고 하였다. 따라서 권력과 힘이 있는 지주들이 사사로이 거두어들이는 소작료는 부당한 일이라고 하였다. 그러므로 토지를 개혁하여 '힘쓴 것이 많은 사람은 양곡을 많이 얻고 힘쓴 것이 적은 자는 적게 얻는 사회'를 만들고자 한 것이다. 이는 그가 젊은 시절에 주장했던 '여전제閭田制'의 기본 골격이다. 실현 가능성이 적었던 이 개혁안은 훗날 '정전제井田制'로 수정 보완되었는데, 이는 헐벗고 고생하는 백성들을 위한 그의 충심衷心이 드러난 것이라 하겠다.

앞서 말한 바와 같이 다산은 수많은 시를 지었다. 그런 그의 시 세계를 깊이 이해하고 본받은 인물이 황상黃裳이었다. 강진의 사의재 시절에 기른 아전 집안 출신의 황상은 다산의 시격을 이은 제자로 칭송되었을 뿐 아니라, 끝까지 사제의 의리를 지킨 인물이다. 이를 기리기 위해 다산의 아들 유산 정학연은 두 집안의 결연을 다지는 정황계丁黃契를 맺어 대대로 우의를 다지는 증표로 삼은 바 있다.

다산이 강진에서 보낸 〈시양아示兩兒〉에는 다산의 시에 대한 인식이 잘 드러나 있다. 그 내용은 이렇다.

> 무릇 시의 근본은 부자, 군신, 부부의 도리에 있으며, 혹은 그 즐거운 뜻을 드러내기도 하고 더러는 원망하는 마음과 사모하는 정을 알리기도 한다. 그 다음에는 세상을 근심하고 백성을 긍휼히 여기며 항상 힘없는 사람을 도와주고 재물이 없는 사람을 구제하려고 이리저리 생각하고 안타까워하여 차마 버리지 못하는 뜻이 있은 연후에 바야흐로 시를 짓는 것이다. 다만 자신의 이해만을 따른다면 이는 시가 아니다.
>
> (凡詩之本 在於父子君臣夫婦之倫 或宣揚其樂意 或導達其怨慕 其次憂世恤民 常有欲拯無力 欲賙無財 彷徨惻傷 不忍遽捨之意 然後 方是詩也 若只管自己利害 便不是詩)

그가 말하는 시의 근본은 오륜에 있다. 이는 유가 철학이 추구하는 사회 윤리의 기저基底이다. 다산이 말하는 시란 수양과 사회 윤리를 실천한 이후에만 완성할 수 있는 것이다. 따라서 그의 시론은 공자가 말한 충서忠恕의 실현을 목표로 한 것이다.

더구나 사회 윤리의 실천은 선비가 도달할 목표이기도 했다. 따라서 힘이 없거나 돈이 없어 고통 받는 백성을 구제하고 이끌어 함께 누리는 여민동락與民同樂이 바로 시를 짓는 목표였던 것이다. 이는 유학에 충실하고자 했던 다산이 내린 시의 정의이며 그가 이룩하고자 했던 시의 이상향이다.

하지만 그의 이런 포부는 정조의 승하 이후 그 빛을 잃었다. 그를 총애하고 신뢰했던 정조의 죽음은 다산의 삶 또한 암울해짐을 예단豫斷하는 사건이었다. 실제로 노론 벽파는 남인 시파를 대대적으로 숙청하는 신유옥사辛酉獄事를 일으킨다. 이들은 사흉四凶과 팔적八賊을 제거한다는 명분 아래 정약전을 신지도로 유배 보내고, 다산을 경상도 장기로 유배시켰다. 이때가 1801년 2월이다. 장기에서 지은 〈자신을 비웃으며[自笑]〉는 스스로를 되돌아보며 지은 것으로 그 내용은 다음과 같다.

의와 인이 무엇인지를 찾아 헤매며
젊은 시절 도를 구하려 이리저리 다녔네
망령되이 세상일을 모두 알고자 하여
이 세상의 모든 책들을 다 읽으려 했네
맑은 때엔 괴롭게도 활에 다친 새의 신세요
남은 목숨 이제는 그물에 걸린 고기라네
천년 후에 나를 아는 자 있으려는지
마음을 세운 일, 잘못된 것이 아니라 재주가 부족했네
迷茫義路與仁居 求道彷徨弱冠初 妄要盡知天下事 遂思窮覽域中書
淸時苦作傷弓鳥 殘命仍成掛網魚 千載有人知我否 立心非枉是材疎

그가 찾아 헤맨 의로義路는 의義이고 인거仁居는 인仁이다. 인은 인간의 천성이다. 인을 토대로 행신行身(자신의 처신)의 기준을 삼은 것이 의이다. 따라서 의는 준칙이며 사안事案을 보는 잣대이다. 약관의 나이에 세운 다산의 입지는 이와 같았다. 이러했던 그가 장기로 유배됨에 그의 처지는 활에 맞은 새, 그물에 걸린 고기처럼 암울했다. 이런 어려움 속에서도 인과 의를 찾아 헤맨 그의 태도는 선비의 기상이기도 하다.

결과적으로 다산이 유배의 어려움 속에서도 새로운 희망을 열었던 시기는 강진이었다. '천년 후에 나를 아는 자 있으려는지'라고 한 다산의 간절함은 결국 강진에서 토대를 놓게 된 셈이다. 실로 강진은 다산의 생애를 빛낸 인연들을 만난 곳이었다.

1801년에 다산은 황사영백서 사건에 연루되어 첫 유배지 장기에서 한양으로 압송, 모진 핍박에 시달렸지만 이렇다 할 혐의를 찾지 못하자 다시 강진으로 이배移配된다. 이는 수렴청정을 하던 정순황후의 작은 배려 덕분이었다.

그러나 막상 강진에 도착해 보니 다산 자신이 처한 현실은 생각보다 더 열악하고 어려웠던 듯하다. 이러한 당시의 상황은 그의 〈상예사전서喪禮四箋序〉에 자세한데, 일례로 '그곳 백성들은 유배온 사람 보기를 마치 큰 해독처럼 여겨서 가는 곳마다 모두 문을 부수고 담장을 무너뜨리면서 달아나 버렸다'고 하였다. 백성들조차 마주하기를 꺼려했던 죄인 다산을 '한 노파가 불쌍히 여기고 자기 집에서 살도록 해주었다'고 한다. 이렇게 겨우 거처를 정했지만 다산의 처지는 '창문을 닫아걸고 밤낮으로 혼자 있게' 되었으며, '누구와도 함께 이야기할 사람이 없는' 상황이었다. 당시 그의 사정은 〈객중서회客中書懷〉에 자세하다. 그 내용은 이렇다.

북풍에 흰 눈처럼 불어 날리어
남으로 강진 땅 주막집에 이르렀네
작은 산이 바다를 가려주니 다행이고
빽빽한 대나무 꽃으로 삼을 수 있어 좋구나
풍토병이 있는 땅이지만 오히려 겨울에는 줄어들고
근심이 많은 밤, 술을 더욱 더 마시네
나그네 수심을 그나마 녹이는 건
납일 전에 핀 붉은 동백꽃이라

北風吹我如飛雪　南抵康津賣飯家　幸有殘山遮海色　好將叢竹作年華

衣緣地瘴冬還減　酒爲愁多夜更加　一事纔能消客慮　山茶已吐臘前花

　　다산은 바람에 날리는 흰 눈 같은 존재일 뿐이었다. 바람이 부
는 대로 표류하는 존재, 그렇게 강진 땅에 이른 것이지만 자신의
뜻이 반영된 것은 아니었다. 이런 상황에서도 대인大人의 마음가
짐은 소인배와 다른 법이다. 현실을 인식하고 풀어나가는 다산의
태도는 달랐던 것이다. 바로 찬바람을 막아주는 산이 있고, 우거
진 대나무가 있기에 좋다는 그의 배포는 본받을 만한 선비의 여
유이자 결기다. 습한 곳에 흔한 풍토병도 기세가 꺾이는 겨울이
었기에 긴 밤을 망우주忘憂酒로 달랬던 그는, 겨울이라 풍토병이
기승을 부리지 않는다는 사실에 안심이 된 듯하다. 더구나 그의
수심을 녹여주는 납일臘日 전에 피는 붉은 동백꽃이 있음에랴.
　　아무튼 지방관의 횡포가 도를 넘었던 시절, 황칠黃漆을 공납하
던 백성들의 고초를 직접 목도한 그는 〈황칠黃漆〉이라는 시에서
고초에 시달리는 백성들의 아픔을 이렇게 드러냈다.

공납으로 해마다 공장(工匠)에게 통보되는데
징수하는 아전의 농간을 막을 길이 없어
토민들은 이 나무를 나쁜 나무라 지칭하여
밤마다 도끼 들고 몰래 와서 베어내네
貢苞年年輸匠作 胥吏徵求奸莫防 土人指樹爲惡木 每夜村斧潛來戕

황칠나무를 나쁜 나무라 부르는 백성의 뜻이나, 밤마다 몰래 황
칠나무를 베어 죽여야 했던 백성의 고통은 문정의 혼란을 단적으로
드러낸 것이라 하겠다. 다산은 이용후생에 관심이 높았다. 그가 농
기구 개량이나 농사법에 깊은 관심을 가지고 연구했던 사실은 그의
〈탐진농가耽津農歌〉에서도 확인된다.

남쪽에선 아이들도 한 손에 짧은 가래라
논 갈고 멀리서 물대기 수월히 하네
南童隻手持短鍤 容易治畦引灌遙

이렇게 이용후생에 관심이 많은 다산이었지만 그가 강진으로 이
배된 후 실제로 가장 먼저 착수하고 연구에 매진한 것은 예학이었
다. 이는 『상례사전喪禮四箋』과 『상례외편喪禮外編』의 편찬에서 단적으
로 드러난다. 예학의 중요성에 대해 다산은 〈상례사전서喪禮四箋序〉
에서 이렇게 말한다.

예란 천지의 정(情)이니 하늘에 근본을 두고 땅을 본받아 예가 그
사이에서 행해지는 것이다. 예는 천지의 정이므로 성인이 이것을

꾸미고 다듬었을 따름이다.

(禮者 天地之情 本於天 殽於地 而禮行於其間 禮者 天地之情 聖人特於是爲之節
文焉已)

이 문제와 관련하여 송재소 선생은 다산이 유배 초기에 상례喪
禮와 제례祭禮의 연구에 천착한 것은 자신이 천주교 신자라는 혐
의를 벗기 위함이었다는 견해를 피력한 바 있다. 같은 이유에서
다산은 유배의 어려움 속에서도 수신과 탁마에 열중하였으며, 강
학을 통해 몽학蒙學의 새로운 인연사를 펼쳐 나갔다. 그에게 강진
시절은 명성과 정치적 추락을 함께 경험한 시기라 하겠다.

후일 다산은 자신의 거처를 사의재四宜齋라 불렀는데, 이는 '생
각은 마땅히 맑아야 하고[思宜澹], 외모는 마땅히 장엄해야 하며[貌
宜莊], 말은 마땅히 적어야 하고[言宜認], 행동은 마땅히 신중해야
한다[動宜重]'는 의미를 담은 것이다. 이처럼 사의재는 어떠한 상
황에서도 선비의 도리를 잊지 않으려는 다산의 마음을 나타낸 것
이다. 다산이 무료함과 답답함을 달랠 수 있었던 힘의 원천은 저
술과 몽학이었다.

사의재 시절, 다산은 황상과 황경 형제뿐만 아니라 황지초, 이
청, 김재정 등과 같은 평민과 중인의 자제들에게도 가르침을 베풀
었다. 특히 황상은 다산의 가르침을 가슴에 새기며 종신토록 사제
의 인연을 이어갔던 인물이다. 이들의 인연은 후손까지 이어졌으
니, 이는 1845년에 맺은 정황계丁黃契를 통해서도 알 수 있다. 이뿐
아니라 다산의 아들 유산은 황상에게 추사와 그의 형제들, 권돈인
과 허련 등을 소개하여 그 교유의 폭을 넓히도록 하였으니 이는

1849년경의 일이다.

황상은 이들을 통해 초의의 높은 수행력에 대해서는 물론이거니와 차에 대한 그의 안목에 대해서도 들었을 터였다. 더구나 시에 밝았던 그였기에 초의가 시로써 경향에 알려진 내력 또한 알고 있었을 것이라 여겨진다. 자신이 지은 〈초의행〉에서 황상은 40년 만에 만난 초의의 모습을 이렇게 표현했다.

기유년(1849)에 열수에서 돌아와 초의가 계신 대둔사 초암으로 찾아갔는데, 머리가 하얗고 주름이 깊어 알아보지 못하였다. 그의 목소리와 모습을 보고서야 과연 초의인가 하는 의심이 없어졌다.
(今年己酉　自冽水還訪　草衣於大芚之草庵　雪髮皺皮　乃無始來　未覩之人也　聽其言　跡其行　果草衣無疑也)

이 기록을 토대로 역산해보면 이들이 처음 만난 것은 1809년이고 장소는 다산초당이었다. 그리고 40년이 흘러 다시 만난 것이다. 이후 이들의 교유는 더욱 공고해졌으니, '추사 선생이 보낸 수묵 〈죽로, 명선〉을 빌려다 보았다[丐見秋史先生所贈水墨竹爐茗禪之畵]'는 기록을 통해 이를 확인할 수 있겠다.

이들이 처음 만날 당시는 초의가 운흥사에서 대흥사로 거처를 옮긴 후였다. 1809년은 초의가 다산초당으로 다산을 찾아간 해이니, 여기에서 두 사람도 처음 만난 셈이다. 이미 아암을 통해 다산의 명성을 익히 들어 알고 있던 초의가 다산초당에 찾아간 것은 어쩌면 당연한 일이었는지도 모른다. 그렇다면 초의와 다산을 연결해준 아암혜장은 어떻게 다산과 교유했던 것일까. 그 인연을 살펴보자.

다산이 아암혜장(1772~1811)을 처음 만난 것은 1805년 봄이었다. 당시 아암은 대흥사의 이름난 학승으로, 주역에 밝았으며 시에서도 두각을 나타낸 인물이었다. 시와 주역에 밝았으므로 이에 대한 자신감도 컸던 것으로 짐작된다. 1805년경 백련사에 머물던 아암은 다산의 높은 학예의 경지를 흠모하여 교유하기를 갈망했다. 이러한 사실은 다산의 〈아암장공탑명兒菴藏公塔銘〉에 '내가 강진으로 귀양 가 5년째 되는 해 봄에 아암이 백련사에 와서 지냈는데, 나를 몹시 만나보고자 하였다[余謫康津 越五年春 兒菴来栖于白蓮社 渴欲見余]'라고 한 것에서도 드러난다.

이미 널리 알려진 바와 같이 이들의 첫 대면은 극적이었다. 1805년경에 다산은 백련사로 찾아가 한나절 가량이나 아암과 이야기를 나눴지만 끝내 자신의 신분을 밝히지 않았다고 한다. 다산이 돌아간 후 자신과 담소하던 인물이 다산이라는 사실을 알게 된 아암은 종종걸음으로 다산을 쫓아가 '공은 정대부 선생이 아닙니까. 저는 밤낮으로 공을 뵙고자 했는데 공께서 차마 이럴 수가 있습니까'라고 하였다. 이렇게 만난 두 사람은 하룻밤 사이에 스승과 제자의 인연을 맺었다. 『주역』에 대해 누구보다 밝은 식견을 지녔다고 자부했던 아암의 승복에는 그리 오랜 시간이 소요되지 않았다. 하룻밤 사이에 다산의 넓고 깊은 학문의 세계에 탄복한 아암은 '우물 안 개구리와 초파리는 실로 스스로 슬기로운 체 할 수가 없구나'라고 하였다. 이후 다산과 아암은 서로에게 이로운 인연을 엮어나갔는데, 이는 다산에게는 자신의 뜻을 피력할 제자들을 얻는 기회가 되고, 아암에게는 다산의 높은 학문적

향훈香薰을 누리는 계기가 되었다.

실제로 다산의 사의재 시절 든든한 후원자는 아암과 그의 문도들이었다. 고성암 보은산방에 거처를 마련하여 스승을 편히 묵도록 한 배려는 아암이 스승에게 보인 존경의 표현이었을 것이며, 자신이 만든 차를 보내 풍토병에 시달리는 다산의 심신을 위로할 수 있었던 것은 다산에게는 행운이었다. 다산이 차의 깊은 삼매를 이해한 것이나 차를 실용화하는 방책까지 낼 수 있었던 동인動因은 실로 아암에 있었다. 아울러 다산과 전등계 제자들의 끈끈한 학연도 아암으로부터 시작되었으니, 아암과 다산이 만든 유불의 학연은 백련사와 대흥사에 학문의 심연을 깊게 판 일이었던 것이다.

다산은 불서佛書에도 해박하였다. 이러한 정황은 초의에게 보낸 글 가운데 '불서에 보니 여러 가지 화두는 사람에게 의심을 일어나게 만든다. 그 구경究竟의 법이란 모두 적멸로 돌아가는 것뿐이다. 어찌 심신에 보탬이 있겠는가'라고 한 대목에서도 쉽게 알 수 있다. 다산은 '불가에서 화두의 궁극은 적멸로 들어가는 것일 뿐, 자신을 닦는 데에는 도움이 되지 않는다'는 의견을 피력하고 있는 것이다. 이뿐 아니라 신헌의 〈금당기주〉에 실려 있는, 다산이 초의에게 준 증언에서 다산은 이렇게 말하고 있다.

(불가의) 법신(法身)을 유가에서는 대체(大體)라 하고, 색신(色身)을 유가에서는 소체(小體)라 한다. (유가의) 도심(道心)을 불가에서는 진여(眞如)라 하고, 인심(人心)을 불가에서는 무명(無明)이라 한다. (유가의) 덕성을 높이는 것[尊德]을 너희는 정(定)이라 하고, 도(道)를 묻고 배우는 것을 너희는 혜(慧)라 한다. 피차가 서로 합당하지만

(유가와 불가의 견해를) 서로 섞어서 쓰지는 못한다. 다만 불가에서 요즘 무풍(巫風)이 크게 일어나니 이는 잘못된 것이라 할만하다.

(法身者 吾家所謂大體也 色身者 吾家所謂小體也 道心汝家所謂眞如也 人心汝家謂之無明 尊德性汝以爲定 道問學汝以謂慧 彼此相當 互不相用 但汝家近日巫風太張 是可惡也)

이처럼 다산은 불가의 교리에 대해서도 정연한 논리로 유가의 그것과 비교하며 상세히 설명할 수 있을 정도로 해박한 지식을 가지고 있었다. 한편, 조선후기 불가에서 만연된 무속에 대해서도 따끔하게 지적한 대목이 눈에 띈다.

다산은 초의뿐 아니라 학문적 소양이 있는 승려들에게 학문의 방법이나 시학뿐 아니라 역사를 편찬하는 방법도 전했다. 유불의 학문적 교유는 이처럼 다산에게 크게 빚을 지고 있었으니, 그가 해배되어 돌아간 후에도 해남, 강진 등에 포진된 그의 제자들에 의해 양자의 교유는 계속 이어졌다. 그가 뿌린 인연의 씨앗이 넓은 그늘을 이루어 조선후기 유불 교유에서 풍성한 인맥을 형성케 한 실질적 토대가 되었다 하겠다.

위당 신헌

威堂 申櫶

　　신헌(1810~1884)은 실학에 관심을 두 었던 추사의 제자다. 무신武臣이면서도 박학다식했던 그는 시문에 도 능해 유장儒將이라 불렸으니 이는 그의 문인적 성향을 말해주 는 것이라 하겠다. 신헌은 당시 추사의 문하에서 실사구시에 입 각한 학문적 입장을 훈습 받았을 것이다. 이뿐 아니라 그는 개화 파 인물이었던 박규수朴珪壽나 강위姜瑋 등과도 깊이 교유했으니, 변화하는 시대 조류에도 어느 정도 수용 의지가 있었음을 짐작할 수 있다. 특히 근대적 군사제도의 수립에도 힘썼던 그는 다산의 민보방위론民堡防衛論을 계승 발전시켜 『민보집설民堡輯說』과 『융서촬 요戎書撮要』 등을 저술하였다. 이 외에 금석학, 서법書法에도 깊이 천착하여 『금석원류휘집金石源流彙集』과 역사지리서인 『유산필기酉山 筆記』를 쓰고, 농법을 연구한 『농축회통農畜會通』을 저술하였다. 이 처럼 다양한 그의 관심사와 이에 따른 저술들은 그의 학문적 토 대였던 실사구시를 실천한 흔적이라 할 수 있겠다.

　　신헌은 원래 노론 집안에서 태어나 초명을 관호觀浩라 부르다가 헌櫶으로 개명하였다. 자는 국빈國賓이며, 위당威堂, 금당琴堂, 동양東

신헌 초상

陽, 우석于石 등의 호를 사용하였다.

1828년에 무과에 급제, 훈련원 주부에 임명된 후 전라도 병마절도사와 전라도 우수군절도사, 도총부 부총관 등을 역임했다. 1849년에 헌종이 위독할 때 사사로이 의원을 데리고 들어가 진찰을 했다는 것이 빌미가 되어 전라도 녹도鹿島로 유배되었다. 이런 그의 정치적 위기는 외척세력인 안동김씨 일파에게 배척을 당했기 때문이었다. 1854년에 녹도에서 무주로 이배되었다가 1857년경에 해배되었으니 이는 철종의 배려 덕분이었다. 그의 환로가 다시 빛을 발한 것은 고종 초기이다. 대원군의 신임을 얻어 형조와 공조뿐 아니라 병조판서까지 역임했던 그는 1866년 병인양요 때에는 총융사로 임명되어 강화도를 수비하다가 1876년에는 전권대관全權大官에 임명되어 구로다[黑田淸隆]와 강화도조약을 체결했다. 1882년에도 전권대관의 자격으로 미국의 슈펠트와 조미수호통상조약을 체결하는 등 조선 말 급변하는 정세 속에서 그의 외교적 수완은 빛을 더했다. 개항기의 혼란 속에서도 그는 보국충신保國忠臣의 의지를 잃지 않았다.

한때 그가 외척세력의 견제 속에서 영어囹圄되는 어려움을 겪을 때 그를 위로했던 이가 초의선사다. 신헌은 전라도 우수군절도사 재임 시절 추사의 소개로 초의를 처음 만났는데, 그 전에 이미 추사로부터 초의의 수행력이나 시재詩才에 대해 익히 들었을 터였다. 물론 차에 대한 인식도 있었을 것이며, 추사로부터 불교에 관해서도 배운 바가 있었을 것이다. 하지만 전라도 우수군절도사로 재임하던 1843년경부터 시작된 초의와의 깊은 교유가 그의 불교에 대한 관심을 더욱 증폭시켰을 것이라 여겨진다. 이러한 사실은 그가 초의에게 보낸 편지에서도 확인할 수 있는데, 그 내용은 다음과 같다.

> 끊긴 서운함이 매우 큽니다. 비가 내린 다음엔 겨울인데도 따뜻해져서 과연 봄기운이 도는 듯합니다. 스님께서는 맑고 화목하신지요. 마음에 두고 늘 생각함이 지극하고도 간절하여 어느 때에는 마음이 암담하다는 것도 느끼지 못합니다. 스님에 대한 생각이 이처럼 간절한데도 살피지 않으니 도리어 온통 얄미워집니다. 지난번 편지에 어느 정도 삼십봉을 달게 받겠다고 하셨으니 (그것을) 명백히 알고 있음을 인정한 것이 분명합니다. 하하. 두륜산에서 한번 보고 어찌 아무런 마음이 없겠습니까. 또 초암에서 묵으며 함께 유불을 이야기하면서 생사의 핵심을 밝혔고 현적(玄寂)을 탐구하였으니 진실로 크게 바라던 것입니다. 다만 관아의 위세를 생각하니 산문에 누를 끼칠까 두렵습니다. 비록 엄하게 경계하지만 또한 효과가 없어서 맑은 인연을 막을 듯합니다. 실로 영원하고도 참된 재질을 틈틈이 갖추지 못한 것이 부끄러울 뿐입니다. 지금 겨우 요행히 이르렀기에 그러므로 이를 보내서 오로지 스님에게 의지하니 스님

만이 벗어나게 가르칠 수 있을 것입니다. 허생이 그 사이 부친의 병환으로 집으로 돌아갔고 지금은 속세를 떠나지 못하고 있으니 탄식할 만합니다. 양식도 함께 여기에서 준비해 보냅니다. 이만. 14일. 우석생 돈.

감초 3속과 고추장 2승, 진유 2승, 만향 한 봉지를 부처님께 올리는 것이 어떨지요. 종제(從弟)는 아직 경험하지 않은 일이고 나이가 어리지만 보는 것이 좋습니다.

(阻悵比甚 雨餘冬暄 果行小春 卽詢禪履淸穆 懸念切至有時想到不覺黯黙 未審師意如是之切也 還切可憎 向書之多少自甘三十棒 可認其白知也明矣 奉呵奉呵 頭輪一見 豈無意也 亦一宿草菴 共談儒佛 明核死生 鉤玄探寂 固所大願 第念牙纛之威 恐貽山門之累 雖戒嚴之 亦似無傚 自阻淸緣 實多可愧永眞膏材料 間無備焉 今才幸到 故玆以委送 專恃於師 唯師指脫耳 許生間因親病還第 今未得俗去 可嘆也 粮饌並自此備送耳 不式 十四日 于石生 頓 甘薍三束 古椒醬二升 眞油貳升 萬香一封 可供佛盦否 從弟未經事 年少其善視之也)

우석于石은 신헌의 호이다. 실제 이 편지를 보낸 시점을 알 수 있는 근거는 분명치 않다. 그러나 14일이라는 날짜가 명기되어 있고 편지의 내용을 분석해 보면 편지를 쓴 시점을 밝힐 수 있는 단서가 아주 없는 것은 아니다. 예컨대 그가 '관아의 위세를 생각하니 산문에 누를 끼칠까 두렵습니다. 비록 엄하게 경계하지만 또한 효과가 없어서 맑은 인연을 막을 듯합니다'라고 한 대목으로 볼 때, 이는 그가 관직에 있을 때 쓴 것임이 분명하다. 또 그가 '허생이 그 사이 부친의 병환으로 집으로 돌아갔고'라고 한 대목이나 '초암에서 묵었다'는 언급으로 미루어 볼 때 이 편지를 쓴 시점이 언제인지를 가늠할 수 있는 단서는 이미 확보된 셈이다.

그럼 허생은 누구인가. 바로 소치 허련이다. 그가 신헌의 막하를 내왕한 것은 1844년경이다. 물론 이 일도 추사의 소개로 성사된 것이었다. 이를 계기로 1846년에 소치는 신헌을 따라 상경한 적이 있다. 따라서 이런 전후사정을 미루어 볼 때 신헌의 편지는 대략 1845년경에 쓴 것이라 여겨진다.

이 편지에서 특히 주목되는 부분이 '초암에서 묵으며 함께 유불을 이야기하면서 생사의 핵심을 밝혔고 현적을 탐구하였다'고 말한 대목인데, 이는 신헌이 초의를 통해 불교에 깊이 천착한 정황을 밝혀준다는 점에서 중요한 의미를 지닌다. 그가 묵었던 초암은 바로 초의의 수행처인 일지암이다. 결론적으로, 신헌이 전라도 우수군절도사 시절에 초의에게 보낸 이 편지는 신헌과 초의의 교유에서 중요한 촉매제 역할을 한 것이 불교였음을 확인해 주는 자료라 하겠다. 나아가 초의에게 기대어 불교에 깊이 천착하려는 의지를 드러낸 것이기도 하다.

이런 인연 때문이었던가. 초의는 신헌이 녹도로 유배되었을 때 험한 파도를 헤치고 적거에 찾아가는 성의를 보였다. 이러한 사실은 신헌이 쓴 〈일지암시고후발—枝菴詩稿後跋〉에 다음과 같이 기록되었다.

내가 녹도로 유배되었을 때 초의가 위험을 무릅쓰고 거룻배를 타고 와서 만났다. 나는 진서산 선생이 편찬한 『심경』을 읽고 있었는데, 함께 『심경』의 깊은 뜻을 생각하고 찾다가 돌아갔다.

(余方謫居海中 草衣抗葦涉險而來見 余讀眞西山先生所輯心經 仍與之 玩繹及歸)

이 외에 신헌은 〈유연자칠고찬발悠然子七高贊跋〉에서 '초의는 선에 깊었고 사생死生에 대해서도 밝았다. 사대부들과 잘 교유하였다[草衣深於禪 明於死生 喜與士大夫]'고 기록하기도 했다. 신헌 자신을 포함하여 당시 사대부들이 초의의 깊은 수행력이나 생사를 초월한 경계를 인정하고 교유했던 정황을 드러내주는 기록이라 하겠다.

이뿐 아니라 신헌은 추사의 해배를 기원하기 위한 불사佛事에도 크게 시주를 하였다. 그 결과로 완성된 것이 대흥사의 대광명전이다. 이곳에서 초의는 추사의 해배를 기원하는 불사를 주도하였으니, 신헌의 스승에 대한 예우는 이런 대목에서도 드러난다. 말년에 초의는 대광명전에서 열반했으니 이들의 인연은 이렇게 끈끈하였다. 한편 신헌은 차를 즐기며 지은 몇 편의 다시茶詩를 남겼다. 그가 차를 마신 후의 여유로움과 독서의 이로움을 노래한 〈소재小齋〉라는 제목의 시를 보자.

> 가을이 오면 귀밑머리 희어짐을 알겠고
> 무릎을 용납할 작은 집, 가벼운 거룻배인 듯하네
> 비 온 후에 뜰에 비친 달빛 온통 넓고도 환하며
> 숲 끝에 높이 부는 바람, 기세 당당하구나
> 붉은 꽃 피운 밀랍초에는 이삭이 맺혔으며
> 차 솥에 차를 달이자 녹색 물결이 이누나
> 번거로운 세상의 인연은 넉넉하고 한가로운 날 얻기 어려워
> 책 속에서 다시 일생의 근심을 잊었네

> 秋意年來感鬢毛　小齋容膝似輕舸　雨餘庭月空明闊　樹外天風氣勢豪
> 蠟燭撥花紅結穗　茶銚飛雪綠生濤　塵緣難得優閒日　卷裏還忘百歲勞

이 시는 담박한 삶을 살았던 그의 모습을 그린 것이다. 무엇보다 선비의 거처로, 검소함을 드러낸 소재용슬小齋容膝은 겨우 무릎을 용납할 정도의 작은 집을 말한다. 사대부의 검박한 삶은 가벼운 작은 배처럼 단순하여 장식이 많거나 무거운 것이 아니다. 특히 가을은 투명하고 맑은 계절이라 선비의 기상을 더욱 돋보이게 한다. 이런 계절에 '차 솥에 차를 달이자 녹색 물결이 이누나'라고 하였으니 담박한 차의 경지는 이미 드러난 셈이다. 물론 이 무렵 그가 마신 차는 산차나 떡차였을 것이다. 시 중에 '녹색 물결이 이누나'라는 표현이 있지만 이는 차를 달이는 정황을 시적으로 드러낸 것일 뿐, 실제로 고려나 조선 초기의 차인들처럼 말차를 즐긴 것은 아니다.

한편 그의 학문적 토대는 공맹학孔孟學이며, 『심경』을 탁마했다. 이런 사실은 그의 〈벽간소기壁間小記〉에 '아침에 차를 마시기 전에 20번을 읽고, 차를 마신 후에 20번을 읽는다. 저녁에 차를 마시기 전에 20번을 읽고, 차를 마신 후에 20번을 읽는다[朝茶前二十遍 茶後二十遍 暮茶前二十遍 茶後二十遍]'라고 한 것에서도 드러난다. 하지만 그가 주자처럼 음다를 일상화했는지는 분명치 않다. 다만 '초의차'가 절정의 진수를 드러냈던 시기에 초의의 초암에 내왕했다는 사실에서 차를 좋아했던 것만은 사실인 듯하다. 그가 남긴 몇 편의 다시는 이런 정황을 방증하는 자료라 하겠다.

유산 정학연
酉山 丁學淵

　　　　　　　　유산 정학연(1783~1859)은 다산의 장
남이다. 초명은 학가學稼, 자는 치기穉箕였다가 후에 치수穉修로 바
뀌었다. 호는 유산酉山, 백아노초白雅老樵, 철마산초객鐵馬山樵客 등을
사용하였다. 시문에 능해 추사나 홍현주, 홍성모, 이만용 같은 사
대부들과 교유하며 두릉시사杜陵詩社를 주도했다.

　　그가 강진 동문매반가東門賣飯家로 부친을 찾아간 것은 1802년
겨울 무렵이며, 1805년 겨울에 다시 부친이 계신 강진으로 내려
갔다. 당시 고성암 보은산방寶恩山房에서 수행하던 승려들에게 주
역周易을 강학하던 부친을 모시고 겨울 한 철을 보낸다. 당시 유
산이 강진에 내려왔지만 동문매반가의 단칸방에서는 이들 부자가
함께 머물 수 있는 형편이 아니었던 듯하다. 이런 전후 사정을
알게 된 아암은 이들 부자가 함께 추운 겨울을 편히 보낼 장소를
마련했는데, 이곳이 바로 보은산방이다. 따라서 유산은 고성암 보
은산방에서 만덕사 승려들뿐 아니라 일부 대흥사 승려들까지 교
유의 폭을 확대했으며, 이들과 교유하면서 자연스럽게 불교와 차
를 더욱 가까이했을 것이라 여겨진다. 이미 알려진 바와 같이 초

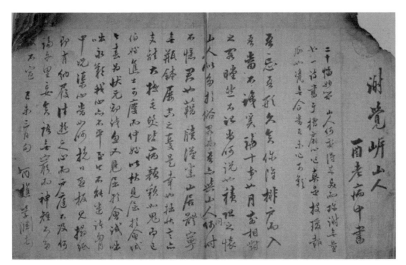

정학연의 글씨

의는 1809년 운흥사에서 대흥사로 수행처를 옮긴 후 다산초당에
드나들며 유산이나 황상, 윤종영, 윤종심 등을 만났다. 그리고 이
들은 평생토록 교유하며 우정을 이어갔다. 특히 초의가 추사를
만난 인연도 유산 때문이었으니, 그는 초의와 경화사족들을 이어
준 가교이자 후원자였던 셈이다. 따라서 유산이 초의에게 미친
은덕恩德은 그의 부친만큼이나 컸다고 하겠다. 막후 후견인이 되
어 미더운 우정을 나누었던 이들의 만남은 조선후기 아름다운 유
불儒佛 교유의 한 사례로 회자될 만하다.

한편 유산의 일생은 그리 평탄치는 않았던 듯하다. 아버지의
정치적 어려움 때문에 자신의 소신을 펼 기회를 얻지 못했던 그
는 말년에야 겨우 사옹원봉사司饔院奉事로 임명되는 기회를 얻었다.
하지만 그가 처한 현실은 녹녹치 않았다. 사옹원봉사로서 분원의

개혁 의지를 드러냈지만 그의 포부와 달리 정치, 사회적인 질서가 허물어지던 시기인지라 그 뜻을 펴기가 어려웠다. 이미 사용원을 둘러싼 관리들과 종친의 이권 개입도 피할 수가 없었다. 조선 백자의 질을 높이기 위해 임진왜란 때 잡혀간 조선피로사기장朝鮮披露砂器匠의 후손들과 접촉하는 등 분원의 개혁을 시도하려 했지만 그의 뜻은 실현될 수가 없었다. 이뿐 아니라 음서직蔭敍職으로 분원의 관리가 된 그였기에 현실적으로 과거를 통해 등용된 관리들의 차별까지 감수해야만 했다.

그런데 우리 학계에는 지금까지 유산이 사옹원봉사司饔院奉事에 임명된 시기가 1855년경인 것으로 알려져 있었다. 하지만 그가 1846년 2월에 초의에게 보낸 편지에 의하면 유산이 분원의 일에 간여하기 시작한 시기는 1855년보다 훨씬 이전일 수도 있다. 그 편지의 내용은 다음과 같다.

> 수룡 스님이 입적하셨다니 천리에서도 마음의 상처가 큽니다. 이 노스님께서 일찍이 고성암 보은산방에서 아버지를 모신 사람이라 (누구보다) 그립고 아낌이 출중(出衆)납니다. (더구나) 옛 친구가 돌아갔다니 어찌 슬퍼 탄식하지 않겠습니까. 이미 다비는 마쳤겠지요? 모든 일이 끝났겠지요. 봄추위가 품을 파고듭니다. 이런 때에 수행은 청건(淸健)하시며 용상(龍象)도 모두 편안한지요. 철우 노스님의 근황은 어떻습니까. 소식을 듣지 않은 지가 아득히 오래되었습니다. 어떤 때는 망연히 노심초사하여 잊을 수가 없습니다. 늙은 저는 4년 동안 괴이한 병이 들어 머리가 부도(浮圖)의 정수리처럼 되었고 이빨은 마치 썩은 흙 장승같으며, 눈은 해골 구멍처럼 광채

를 다 잃어 일말(一末) 싸늘한 시체와 같습니다. 수룡 스님의 좌탈한[坐化] 것과 견줄 만하여 도리어 한 계책을 따를 뿐이니 스스로 가련해 한들 어쩌겠습니까. 무엇으로 말미암아야 사뿐히 걸어 천천히 멀리 가는 객과 같겠습니까. 어느 날 내직(內直)께서 상원(上院) 여암(如菴) 사이에 이르렀을 때에 스님들과 편안하게 담소한 것은 이 사람 뿐이었습니다. 부고를 전하는 글을 대하니 눈물이 흐를 뿐입니다. 분원(分院, 광주분원) 자기창[瓷廠]에서 생산되는 묘한 그릇 중에 스님께서 쓰실 정병(淨瓶)과 바루(飯鉢)를 찾아둔 지가 이미 오래되었습니다. 인편이 마땅치 않아 보내지 못했습니다. 다시 어찌해야 할지요. 마침 감천(紺泉 윤종심)이 파수(灞水)를 건너간다고 하니 산란한 마음으로 몇 줄 편지를 썼습니다. 어느 날 스님께 도달할지 모르겠습니다. 나머지는 이만. 1846년 2월 28일 유산 병부 화남.

(神龍笙寂 千里傷神 此老曾侍先人於山房野寺者 而眷愛出衆矣 舊交零落 寧不悲歎 已茶毗否 萬事已矣 春寒入懷 此辰 法履淸健 龍象皆安 鐵牛老師禪況 更如何 漠未聞消息 有時惘然 勞心無以忘矣 老物怪疾四年 頭如浮圖頂 齒如朽堁人 眼如髑髏孔 神彩都亡 一末冷屍 比神龍坐化 還遜一籌 自憐 奈何 何由快步 如徐霞客 一日內直到上院如菴之間 與師輩竪拂穩談 此生已矣 臨紙潛然耳 分院瓷廠産妙瓷 覓師輩淨瓶飯鉢 置之已久 而無以因風吹送 亦復奈何 適因紺泉渡灞行 怊悵數行書 未知何日達梵展 都留 不究書式 丙午 二月 卄八日 酉山病夫 和南)

이 편지는 1846년 2월에 보낸 것이다. 여기서 유산은 '분원[광주분원] 자기창[瓷廠]에서 생산되는 묘한 그릇 중에 스님께서 쓰실 정병淨瓶과 바루[飯鉢]를 찾아둔 지가 이미 오래되었다'고 했다. 그렇다면 그가 분원에 간여한 시기는 학계에 알려진 1855년경보다 앞선 시기인 1846년 이전이라는 말이 된다. 따라서 앞에서 언급한 그의 편지는 이러한 사실을 밝힐 새로운 자료인 셈이니 이를 근거로, 사옹원봉사司饔院奉事로 분원의 일에 간여한 시기는 1846년경부터였음을 알 수 있다.

한편 그의 편지에서 언급한 수룡색성袖龍賾性(1777~1848)은 만덕사 아암의 고족高足으로 차를 잘 만들었으며 시와 글씨에도 능했던 승려다. 수룡이 다산의 전등계 제자 중에서도 으뜸으로 이름을 올린 것은 그만큼 다산과의 인연이 돈독했음을 드러낸다. 지금까지 수룡의 입적 시기가 정확하게 밝혀지지 않았다. 그러므로 이 편지는 유산의 사옹원봉사의 임명 시기와 수룡의 입적 시기가 1846년이었음을 함께 밝힌 자료인 셈이다. 이뿐 아니라 수룡은 유산이 강진을 내왕하던 시기에 만나 오랫동안 교유했던 승려로, 유산이 불교를 이해하는 데 도움을 주었으리라 여겨진다. 그리고 내직內直은 다산이 예문관 검열과 사간원 정언正言, 사헌부 지평持平에 제수되었던 적이 있기에 이렇게 부른 듯하다. 상원上院 내암이 어디인지는 분명하지 않다. 다만 승려들과 담소했다는 사실에서 다산이 머물던 고성암이나 만덕사가 아닐까 짐작할 뿐이다.

무엇보다 친밀하게 소통했던 수룡의 열반은 유산에게 있어 큰 아픔이었다. 이에 '천리에서도 마음의 상처가 큽니다. 이 노스님께서 일찍이 고성암 보은산방에서 아버지를 모신 사람이라 (누구보다) 그립고 아낌이 출중出衆납니다. (더구나) 옛 친구가 돌아갔다니 어찌 슬퍼 탄식하지 않겠습니까'라고 했던 것이다. 수룡의 열반 소식은 그에게 감당하기 어려운 슬픔이었으리라. 그러나 이런 상황에서도 초의를 향한 그의 속내는 '분원 자기창에서 생산

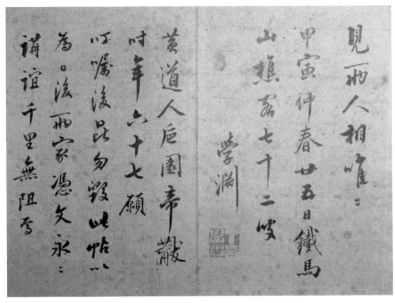

되는 묘한 그릇 중에 스님께서 쓰실 정병과 바루를 찾아둔 지가 이미 오래되었습니다. 인편이 마땅치 않아 보내지 못했습니다. 다시 어찌해야 할지요'라고 말할 정도였다. 자신이 관여하는 분원에서 생산되는 자기 중에 가장 좋은 것을 골라 초의에게 보내고자 한 그의 마음은 이처럼 친밀하고 따뜻했던 것이다.

마침 초의와도 내왕이 있는 윤종심이 해남으로 떠난다기에 이편지를 쓴다는 사연도 함께 밝혀 두었다. 편지에 등장하는 감천紺泉은 윤종심으로 다산의 다신계 제자이다. 다산이 해배된 후에도 해남의 다신계 제자들은 스승의 가르침대로 대흥사 승려들과 교유하며 시회를 여는 등 스승의 유풍遺風을 잊지 않았는데 이는 윤종심이 쓴 『가련유사迦蓮幽詞』에서 확인된다.

유산이 시문에 밝았던 선비였음은 이미 두릉시사杜陵詩社를 이끌었다는 것으로도 알 수 있거니와 선종의 수행법인 참선參禪에도 이해가 깊었다. 이러한 사실은 1831년경에 지은 그의 시를 통해 확인되는데, 그 내용은 다음과 같다.

> 쟁그랑 울리는 대지팡이 소리, 오히려 멀리서도 들리는데
> 슬피 바라보니 참으로 무리지어 날아가는 학과 같구나
> 느릅나무 서 있는 서당에는 오직 담담한 달빛뿐
> 귤 꽃 피는 남쪽 산마루에 외로운 구름이라
> 참선을 파하면 도연명의 꿈을 품을 수 있겠지만
> 잔병에 지쳐 글 지어 보낼 수도 없네
> 연사(蓮社)에서 동맹을 맺음이 부질없는 일이라
> 서리 내린 귀밑머리가 이미 삼분의 일이라네
>
> 鏗然竹錫遠猶聞 悵望眞同放鶴群 鍮葉西塘惟澹月 橘花南嶺自孤雲
> 罷禪可有懷陶夢 淹病仍無送暢文 蓮社結盟渾謾事 鬢邊霜雪已三分

초의의 시에 화답할 당시 그의 나이는 불혹不惑을 지나 오십에 가까웠다. 귀밑머리는 이미 삼분의 일이나 서리가 내린 듯 백발이 되었다고 하였다. 분명 '쟁그랑 울리는 대지팡이 소리'는 초의를 말하는 것이며 그의 수행자다운 품색이 '무리지어 날아가는 학과 같다'고 했다. 학은 깨끗한 기상을 지닌 초의를 빗댄 말이다. 이미 학처럼 맑디맑은 초의와의 이별도 그저 '슬피 바라볼' 뿐이던 그였다. 남쪽 산마루는 초의가 있는 곳, 산마루에 걸린

자유로운 구름처럼 초의는 걸림이 없는 운수납자였다.

유산 자신도 속세에 살고는 있지만 참선하고 나면 유유자적하던 도연명이 된다는 것이다. 그러나 오랫동안 병고에 시달린 그로서는 글 쓸 힘조차 없었다. 그의 우환은 이미 앞서 소개한 편지에도 '늙은 저는 4년 동안 괴이한 병이 들어 머리가 부도浮圖의 정수리처럼 되었고, 이빨은 마치 썩은 흙 장승같으며, 눈은 해골 구멍처럼 광채를 다 잃어 일말一末 싸늘한 시체와 같다'고 하였다. 따라서 초의 같은 승려들과의 굳은 결의도 부질없는 일이라 하였으니 그는 무상함과 공空 도리를 깊이 알고 있었다는 것을 알 수 있다. 영욕이 교차된 그의 삶에서, 승려들과의 교유를 통해 불교를 이해했던 일이나 차의 진미를 알았던 것은 실로 간난했던 그의 일상의 의지처였음을 부인하기 어려울 것이다.

일찍이 부친의 가르침으로 농사법이나 의술 등 실용적인 학문에 눈을 떴던 그는 『종축회통種畜會通』과 『유산총서酉山叢書』를 남겼다. 그가 지은 시는 『삼창관집三倉館集』에서 그 규모를 살펴볼 수 있고, 두륜산(해남 대흥사)을 유람한 후 쓴 〈유두륜산기遊頭輪山記〉를 남겼다. 이 밖에도 그의 편지를 묶은 『유산척독酉山尺牘』과 『십병함해十病函海』가 전해진다.

연천 홍석주
淵泉 洪奭周

연천 홍석주(1774~1842)는 주자학에
밝았던 조선후기의 명망 있는 권문세가다. 그의 아버지 홍인모洪
仁模와 어머니 영수합令壽閤 서씨는 모두 문장에 뛰어났다. 그의 아
우 홍길주洪吉周(1786~1841)는 사마천에 견줄만한 문장가라 칭송
된 인물이었고, 홍현주洪顯周(1793~1865) 또한 시문에 능한 문장
가로 정조의 둘째딸인 숙선옹주와 혼인하여 영명위永明尉로 봉해
졌으니, 그 문벌이 어느 정도인지 짐작할 수 있다.

원래 그는 노론, 낙론 계열인 김창협과 김원행의 학문을 이었
으며 연경에 다녀온 후 청초淸初의 고증학자 고염무顧炎武(1613~
1682)의 학문에 깊이 매료된다.

정주학程朱學에 기초를 둔 유학자였던 그는 노장사상에도 관심
을 두어 『정노訂老』를 저술하기도 하였다. 이뿐 아니라 그의 천재
성은 이미 약관의 나이도 되기 전에 대학자로서의 기틀을 갖춘 인
물이었다고 한다. 이러한 내력과 학문적 성향에도 불구하고 승려
들과도 폭 넓게 교유한 흔적은 그의 시문을 통해 드러나는데, 아
우 홍현주와 교유했던 초의 스님뿐 아니라 도갑사 승려인 견유見

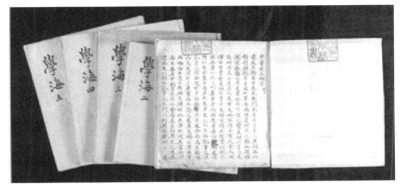

留, 대둔사 승려인 융신戎身과 지헌指軒, 그리고 승제勝濟 스님 등과도 깊이 교유했다. 이뿐 아니라 그가 도갑사와 대둔사, 송광사 같은 사찰을 유람하고 남긴 수편의 시문이 전해진다. 이로써 그가 정주학에 매진한 선비였지만, 노장이나 공사상은 물론 불교의 교리에도 깊이 천착했던 유학자였음을 알 수 있다.

박학다식했던 홍석주가 읽은 장서만도 1,600권이나 되었다고 하고, 그가 읽은 방대한 양의 이 책들을 분류하여 『홍씨독서록洪氏讀書錄』이라 명명했으니, 이는 그의 학문적 깊이가 어느 정도였는지를 짐작하게 해준다. 이 『홍씨독서록』의 서문에서 홍석주는 '내가 일찍이 읽어 감명을 받은 것과 대개 읽고 싶었으나 읽지 못한 책을 골라 그 제목을 나열하고 이에 대한 개요를 기록했다'고 하였고, 동생 헌중憲中이 자신처럼 책을 읽어 요령을 얻지 못할까 염려해서 이 책을 지었다는 명분도 또렷이 밝혔다.

한편 그의 불교에 대한 이해는 월출산과 대둔사를 방문했을 때 지은 시문을 통해 드러난다. 특히 그가 월출산 산정山頂의 상견성

암上見性庵에 올라 희작戲作한 시에서는 그의 불교에 대한 이해가
어느 정도인지를 쉽게 짐작할 수 있는데, 그 내용은 다음과 같다.

월출은 부처의 마음이고
높은 산봉우리는 곧 견성이라
어찌하여 견성인가
몸이 무상등에 있어서라네
일체의 모든 고해의 상(相)이
울타리를 잡고 다시 돌다리로 이어졌네
점차 발꿈치를 가두지 않는다면
천 길의 함정으로 실추되리라
이미 만들어진 후에는
절로 차별 없는 경지를 이루네
만약 차별의 경지를 구한다면
이는 대승의 경지라 말할 수가 없네
즐겁지 않기 때문에 두려움도 없고
동(動)을 잊었기에 정(靜) 또한 잊었네
구름이 걸친 숲은 보리가 아니며
바다에 뜬 달도 밝은 거울이 아니라
코끼리 털의 파리를 불자(拂子)로 터니
유리구슬이 이마를 뚫네
나의 법안으로 보니
모든 경계가 공하네
어찌 하물며 그릇된 생각으로 꾸미리오

금벽(金碧)이 서로 비치네
함께 해탈하는 것만 못하니
다만 맑고 고요한 물에 있을 뿐이라

月出爲印心　峰高名見性　如何是見性　身在無上等

一切諸苦相　攀蘿復緣磴　稍不牢脚跟　失墮千尋穽

及其旣造後　亦自無別境　若更求別境　是不名上乘

無喜故無怖　忘動亦忘靜　雲林非菩提　海月非明鏡

象毛蠅拂子　琉璃珠貫頂　我以法眼觀　空諸所有景

何況餙妄身　金碧交輝映　不如俱解脫　秪存水淸淨

　　연천이 앞에 인용한 시를 지은 것은 두륜산과 송광사를 유람할
무렵인 듯하다. 당시 그는 이곳을 유람한 후 〈두륜산유기頭輪遊記〉
와 〈송광유기松廣遊記〉를 짓기도 하였다. 하지만 그의 유람 시기
선후는 알려지지 않았지만 영암의 월출산에 올라 지은 것이 분명
하다. 월출산 산정에서 지은 시에는 '월출산 산정에는 암자가 있
는데 이름이 상견성이다. 무심이 게어偈語를 짓는다[月出山頂有庵 名曰
上見 戱作偈語]'라고 하였으니 상견성암의 승려들과 선을 주제로 담
소했으리라 짐작된다. 이에 앞서 그는 〈밤에 월출산 도갑사에서
묵으며[夜宿月出山道岬寺]〉라는 시를 지었는데 이 시에 '관등 하나가
항하를 비치니, 산사의 차가운 종은 소리 내어 답하네'라고 하였
다. 따라서 앞에 인용한 시는 그가 도갑사에 묵은 후 월출산에
올랐거나, 아니면 월출산에 오른 후 도갑사에서 하룻밤을 머물렀
을 것이다. 아무튼 그가 '심인心印'이나 '견성見性', '법안法眼', '보
리'와 같은 불교용어를 자유롭게 구사한다는 점이 이채롭다. 특

히 초구初句의 월출月出은 그가 오른 산 이름으로 해인海印, 심인心印에 배대했다는 점에서도 그의 불교에 대한 이해는 그 심연이 깊었음을 짐작하게 한다. 물론 그의 박학다식은 이미 널리 알려진 사실로, 1,600여 권이 넘는 방대한 독서량을 보였던 그이기에 해박한 불교 이해는 당연지사이자 조선후기 불교를 만난 유학자들의 공통된 정서이기도 하다.

한편 그가 도갑사를 떠날 때에는 비가 내렸다. 이럼에도 불구하고 도갑사를 떠나야만 했던 전후사정을 알 수는 없지만, '앞길엔 기이한 볼거리가 있으니[前行有奇觀] 내 수레 더 머물 수가 없네[未可淹吾駕]'라고 말한 연천의 여유는 조선 선비의 기품을 드러낸 것이기도 하다.

그가 〈도갑사를 출발하며 산승 견유見留에게 답한 시[冒雨出道岬答山僧見留者]〉를 살펴보면 다음과 같다.

묵은 구름이 산으로 돌아가지 않아도
맑은 샘물이 끝없이 흐른다네
산승이 봄나물을 잘라다가
비바람 부는 밤 나를 위로하였네
아득한 진흙길 실로 건너기 어려운데
후한 뜻에 거듭하여 감사하네
앞길엔 기이한 볼거리가 있으니
내 수레 더 머물 수가 없네

宿雲不歸山　石泉澄餘瀉　山僧剪春蔬　慰我風雨夜

脩塗信難涉　厚意重堪謝　前行有奇觀　未可淹吾駕

도갑사 산승은 봄나물을 잘라다가 정갈한 공양을 준비했을 터이다. 비바람 몰아치는 저녁, 따뜻한 소찬은 속객俗客을 위로하기에 충분한 공양물이다. 더구나 산승의 신실한 성의는 연천의 심신을 흡족케 했으리라. 그러기에 그는 '후한 뜻에 거듭하여 감사하네'라고 말한 것이다. 시의 묘미는 이처럼 함축적이다. 이에 홍석주도 사람의 마음을 거쳐 드러나는 것이 시라고 말한 바 있다. 〈답김평중논문서金平仲論文書〉에 나오는 다음과 같은 구절을 보자.

대저 시란 어디에서 나오는가. 기(氣)에서 나온다. 어디에서 발하는가. 정에서 나온다. 기는 하늘에서 나오고 정은 사람에게서 나온다. 하늘과 사람의 오묘한 느낌 중에 이것(시)보다 먼저 나오는 것은 없다.

(夫詩奚出乎 出于氣 奚發乎 發于情 氣出於天 情出於人 天人之妙感 莫是先焉)

여기서 천天은 이理나 도道를 말한다. 그런데 '기는 하늘에서 나오는 것'이라 하였다. 결국 시란 도에서 흘러나와 사람의 마음에서 드러난다는 것이다. 그가 '마음 밖에 문文이 없고 도 밖에 마음이 없다[心外無文 道外無心]'라고 하였으니 이는 그의 시작론詩作論이기도 하다.

한편 불교의 공空에 대한 또렷한 그의 인식은 대둔사의 융신과 지헌 두 스님에게 써준 시에 잘 나타난다. 당시 그는 대둔사의 두 스님과 선을 담론했을 터다. 그러기에 '마침 도갑사에서 지은 게어偈語를 고쳐 두 수를 지었다고 했고, 또 이별할 때에 네 게어偈語를 지어 두 스님에게 주었다'고 한 것이다. 따라서 그의 공에 대한 인식은 대둔사 승려 융신과 지헌 스님과의 담론에서 그 규모를 드러낸 셈이다. 두 스님에게 지어 준 시 중에 두 수를 소개하면 다음과 같다.

밥을 다 먹고 나서
발우를 닦은 후 미타를 염불하네
빈산엔 사람의 자취마저 끊어졌는데
(빈산엔 여전히) 물 흐르고 무심히 꽃이 피었네
겨울에도 보리수는 푸르고
바다에 뜬 달, 명경대로다
본래 일물도 없는 것인데
어찌 먼지를 닦으려 애쓰리오
飯食旣畢已 撲鉢念彌陀 空山不見人 流水與閑花
冬靑菩提樹 海月明鏡臺 本自無一物 何勞拭塵埃

물을 색이라 말한다면
잡아도 자취가 없고
만약 물을 공하다 말한다면
(물을) 보면 곧 색이라
색도 아니고 또 공도 아니라
어찌 분별이 일어날까
서강의 강물을 다 마셨으리니
그대는 한 바퀴 돌려주시길
若道水是色 執之不見跡 若道水是空 視之卽有色
非色亦非空 何更起別見 吸盡西江水 請君下一轉

연천은 불교의 정곡을 알고 있었다. 그러기에 '본래 일물도 없는 것인데, 어찌 먼지를 닦으려 애쓰리오'라고 말한 것이다. 더구나 그의 시는 혜능선사의 게송인 '보리는 본래 나무가 없고, 명경도 대가 있는 것은 아니다. 본래에 한 물건도 없거늘, 어느 곳에서 티끌이 일어나리오[菩提本無樹 明鏡亦非臺 本來無一物 何處惹塵埃]'라고 한 것과 상통한다. 따라서 이는 연천의 불교에 대한 박학을 짐작하게 하는 대목인 셈이다. 실로 연천은 불교의 정수를 익히 알고 있었던 유학자라 하겠다.

그의 초명은 호기鎬基이며 자는 성백成伯, 호는 연천淵泉이다. 1795년 문과에 급제한 후 직장, 검열 등을 역임하는 등 그의 환로宦路는 비교적 순탄하여 이조판서, 양관대제학, 좌의정에 오르기도 하였다. 세손世孫의 사부師傅로 헌종과 인연을 맺은 후 세도정치에 참여했다. 1836년 남응중의 모반에 연루되어 탄핵을 받고 삭탈관직削奪官職 되었다가 1839년에 다시 복권되어 영중추부사에 올랐다. 그의 대표적인 저술로는 『연천집淵泉集』, 『학해學海』, 『영가삼이집永嘉三怡集』, 『동사세가東史世家』, 『학강산필鶴岡散筆』, 『상서보전尙書補傳』 등이 있다.

풍고 김조순

楓皐 金祖淳

　　　　　조선후기 노론 시파時派의 핵심이었던
풍고 김조순(1765~1832)은 정조의 개혁정치에 협력하였으며, 어
린 순조가 등극한 후 그의 딸이 왕비로 책봉됨에 따라 영안부원
군永安府院君에 봉해진다. 정순왕후가 돌아간 후에 노론 벽파를 제
거한 그는 실권을 장악했으니, 실제 안동김씨의 세도정치는 이로
부터 시작된 셈이었다.

　그의 자는 사원士源이며, 풍고楓皐라는 자호自號를 썼는데 이는
단풍나무 언덕이라는 뜻이다. 그의 집 근처에 단풍나무 1,000여
그루를 심었던 데에서 유래했다. 원래 단풍나무는 한나라 때부터
궁궐에 많이 심었던 나무라고 전해진다. 이로부터 단풍나무는 궁
궐을 상징하는 나무로 인식했던 듯하다. 따라서 그의 호가 단풍
나무 언덕을 뜻하는 '풍고'였다는 사실은 정치적인 의미를 깊이
상징하고 있는 것인지도 모른다.

　어릴 때부터 재기가 있었을 뿐 아니라 문장에도 뛰어났던 그는
기량과 식견까지 출중하여 정조의 총애를 받는다. 그가 어린 왕세
자를 보필하는 직책을 맡았던 것도 정조의 그에 대한 신뢰를 짐

작하게 한다. 특히 순조의 장인으로 국구國舅가 된 그는 왕에 오른 순조가 덕을 갖춘 군왕이 될 수 있도록 조력을 아끼지 않았다.

그가 정조의 초계문신이 될 수 있었던 것은 그의 문장이 뛰어났기 때문이다. 그가 수편의 시문詩文 이외에도 다수의 비명碑銘과 지문, 시책문을 지었다는 사실은 『풍고집楓皐集』에서 확인할 수 있다. 특히 그는 대나무 그림에도 능했다고 전해진다.

조선후기 문신이며 정치가였던 풍고의 삶을 대략 살펴보자. 그는 영의정을 지낸 충헌공 김창집金昌集의 현손이며 서흥부사를 역임한 김이중金履中의 아들이다. 이러한 사실에서도 그의 가문의 정도를 짐작할 수 있다.

대체로 그의 환로宦路는 순탄하였다. 약관의 나이에 문과에 급제한 후, 검열檢閱로 제수되었던 그가 지방의 민요와 풍속을 채록하여 '시정기時政記'를 만들자는 의견을 건의하여 실시된 것은 초계문신으로 발탁된 후의 일이다.

그의 정치적 색채는 1788년 규장각 대교待敎로 재직할 때에 시파時派와 벽파僻派의 대립에서 중립적인 입장을 지켰을 뿐 아니라 당쟁을 없앨 것을 강력하게 주장했던 사실에서도 드러난다. 순조가 즉위한 후 부제학, 병조판서, 이조판서를 역임하는 등 요직에 제수되었지만 겸양을 잃지 않았다.

하지만 순조 초기에 정치는 혼란했다. 정국을 주도했던 벽파는 그리 오래가지 못하였고 그 뒤를 이은 것은 외척세력이었다. 이들은 강력한 통제보다는 완화 정책을 선호하였지만 당시의 시류는 사회 정치적으로 활력을 찾기에 어려운 상황이었다. 특히 세도정치에 의한 권력 집중은 정치적인 문란을 야기했고, 이는 고스란히 백성들에게 고통스런 짐이 되었다. 당시 지방 관리의 부패는 극에 달했으니 농민들의 불만이 방서榜書나 괴문서 형태로 나돌았던 것도 이 무렵이다. 도적떼가 된 유랑민은 약탈을 일삼았고, 농민이 주체가 된 민란도 빈번하게 일어났다.

이런 시대를 살았던 풍고 김조순은 불교를 배척하기보다는 이해하려 했던 사대부였다. 조선후기 유생들의 친불교적인 이해는 어쩌면 시대적인 흐름이었던 듯하다. 더구나 젊은 시절부터 새로운 문체를 즐긴 풍고는 신유행을 선도하기도 하였다. 이러한 사실은 그가 소설체인 『오대검협전』을 썼던 사실에서도 드러났으니, 정조 때 일어난 문체반정은 당시 사조思潮의 일단一段이었던 셈이다.

풍고가 승려들과 교유하며 남긴 몇 편의 시 또한 그의 불교적인 이해를 드러내기에 부족함이 없다. 그가 영명사와 의상이 개산조開山祖였던 태고사를 찾아갔던 일이나 서산대사의 진영을 배관했던 사실 이외에도 영원암의 치감 스님과 교외에서 만난 일, 체일 스님과 깊이 교감했던 인연도 그의 시에서 살펴볼 수 있는 대목이다. 먼저 그가 서산대사의 진영을 배관한 후의 감회를 나타낸 〈서산대산 진영을 보다가 서산대사 시를 차운하다[觀西山大師影 仍次西山大師韻]〉를 살펴보면 다음과 같다.

> 관음전 오른 쪽에 청허실이라
> 학 같은 서산의 진영에 학이 서 있는 듯
> 천겁이 지나도 묘향은 무너지지 않음을 알았으니
> 서산대사의 명성은 응당 산과 같으리
>
> 觀音殿右淸虛室 遺像西山鶴立鷄 千劫妙香知不壞 師名應復與山齊

아마 그가 본 서산대사의 진영은 묘향산에 있었던 듯하다. 이는 그가 '천겁이 지나도 묘향은 무너지지 않음을 알았으니'라고 한 대목에서 알 수 있으며 묘향산 관음전에 서산대사의 진영을 모신 곳을 '청허실淸虛室'이라 했다는 사실도 확인할 수 있다. 높은 수행력을 지닌 '서산대사의 명성은 응당 산과 같으리'라고 한 대목이 돋보인다. 한편 그가 머물던 산방도 산사처럼 고요했던 것일까. 선미禪味적인 요소와 정서를 드러낸 그의 〈산방山房〉을 살펴보면 다음과 같다.

> (내) 산방은 산사와 같아
> 좁은 길엔 구름이 언덕을 이뤘네
> 문 앞의 소나무들 고요한데
> 한 줄기 맑은 물이 사립문을 감돌아 흐르누나

시름 겨운 마음으로 홀로 앉아 있으니
멀리 볼만한 건 저녁노을이라
가장 좋아하는 그윽한 곳에는
고운 서릿발이 넓게 펼쳐졌네

山房似山寺　仄徑到雲巒　門對千松靜　籬廻一水寒

秋情思獨坐　殘照耐遙看　最愛通幽處　霜花數畝寬

　그가 머문 산방은 지금의 청와대 부근, 그가 단풍나무를 심었
던 거처 주변의 초암일 것이라 짐작된다. 그러므로 산사처럼 좁
은 길에 구름 언덕이 생겼을 터이다. 더구나 선승이 머무는 곳처
럼 문 밖엔 소나무 우거져 더욱 적력寂歷한 선미禪味를 드러내고,
사립문 앞에 흐르는 산골 물소리는 맑디맑은 풍경을 그려낸다.
홀로 앉아 시름겨워하는 그의 심회는 멀리에서도 볼만한 저녁노
을에서 장엄한 함축미를 담아냈다. 이처럼 뛰어났던 그의 문재文
才는 〈영원암의 치감 스님에게 주고 아울러 선을 드러내다[贈靈源菴
致鑑上人 兼示諸禪]〉에서도 극명히 드러난다. 그 시는 다음과 같다.

　산 중턱에 한 암자를 새로 얽었지만
　한가롭게 올라가지만 멀리서 놀러온 사람은 드무네
　장엄한 풍경, 하늘을 향해 드러나고
　소쇄함은 속진을 뛰어 넘었네
　나란히 늘어선 잣나무 뜰, 다시 견성하고
　포단에 앉아 신과 통할 만하네
　어떻게 많은 업을 탈각하는가 하면

이곳에서 명을 피하고 또 참을 기르라 하겠네

山牛孤菴結構新 登臨開殺遠遊人 莊嚴迴露諸天相 蕭灑超離下界塵

栖樹參庭還見性 蒲團一坐可通神 云何脫却多生業 此地逃名又養眞

영원암은 금강산에 있던 절로 치감 스님이 수행하던 암자이다. 이곳을 찾았던 풍고는 일없이 한가한 암자의 모습을 '장엄한 풍경, 하늘을 향해 드러나고, 소쇄함은 속진을 뛰어 넘었네'라고 읊었다. 더구나 견성見性을 잣나무 늘어선 뜰이라 하였으니 이는 조주선사의 '뜰 앞에 잣나무'를 말하는 듯하다. 그러므로 그는 화두의 일단一段을 알았던 선비였던 것이다. 이뿐만 아니라 그가 '어떻게 많은 업을 탈각하는가 하면, 이곳에서 명을 피하고 또 참을 기르라 하겠네'라고 말하는 대목에서는 일단의 묘처妙處를 드러낸 것이라 하겠다. 이처럼 그는 불교에 밝았던 인물이다. 그는 또 〈산으로 돌아가는 원명 스님을 전송하며[送圓明上人還山]〉에서는 이렇게 읊었다.

강월 스님, 말을 나누다가
기림을 수호하려 돌아갔네
속세에서 서로 사귀는 일을 끊었으니
거듭 발원하는 마음 일어나네
대장경은 오히려 술지게미를 빠는 것일 뿐
초조(달마)는 맹렬이 침을 비비네
약해지고 상실된 나의 도, 부끄러워
이리저리 헤매느라 흰머리가 되었네

施言江月釋 歸去守祗林 却斷和光事 重思發願心

大藏猶舐粕 初祖猛按針 弱喪慚吾道 彷徨白首臨

　한편 초의는 1830년 두 번째 상경에서 그의 아들 황산黃山 김
유근金逌根과 창수唱酬한 시를 지은 바가 있고, 추사도 풍고와 깊
이 교유했고, 초의 또한 그와 교류하였다. 그러므로 풍고 또한
차를 즐긴 인물이었을 것이다. 하지만 이러한 정황을 밝혀줄 실
질적인 자료가 드러난 것은 아니다. 다만 그가 연경에 다녀온
인사였다는 점에서도 그 개연성을 미루어 짐작할 뿐이다.

대산 김매순

臺山 金邁淳

　　　　　　　　　대산 김매순(1776~1840)은 초계문신抄
啓文臣이었으며 홍석주와 함께 여한십대가麗韓十大家로 칭송되던 문
장가이다. 김창흡金昌翕의 후손으로, 1795년 정시문과에 병과로 급
제한 그는 검열檢閱, 사인舍人을 거쳐 예조참판, 강화유수에 오르는
등 비교적 평탄한 삶을 살았지만 변고를 당하기도 하였다. 사후
에 판서로 추증되었다. 그의 자는 덕수德叟이며 대산臺山, 석릉자石
陵子, 풍서주인風棲主人이라는 호를 썼고, 『대산집』과 『주자대전차문
표보朱子大全劄問標補』를 남겼다.

　학문뿐 아니라 덕행에서도 괄목할 만하다는 평가를 받았던 그
는 권상하權尙夏의 문하에서 공부했다. 〈승지 정약용에게 답하는
글〉에서는 주자朱子에 대한 그의 깊은 이해와 아울러 자신의 학문
적 치밀성이 여지없이 드러나고, 의리 판단이 깊고 단단함은 〈한
음漢陰과 백사白沙 두 공의 일을 논함〉에서 드러난다. 그는 문도합
일文道合一의 당위성을 주장하는 한편 학문의 목적을 위선爲善에 두
었다. 이뿐 아니라 그는 입본궁행立本躬行을 중시하였으며, 호락논
쟁湖洛論爭 양설을 비판하면서 절충론을 제시하기도 하였다. 특히

고문古文에 밝았던 그는 문장을 짓는 재주뿐 아니라 비평에도 능했고 제문祭文을 잘 지었다고 전해진다.

한편 그는 다산 정약용과 인간적인 만남뿐 아니라 학문적으로도 영향을 받았다. 이는 그가 이용후생이나 경세經世에 관심을 보였던 사실에서 짐작할 수 있다. 나아가 그가 대흥사 승려 초의와 교유했던 것 역시 다산의 영향이 컸을 것이라 짐작된다. 김매순과 초의의 교유는 초의의 『일지암시고』에서 확인되는데, 초의가 두 번째 상경 길에 오른 이듬해(1831)에 용호蓉湖의 김매순 집을 찾아 시회를 열었다고 했다. 이 당시 초의는 김매순과 친분이 있었던 능산綾山 구행원具行遠과 문산文山 이재의李載毅(1772~1839) 등을 만나 서로 시를 지어 자신의 뜻을 드러내기도 하였다.

실제 김매순은 주자학에 밝았던 인물이지만 적석사積石寺나 백운사, 분황사, 화장사華藏寺를 유람했던 사실로 미루어 볼 때 그 또한 불교를 이해하려 했던 유학자라고 할 수 있다. 그가 적석사를 찾아가던 길에 지은 〈심적석사도중호운尋積石寺道中呼韻〉은 다음과 같다.

추풍 속의 작은 무리
긴 언덕의 좁은 길에 늘어졌네
들쭉날쭉 떨어질 듯한 풍경에 의지하여
아득한 하늘을 바라보네
길을 따라 들리는 왁자지껄한 소리
절에 이르자 시기(詩期)가 원만해지네
서리 맞은 벼, 반쯤 거두었고

화장사가 그려진 정선의 〈동작진도〉

굽이 굽은 평원을 보네

小隊秋風裏 崖蹊十里懸 參差攀落景 縹緲望諸天

訟許沿途聽 詩期到寺圓 霜秫垂半穫 曲曲見平川

　　실제 적석사는 어디에 위치한 절이었을까. 불교와 관련된 사이
트를 찾아보니 적석사는 서울 삼각산에 위치한 절과 고찰인 강화
소재 적석사가 있다. 하지만 그가 '굽이 굽은 평원이 보인다'고 말
했던 것으로 보아, 그가 찾았던 적석사는 강화의 절이 아니었을까
생각한다. 때는 가을이었던지 '서리 맞은 벼, 반쯤 거두었다'고 하
였다.

　　지금의 흑석동에 위치했던 화장사를 찾아 유람하던 때를 그린
〈유화장사기遊華藏寺記〉는 장문長文의 글이지만 말년에 그의 일상을

소상히 드러냈다는 점에서 중요한 작품이다. 그가 『금강경』을 읽었다는 사실과 화장사에서 차를 달여 마셨던 정황도 확인할 수 있다. 더구나 그와 함께 유람했던 유신환(1801~1859)은 그의 제자로 성리학에 밝았던 인물이었고, 김상현(1811~1890)도 조선후기의 문장가로 이름을 드날린 인물이다.

이 글에 의하면 그는 1839년 가을부터 설사병에 걸려 다음해(1840) 봄까지도 거동이 어려웠다고 한다. 유신환과 김상현의 유람 소식을 듣게 된 그는 자신의 병이 의술로 치료할 수 없다고 여겨 과감하게 화장사 유람을 떠난다. 그 전후 사정은 〈유화장사기遊華藏寺記〉에 자세한데, 중요한 부분만 발췌하여 소개하면 다음과 같다.

> 울창한 산택(山澤)에서 답답함을 푸는 것이 인삼이나 복령보다 나을 듯하지만 병든 몸을 생각하면 멀리 가는 것을 감당할 수 없었다. 노량나루를 건너 남쪽으로 화장사가 있는데 유경형(俞景衡, 俞莘煥))과 김위사(金渭師, 金尙鉉)가 함께 행장을 꾸려 하룻밤을 자고 오기로 약속했지만 비바람 때문에 두 번이나 약속이 어그러졌다.
>
> (山澤宣欝 蔘苓不如 顧丙軀不堪遠適 聞鷺渡南 有華藏寺可遊 約俞景衡 金渭師襆 被一宿 風雨再愆期)

> 4월 초3일에 안개가 사라지고 햇살이 퍼져 청명하고 따뜻해져 사람에게 알맞았다. 두 벗이 소매를 펄럭이며 나란히 우리 집에 이르니 이미 사람으로 하여금 훨훨 날아오를 듯한 마음이 들게 하였다.
>
> (孟夏初三 霏開旭舒 曠暖可人 二友聯翩還重門 已令人儦儦有飛騫想)

내가 분연히 말하기를 '나는 갈 것이다'라고 하였다. '그대들은 젊고 씩씩하여 병이 없으니 이에 늙은이 때문에 움직이기를 꺼리는가'라고 하였더니 모두 껄껄 웃었다.

(余奮曰吾則往矣 君輩少壯無病 乃憚爲老夫一動耶 皆粲然而笑)

나는 가마를 타고 위사는 말을 탔으며 경형과 인아는 걸었다. 두 노복은 무거운 짐수레를 맡았는데 간장 한 항아리와 쌀 한 자루, 붓 한 자루와 먹 하나, 당전(중국 종이) 수십 번, 동파시집 두 질이다.

(余轎渭師騎 景衡及寅兒徒 二僕領輂甾重 瓿醬棄米 一管一墨 唐箋數十番 東坡詩二㔾)

나와 김상현은 먼저 어귀에 도착하여 배를 타고 곧바로 건넜다. 물은 거울처럼 고요했다. 용양정 아래에서 섶을 깔고 앉아 일행이 모두 도착하기를 기다렸다.

(余與渭師先至津頭 刺船徑度 水面如鏡 班荊龍驤亭下 候一行齊到)

김상현이 하인과 노새를 도성으로 돌려보냈는데 산길은 말을 타고 갈 수 없었기 때문이다. 산을 따라 왼쪽으로 가서 흑석촌을 지나 험준한 산길을 올라 몇 리쯤 가니 처마와 기와가 나타나고 절 문의 액자를 분별할 만하였다. 몇 승려들이 나와 길을 안내하여 불이정(不二亭)에 올라 자리를 깔고 앉기를 청했다.

(渭師遣奚驢入城 以山路不容騎也 循山而左 歷黑石村 登頓崎嶇數里許 簷瓦出而寺門額字可辨 衲子數輩迎導 登不二亭 布席請坐)

난간에 기대어 사방을 바라보니 고운 봉우리가 오른편을 감싸고

맑은 강이 왼편에 갈라져 흘러서 비록 굉장한 장관이라고 하기에
는 부족하다 하더라도 참으로 보배로운 절이라고 일컬을 만하였다.
조금 있자 다른 사람들이 도착하였는데 그 형색을 보니 땀으로 범
벅이 된 채 숨을 할딱거리며 연신 손으로 부채질을 하였다.

(憑軒四眺 嫩崗右繚 澄湖左坼 雖乏鉅觀 洵稱寶坊 有頃諸人至 視其色 捗汗帶喘
手紛紛箑也)

두 벗이 별도로 국수와 막걸리를 가져와 아랫사람들도 넉넉하게
줄 만하였다. 저녁이 되자 바람이 사나워져서 불이정에서 내려와
천천히 돌아서 작은 두 개의 사립문을 지나니 주지실이 나왔다. 방
의 창살은 단정하고 그윽했으며 대자리는 깨끗하였다. 감실에 금부
처 하나가 모셔져 있고 아래에는 향을 피우는 오래된 동 향로가
놓여 있는데 모양은 작으나 주루(雕鏤)가 매우 정밀하다. 패엽(불경)
수질이 오른쪽 서가에 놓여 있었다.

(二友別齎醪麵 有喰逮下 向夕風厲 下亭折旋穿過兩小扉 丈室在焉 房櫳靚深 簟几
淸楚 龕供金身一尊 下安焚香古銅鑪 體樣小而雕鏤甚精 貝葉數帙架其右)

동쪽 담장 아래에 복숭아나무 5~6주가 바야흐로 만개하여 울긋불
긋하게 어리비치고 있었다. 뜰은 넓지 않은데 포도나무 덩굴과 석
류를 심은 화분, 아름다운 꽃나무와 괴석들을 치밀하게 늘어놓았는
데 종류마다 극품이다. 모두가 장로 정심이 조금씩 장만한 것이다.

(東墻下 桃花五六株方盛開 緋碧交暎 庭不彌畝 葡棧榴盆 嘉卉怪石 布排纖密 種
種有致 皆長老淨心積累摒擋)

(장로와) 더불어 말하니 순진하고 근실함을 취할 만하였다. 조금 있으니 밥이 들어왔는데 밥은 완두콩을 넣어 지었고 반찬은 다시마인데 삶고 데친 것이 법식에 맞아 향기롭고 기름져서 고기처럼 느껴졌다. 반 그릇을 먹었는데도 배가 부르니 예전에는 경험하지 않았던 일이다. 샘물을 떠서 입을 헹구니 달기가 제호와 같았다.

(與之語 醇謹可取 少焉飯入 厥羞淮豆 佐用海組 煮煤中式 芳腴當肉 半鉢膨脖 得未曾有 酌泉嗽齒 甘比醍醐)

빨리 차를 달이게 하여 즐겁게 (차) 한 잔을 마시고 다시 나가 불이정에 올라 소요하니 홀연히 엷은 흰 빛이 옷에 어렸다. 위를 쳐다보니 숲 끝에서 솟는 달이 밝고 맑은 달빛을 뿜냈다.

(亟令瀹茗 痛釂一甌 復出亭上逍遙 忽有微白生衣 仰視新月出林杪 娟娟弄輝)

밤이 얼마나 깊은지를 묻자 정심 스님이 밖에 나가 별을 보고 돌아와 말하길 산중엔 종루가 없어 사실을 딱 잘라 말하기는 어려우나 대략 오경(새벽4시경) 무렵인 듯하다고 하였다. 내가 말하길 "내가 피곤하지는 않지만 기운을 거칠게 하지 말라는 것이 옛 사람의 교훈이다(중략)." 마침내 각각 베개를 가지고 돌아누워 깊이 잠들었다.

(問夜何其 心師出戶看星還報曰山中無鍾漏 難質言 約莫五更天氣 余曰我不爲疲而 無暴其氣古訓也 遂各就枕 熟寐一輾)

아침 해가 창문에 환하게 비치자 일어나 세수를 하였다. 모든 사람들이 서쪽 작은 요사채에 앉아서 밤사이 지은 시를 읊조리는 소리

가 귀에 가득한데 소란하여 불편하였다. 시렁의 『금강경』 한 질을
꺼내다가 잠잠히 앉아 이리저리 뒤적이니 심오하여 아는 것이 적
어서 이해되지 않는 곳이 많았지만 아는 것은 종종 분명하게 깨우
침이 있었다.

(總炯炯曉矣 起而盥洗 諸人方在西小寮 賦夜間所拈韻 吟哦盈耳 攪之不便 取架上
金剛經一卷 默坐披繙 奧晦多難通而其可通者往往犁然發省)

이미 그가 병환이 깊었던 사실은 〈유화장사기遊華藏寺記〉에서 확
인된다. 그의 졸년卒年이 1840년이다. 따라서 그는 화장사에 다녀
온 후 얼마 지나지 않아 세상을 떠난 듯하다. 아무튼 그는 화장
사의 장로 정심 스님과 하룻밤의 인연을 맺었고 『금강경』을 읽으
며 '심오하여 아는 것이 적어서 이해되지 않는 곳이 많았지만 아
는 것은 종종 분명하게 깨우침이 있었다'고 한 사실에서 그의 불
교에 대한 이해의 일단을 짐작할 수 있다. 아울러 승려 정심의
수행 일면이나 사찰의 규모 이외에도 음식의 면면을 살펴볼 수
있고, 당시 유자儒者들이 산천을 유람할 때 차를 휴대했다는 사실
이 새롭게 드러난 셈이라 하겠다.

백곡 김득신
栢谷 金得臣

김득신(1604~1684)은 조선후기의 문장가로, 다수의 승려들과 교유하였을 뿐만 아니라 불교에도 상당한 식견을 드러냈던 인물이다.

그가 천기天機를 얻어 조화로운 시격詩格을 이루게 된 것은 다독多讀을 통한 그의 후천적인 노력의 결과라고 전해진다. 특히 어려서 천연두를 앓았던 그는 노둔하여 여러 번 책을 읽어도 기억하질 못했다고 한다. 그의 〈행장초行狀草〉와 〈묘비명墓碑銘〉에 따르면 그는 나이 열 살이 되어서야 비로소 부친에게 『사략史略』를 배웠지만 사흘이 지나도록 읽지 못했다고 한다. 그랬던 그가 병으로 인한 장애요소를 극복하고 천하의 문장가로 우뚝 설 수 있었던 힘은 어디에 있었던 것일까. 바로 그의 학문에 대한 열의와 끈기, 그리고 다독多讀을 통해 이룩한 결과였다. 아울러 부친의 독려와 보살핌 또한 그의 성취에 든든한 버팀목이 되었다.

원래 그는 당대 명문가였던 안동김씨의 후손이었다. 경상 감사를 지냈던 안흥군安興君 김치金緻가 그의 부친이며, 외숙 목서흠睦敍欽도 문장에 밝았다. 이런 가문에서 태어난 그 또한 과거科擧를 통해 가문을 빛내고자 하였다.

1626년에 부친의 3년상을 마친 그는 이 해 가을 문사文辭 시험에서 외숙 목서흠으로부터 시재詩才를 인정받은 후, 청운의 꿈을 품고 산사와 경향을 두루 유람하며 과거 공부에 매진한다. 문장文章으로 세상에 드러난 시기도 이 무렵이다. 택당澤堂 이식李植(1584~1647)은 그의 문장이 '지금에 제일[當今第一]'이라 칭찬하였으며 시문에 밝았던 그는 중국에서 사신이 오면 백의의 제술관으로 추천되기도 하였다. 이는 그의 글 솜씨가 당대 최고였음을 드러낸다.

이처럼 글에 능했던 그였지만 과거시험에는 번번이 낙방한다. 하지만 그는 절망하지 않았다. '60세까지는 과거에 응해보라'는 부친의 유언에 따라 더욱 공부에 매진하여 1662년 3월, 드디어 증광시 병과에 19위로 급제한다. 실로 그가 품은 청운의 꿈은 59세에 이루어진 셈이니 그의 불굴의 의지와 도전정신은 후인의 모범이 될 만하다. 아무튼 그가 세상에 문장가로 이름을 날린 일과 등과登科는 모두 독서의 힘이었다. 그가 쓴 『종남총지終南叢志』에서는 자신의 서재를 '억만재億萬齋'라고 부른 연유에 대해 다음과 같이 말했다.

나는 본래 노둔(駑鈍)하여 다른 사람보다 배나 많이 읽었으니 『사기』, 『한서』, 『한유문집』, 『유자후문집』 같은 것은 모두 손수 필사하여 만 여 차례를 읽었다. 그 중에 〈백이전〉을 가장 좋아하여 일억 삼천 번을 읽고 드디어 서재 이름을 '억만재'라 하고, 이어 절구 한 수를 지었다.

김득신이 공부하던 괴산의 취묵당

한, 송, 당, 진의 글들을 골고루 들쳐가며
입에 침이 마르도록 일 만 번씩을 읽었네
가장 좋아한 백이전의 기괴한 문체는
펄펄 나는 기운이 구름에 뛰어오를 듯하네

披羅漢宋唐秦文 口沫讀過一萬番 最愛伯夷奇怪體 飄飄逸氣欲凌雲

김득신이 〈백이전〉을 좋아했던 건 사마천의 강개한 문장의 기상 때문이리라. 그러므로 그의 시는 사마천의 『사기』뿐 아니라 『한서』나 당대의 한유나 유종원의 글을 토대로 삼았음을 알 수 있다. 실제 그는 『종남총지』에 어무적魚無迹, 이행李荇(1478~1534), 정사룡鄭士龍(1491~1570), 정철鄭澈(1536~1593), 권필權韠(1569~1612) 같은 전대의 시인뿐 아니라 남용익南龍翼(1628~1692), 김석주金錫胄(1634~1684), 홍만종洪萬宗(1643~1725) 등 그와 동시대에 살았던 문장가들의 시를 뽑아 비평을 남겼다. 후일 그를 비평가로 평가하는 것은 이런 저술 때문이다.

한편 김득신과 승려의 교유는 그가 과거 공부를 할 때에 여러 산사에 다녔던 전력에서 기인된 듯하다. 비교적 여러 사찰을 순례하고 승려들과도 사귀었던 그는 승려들에게 준 여러 편의 시를 남겼는데, 이는 그의 『백곡집』을 통해 확인할 수 있다.

그의 불교에 대한 이해를 드러낸 시문은 여러 편이 전해진다. 우선 〈정正 승려에게 주다[贈正上人]〉라는 시를 살펴보면 다음과 같다.

> 항상 무자를 화두로 삼아
> 의심덩어리가 마치 불덩이 같네
> 만약 사악한 악마를 물리칠 수 있다면
> 진여(眞如)로 응착하여 바르게 하리
>
> 無字須常念 疑團似火團 邪魔如可郤 一物的應看

'무자無字화두'는 일찍이 조주선사가 "개에게도 불성이 있는가?"라고 묻는 한 수행승에게 "무無!"라고 답한 것에서 연유된 화두다. 이후 대혜大慧 스님에 의해 무자화두가 참선의 방편으로 제시되면서 고려에서는 지눌知訥이 무자화두로 수행승들을 지도했다고 하고 혜심慧諶 또한 〈구자무불성화간병론狗子無佛性話揀病論〉을 지어 화두 참선법을 제시한 바 있다. 특히 휴정의 『선가귀감禪家龜鑑』에서는 무자화두를 경절문徑截門의 방편으로 삼아 수행하도록 권하였다. 김득신은 이러한 선종의 화두 참선에 대한 내력을 소상하게 알고 있었던 듯하다. 그러므로 의단疑團이 '마치 불덩이 같네'

라고 한 것이며 '진여로 응착을 바르게 하리라'라고 말한 것이다. 아울러 그는 〈패책具策 승려에게 주다[贈具策上人]〉에서 불교의 불이不二 사상이나 조주선사의 서릿발 같은 선기禪機에 대해 이렇게 언급하였다.

조주선사의 서릿발 같은 검을 잡았는가
육호지랑(六戶支郞), 이것이 무엇인가
몸을 돌려 문득 무심지로 들어가니
사람의 생애가 찰나임을 알겠네
곧바로 비야(유마거사의 거처지)의 불이문을 밟고
내 억지로 만든 (세상의) 이름을 미워한다고 하리라
모름지기 중요한 것은 자유자재하게 만난 곳에서
석가니 유가니 하는 구역으로 나누지 말라

趙州霜劍把耶麼　六戶支郞奈此何　翻身頓入無心地　識罷娘生一刹那

直躡毗耶不二門　生憎名字强云云　要須自在相逢處　儒釋封彊且莫分

그는 분명 불가의 불이不二 법문을 능히 료해了解했던 유자儒者였다. 그러기에 무심지無心地와 '곧바로 비야의 불이문을 밟고'라는 불교의 심오한 뜻을 언급했을 것이다. 그가 수많은 책을 섭렵하면서 공맹孔孟에만 국한했던 것은 아닌 듯하다. 고승들이 남긴 득도의 일갈을 열독했을 것이며 『도덕경』이나 『남화경』도 그의 서가를 장식했을 것이다. 그러기에 그는 '모름지기 중요한 것은 자유자재하게 서로 만난 곳에서, 석가니 유가니 하는 구역으로 나누지 말라'고 말했을 것이다. 실로 그는 한때는 노둔했지만 다독

多讀을 통해 무변無邊을 품었고 불교를 알았기에 거침이 없었던 선비였을 것이다.

그가 장수사에서 승려가 준 짚신에 감사하며 지은 시 〈사장수사승증망혜謝長水寺僧贈芒鞋〉는 다음과 같다.

> 장수사 스님이 무슨 물건을 주었는가
> 돌아가는 북객에게 두루 좋은 짚신이라
> 내일 두메의 높고 낮은 길에
> 숲과 돌길을 밟으며 저녁놀이 다하리

僧從岳寺贈何物 芒屬偏宜北客歸 明日峽中高下路 穿林踏石盡斜暉

장수사는 함양 안의에 소재한 고찰이 아닌가 여겨진다. 한때 그는 영남의 선주善州에 머문 적이 있었다. 아무튼 그가 돌아갈 무렵 장수사 승려가 북쪽으로 돌아가는 김득신을 위해 짚신을 선물했던가 보다. 이에 감사하는 마음을 담아 장수사 승려에게 준 이 시에서는 그의 시적 감수성이 오롯이 드러난다.

한편 그가 유람했던 사찰은 금강산의 묘향사, 보은사報恩寺, 청룡산靑龍山의 암자, 오대산, 청심암淸心庵, 쌍계사霅溪寺, 상왕사象王寺, 성암사聖巖寺, 정자사正慈寺, 청평사淸平寺, 두타사頭陀寺 등이다. 그와 교유했던 승려로는 금강산의 휘상인輝上人과 진일상인眞一上人, 보은사의 법심法心, 청룡산의 경천상인敬天上人과 벽안대사碧岩大師, 오대산의 법장상인法藏上人과 현철상인玄哲上人과 처림상인處林上人과 탁영상인卓靈上人, 두타사의 해상인海上人과 혜정상인惠正上人 등이다.

특히 벽암대사(1575~1660)와 교유했던 흔적은 그가 벽암대사에게 준 〈증벽암대사贈碧岩大師〉를 통해 잘 드러난다. 그 내용은 다음과 같다.

> 송월과 소요가 모두 입적했으니
> 자비로운 배로 다시 백성을 구제할 수 없네
> 조사의 도리 지금 쇠퇴 여부를 말하지 말라
> 우리 대사의 법인이 가장 밝으니

> 松月鞭羊皆入寂　慈航無復濟蒼生　休言祖道今衰否　最是吾師法印明

　벽암대사는 원래 보은 출신으로 8도도총섭이 되어 남한산성의 축성을 감독했고, 병자호란이 일어나자 수천 명의 승병을 모집하여 북진했던 수행자다. 따라서 김득신은 법문삼걸法門三傑로 칭송되던 송월, 소요가 모두 입적했다 하더라도 수행력이 높은 벽암대사가 있기에 다시 창생蒼生을 구제할 수 있다는 희망을 드러낸 것이다.

　김득신의 호는 백곡, 귀석산인龜石山人이다. 그의 저술로는 『백곡집栢谷集』과 『종남총지終南叢志』, 『종남쇄언終南粹言』이 있고 『환백장군전歡伯將軍傳』과 『청풍선생전淸風先生傳』 같은 소설을 남겼다.

외재 이단하
畏齋 李端夏

외재 이단하(1625~1689)는 송시열의 문인이며 여한구대가麗韓九大家로 손꼽혔던 택당澤堂 이식李植(1584~1647)의 아들이다. 그가 환로宦路에 나아간 것은 음보蔭補로 등용된 것이지만 1662년에 다시 증광문과에 급제하여 병조정랑을 거쳐 용안현감을 지냈다. 비교적 순탄한 삶을 살았던 그도 숙종이 즉위한 후 제2차 복상문제를 상소하다가 파직되는 등 어려움을 겪는다. 더구나 그가 살았던 시대는 자연재해가 빈번하게 일어나 흉년과 기근이 심했던 시기이다. 특히 경신대기근庚申大饑饉(1670~1671)에는 굶주려 사망한 백성만 100만 명이 넘었다고 한다. 그가 1682년 대사헌으로 봉직할 때 각 능의 기신제忌辰祭에 올리는 유과 및 과일 위를 덮는 채색 꽃을 줄여 그 비용을 절감한 일이나 1684년 예조판서 시절에 〈사창절목社倉節目〉을 지어 올린 것은 이런 사회 혼란기에 백성을 구휼하고자 하는 충정 때문이었을 것이다. 실제로 사창제도는 1625년경에 굶주린 백성을 돌보고자 실시한 것이다. 연이은 재해로 인해 관아와 민간 보유의 곡물이 바닥나자 선비, 백성들과 함께 곡식을 모아 사창을 설치한 것이다. 이단하는 1666년 그의 고향에 사창을 설치하기도 하였다. 하지만 이런 사창은 일부 지역에만 실시되어 굶주린 백성 대다수가 기댈 수 있는 것은 아니었다. 이단하는 경신대기근의 막바지에 사창을 설치하자고 주장했지만 실효를 거두지 못했던 듯하다. 계속되는 기근으로 민간에서 곡식을 비축할 여유가 없어 재력을 지닌 사람이 전에 비해 크게 줄었

『외재집』

고, 왕실이 재력가의 재물을 거의 강탈하는 수준에서 많은 재원을 기부 받았기 때문에 부자들의 호응을 얻어내지 못했던 점이 사창제도가 실효를 거두지 못한 요인이었다. 이런 폐단을 지적한 이단하의 말은 『조선왕조실록』의 현종 12년 기록에서 확인할 수 있는데 그 내용은 다음과 같다.

전일에는 외방에 부민(富民)들이 많이 있었기에 재앙과 흉년을 만나도 백성들이 개인 저축에 힘입어 살아났다. 그런데 십 수 년 이래로 민간의 개인 저축을 관에서 무조건 빼앗아 백성들에게 흩어주었고, 가을걷이 후에 다시 거두어 돌려주지 않을 뿐만 아니라 거

꾸로 치죄하는 경우도 있었다. 이 때문에 민간에서 곡식을 저축하지 않았다. 지금은 온 나라에 곡식을 저축하는 사람이 전혀 없다. 즉시 팔방에 알리어 곡식을 저축하게 하되, 무조건 빼앗는 폐단을 금하고 곡식을 많이 저축하는 사람은 자급을 올려주어 권장해야 한다. 그렇게 한다면 백성에게 부(富)를 간직하게 할 수 있다.

이단하의 이런 충심이 실효를 거두지는 못했지만 경신대기근을 겪었던 지방 양반들은 이때를 교훈으로 삼아 사창을 설치하였고 18세기 초기에는 도처에 사창이 설치되었다. 결국 이단하의 사창제도에 대한 계책은 시간이 걸렸지만 시대적인 요청에 의해 실현된 셈이다. 그러므로 예나 지금이나 때를 만나야 하는 것은 같은 것이다. 때를 알고 때를 기다릴 줄 아는 지혜, 언제나 닦고 길러야 할 덕목이다.

원래 이단하는 송시열의 문인으로 조선후기의 대표적인 경학자經學者다. 그가 승려들과 가까워질 수 있었던 것은 아버지 이식李植의 영향이 컸을 것이라 여겨진다. 이러한 정황은 그의 〈가군께서 승려의 시축에 제한 것을 차운하여[伏次家君題僧軸韻]〉와 울암사鬱巖寺의 신영信英 비구에게 준 〈증신영비구贈信英比丘〉에서 확인할 수 있다. 그는 〈가군께서 승려의 시축에 제한 것을 차운하여〉에서, 부친과 교유했던 산승을 찾아가 차를 대접받은 후 체험한 걸림 없는 유유한 마음의 경계를 다음과 같이 읊었다.

돌 틈으로 솟는 물이 정말 좋은데
소나무 아래에 대(臺), 더더욱 아름답네

바위 끝에서 머문 구름, 한가로이 떠 있고

뜰에 눈은 쓴 채로 쌓여 있네

산승은 바랑에서 (차) 새 봉지를 열어

묵은 불에 차를 달이네

유연한 마음의 경계 오묘하니

저녁 종 치는 걸 재촉하지마라

最愛石間溜　重憐松下臺　岫雲留不去　庭雪掃仍堆

梵笑開新匣　茶甌在宿灰　悠然心境妙　莫遣暮鐘催

　소나무와 석천石泉은 산사의 진미를 드러낸 자연물이다. 이단하
가 찾아간 절은 그의 부친과 교유했던 수행승이 머물던 곳이다.
아마 그는 천성적으로 은일隱逸을 마음에 품었던 선비였는지 '돌
틈으로 솟는 물이 정말 좋은데, 소나무 아래에 대臺, 더더욱 아름
답네'라고 말하였다. 더구나 인위적인 경계를 걷어낸 승방에서
새로 연 차 봉지의 싱그러운 차향은 이미 이단하의 속진을 덜어
내기에 족했으리라. 솜씨 좋은 스님이 센 불과 약한 불을 고르게
살펴 달여낸 차는 분명 맑고 그윽한 정기를 담고 있을 터이다.
그러므로 고요하고 오묘한 선미를 저녁 종소리로 방해받고 싶지
않다고 한 것은 아닐까. 하여튼 그의 심회는 산승과 일맥상통한
듯하다. 따라서 이단하가 깊이 불교를 이해하고 있음은 이런 대
목에서 더욱 또렷하게 나타난다 하겠다. 실제 그는 울엄사와 정
양사를 찾아 머문 바가 있고 그가 사귄 승려로는 신영비구信英比
丘, 도안상인道安上人 등이 있다. 이런 사실은 그의 『외재집畏齋集』에
실린 시문에서 확인할 수 있다.

도안상인의 선송을 차운하여 지은 〈희차도안상인선송戱次道安上人禪頌〉에서는 물물형색物物形色은 하나라는 관점을 드러내기도 하였다. 그 시는 다음과 같다.

형형색색의 모든 물상
모든 것은 또한 하나라네
밝은 달빛은 빈산에 가득하고
도안의 방엔 맑은 바람이 이누나

形形色色物 是萬也是一 明月滿空山 淸風生丈室

만상萬象은 하나이다. 하나에서 만상이 생긴다. 도안 스님의 선송禪頌을 차운次韻한 이단하의 이 시는 분명 선미를 담고 있다. 더구나 도안 스님은 일격逸格을 이룬 선승이었던 것이 분명해 보인다. 그러기에 도안 스님의 방에선 맑은 바람이 일어난다고 하였을 터이다. 공산空山은 적정에 든 선정을 말하는 것인데, 명월明月이 상징하는 것은 무엇일까. 꽉 막힌 언어의 용사用事를 알 길이 없어 불교계 최고의 선승이신 석종사 혜국 큰스님께 전화를 올렸더니 환하고 명쾌한 답변, 가슴이 시원하다. 바로 명월은 본 지혜, 혹은 부처님의 깨달음의 경지를 말하는 것이란다. 곁에 큰 어른이 계시다는 것은 이처럼 든든하다. 새해 벽두부터 큰 가르침을 받은 셈이다. 일찍이 추사는 '오묘한 작용이 일어난 때, 물이 흐르고 꽃이 피네[妙用時水流花開]'라고 하지 않았던가. 본 지혜의 눈으로 보는 세계는 이처럼 간요簡要하여 투명하기가 고요한 물과 같다는 것을 어렴풋이 알게 되었다.

이단하가 말하는 울엄사鬱巖寺는 원주 북쪽 협강에 위치한 사찰이었다. 지금은 폐사되어 구허지만 남아 있다. 그러나 조선후기까지는 실존했던 사찰이었던 듯하다. 이러한 사실은 그의 부친 이식이 울엄사를 방문한 후 지은 〈울암사기鬱巖寺記〉에서 드러난다. 조선의 문장가 이식은 울엄사란 사명寺名의 유래를 〈울암사기〉에서 이렇게 설명한다.

"숲이 울창하게 우거졌기 때문[以其林木茂鬱而得]이란 설과 암석이 가지런히 서 있어서 마치 울타리를 친 것과 같기 때문[以其巖石離立 類非籬然]이란 설이 있다."

〈울암사기〉는 또 절이 세워진 내력을 이렇게 설명한다.

> 용문산(龍門山)의 승려 혜종(惠宗)이 여기에다 난야(蘭若)를 창건하면서 그 정자를 허물어 생대(生臺)로 만들고 암벽이 있는 것에 착안하여 절 이름을 지었다. 거처할 방과 고헌(高軒)을 만들고 취사(炊事)할 곳과 목욕할 곳도 갖추어지게 되었는데 고헌은 연좌(宴坐)하여 정관(靜觀)하기에 가장 좋은 곳이다. 무릇 강산(江山)과 화목(花木), 사계절의 변화에 따라 화려하고 빼어났다.
>
> (龍門山人惠宗 就刱一蘭若 除其亭爲生臺 因巖而名寺 有房有軒 庖廚庾湢具焉而軒最宜宴坐靜觀 凡江山花木 四時之環麗萃矣)

결국 울암사는 용문사 승려 혜종惠宗이 세운 절로 승경지였다는 것이다. 한편 울암사가 세워진 이면에는 슬픈 인연사가 있었다. 원래 울암사의 터는 정혹鄭縠이라는 사람이 은퇴한 후 거처하려고 정자를 세웠던 곳이다. 하지만 정혹의 아들이 여기에서 글을 읽다가 갑자기 죽었다고 한다. 아들의 갑작스런 죽음에 상심하던 정혹은 이 터를 절에 희사喜捨하였고, 여기에 용문사의 혜종이 울암사를 지은 것이다. 이런 사실도 〈울암사기〉에 소상히 수록되어 있다. 한편 이단하는 울엄사를 찾았던 길에 부친의 시운을 차운한 시를 지어 신영비구에게 주었으니 이들 부자와 울엄사의 인연은 숙연이었음이 분명하다. 시의 내용은 다음과 같다.

혜종(惠宗) 스님을 만난 건 어릴 때라 기억되니
20년 전 (스님의) 두꺼운 눈썹, 꿈결에도 생각했네
진중한 사미를 비로소 만나니
운림(雲林), 이로부터 뒤쫓아 따르리
惠師相見記童時 廿載厖眉入夢思 珍重沙彌初邂逅 雲林從此更追隨

이단하가 혜종惠宗 스님을 본 것은 아버지를 따라 갔을 때라 여겨진다. 어린 시절 만난 혜종 스님은 유난히 눈썹이 짙었던 모양이고, 그러기에 어린 이단하의 기억에 깊이 각인되었던 듯하다. 다시 20년이 지난 후, 울암사를 찾았던 그의 감회는 새로웠으리라. 어린 시절 만나 오래도록 기억했던 혜종 스님은 이미 열반했지만, 울엄사에는 신영 스님이 있었다. 이단하는 신영 스님이 진중한 수행자로 맑은 바람이 이는 승려라 짐작한 듯하다. 그러기에 그를 따른다고 한 것이니 불교를 이해하고자 한 이단하의 심중은 이런 대목에서 드러난다 하겠다.

이단하의 자는 계주季周이며, 호는 외재畏齋, 송간松磵이고, 시호는 문충文忠이다. 저서로는 『외재집』과 편서로 『북관지北關志』를 남겼다.

낙전당 신익성

樂全堂 申翊聖

낙전당 신익성(1588~1644)은 조선후기 문화를 주도했으며 전서篆書의 대가로 통한다. 정숙옹주와 혼인하여 선조의 부마가 된 후 동양위東陽尉에 봉해진 권문거족이었던 그에게서도 승려들과의 교유를 통해 불교를 이해했던 흔적이 보인다. 이러한 사실은 그와 교유했던 승려들의 시축에 발문을 썼던 사실과, 승려들에게 증여한 시 수 편을 남겼다는 사실 외에도 운요사雲腰寺, 금신사金神寺, 유사楡寺, 망해사望海寺 등 여러 사찰을 유람한 것에서 충분히 짐작할 수 있다. 이뿐 아니라 그가 〈청허당휴정대사비〉를 쓴 것은 단순히 글씨에 능했기 때문만은 아닌 듯한데, 이는 불교에 대한 그의 친밀감을 어느 정도 가늠할 수 있는 일이다.

이미 언급한 바와 같이 그의 가문은 권문세가였다. 이는 그의 조부 신영申瑛이 우참찬을 지냈고 부친은 영의정을 지냈던 신흠申欽이라는 사실에서도 능히 짐작할 만하다. 하지만 그의 삶은 그리 순탄치만은 않았다. 이는 임진왜란과 이괄의 난, 병자호란을 겪은 등 정치·사회적으로 평탄하지만은 않았던 시절을 살아야 했기 때

전서의 대가였던 신익성의 글씨

문이다. 더구나 병자호란 당시 주화파主和派에 강력히 대항했던 그였기에 얼마 후 척화오신斥和五臣으로 지목되어 최명길, 김상헌, 이경여 등과 함께 심양으로 끌려가 억류되는 어려움을 겪었다. 이러한 신익성의 고초는 1642년에 명과 밀무역을 하던 선천부사 이계가 청나라에 잡혀가 조선이 명나라를 지지하고 청을 배척한다는 고변을 하면서 시작된 것이었다. 다른 한편으론 인조가 청과 굴욕적인 화의를 성립한 후, 그를 삼전도비사자관三田渡碑寫字官에 임명했으나 이를 거부하고 사퇴한 일도 청의 미움을 사기에 충분했을 것이라 여겨진다. 아무튼 그는 청에 끌려가서도 한 치의 굴함도 없이 자신과 조선의 입장을 적극 해명하였다고 하니, 조선 선비의 기상은 이처럼 굳건했다는 것을 알 수 있다.

한편 세상의 일은 새옹지마다. 그가 억류되었던 심양은 명·청 교체기의 역동적인 지역으로 동아시아의 중심 지역이었다. 얼마 후 소현세자의 주선으로 풀려난 그는 심양의 여정에서 보고 들은 일들을 기록하여 『북정록北征錄』을 남겼다. 실제 그가 이런 격동기를 겪으며 느꼈던 심회는 무엇일까. 그의 비분강개는 단순히 시·서에 묻히고 말았던 것일까. 심양에서 돌아온 후 시·서를 즐기며 세월을 보냈던 그의 정황에서도 시대적인 한계를 짐작케 한다.

한편 부마로서 벼슬에 나아가는 데 신분적 제약을 받았던 그는 부마로서의 혜택을 십분 활용하여 문예활동의 기반을 단단히 하였다. 부인 정숙옹주와 부친 신흠의 묘소를 다시 조성하면서 이수二水(지금의 양수리) 일대를 정비하고 확장한 것은 선영을 정비한다는 명분 외에도 전장田庄을 확보하는 일이었다. 동회東淮라는 그의 호는 이수二水 유역을 확충하면서 이 지역을 동회東淮라 부른 것에서 연유되었다. 당시 권력을 가진 사대부들은 근기近畿(경기도 일대)의 선영을 확보하면서 전장을 가꾸는 것이 유행이었다고 한다. 이들은 근기지역의 별서別墅를 관리 운영하면서 이곳을 배경으로 그림을 그리거나 아회를 열어 풍류를 즐겼는데, 이는 자신의 문화적 명성을 얻으려는 의도가 없었던 것은 아니었다. 특히 낙전당은 수많은 도서와 서화를 수집하는 문화적 취향이 있었다. 이러한 그의 취향은 〈낙전거사자서樂全居士自敍〉에 '고적을 수습하여 정주학에 대한 책들을 얻었다[收拾古籍 得洛閩諸書]'고 한 것에서도 확인할 수 있다. 특히 그가 수집한 도서들은 '낙洛·민閩의 책들[諸書]'이라 하였다. 낙洛은 낙수洛水이니 정자(정명도. 정이천) 형제가 여기에 있었고, 민閩은 민중閩中이니 주자가 여기에 있었기에 정주학에 관한 책들을 낙민제서洛閩諸書라 한 것이다.

한편 그가 사찰을 유람한 일이나 승려들과 교유한 사실은 주로 『낙전당집』을 통해 확인할 수 있는데, 〈사승행四僧行〉과 같은 글이 대표적이다. 이 글에서 네 승려란 바로 그와 교유했던 의현 義賢, 진일眞一, 성수性修, 희안希安 스님들이다. 그는 이들 네 승려가 '모두 당세의 종사이며 각성장로의 상족들[俱當世宗師 覺性長老 上足弟子也]'이라고 했다. 이 〈사승행〉은 전체가 20구로 이루어진 장시長詩이다. 그 중 일부 중요한 부분만을 소개하면 다음과 같다.

> 문 앞의 버들, 따뜻하여 조는 듯하고
> 연못의 싱그러운 연꽃 봉우리는 동전처럼 떠있네
> 게으른 거사, 단장도 하지 않고
> 쪽문을 가리고 선후도 없이 손님을 물리치네
> (나의 문을) 두드리는 건 오직 네 승려뿐
> 문안을 허락하나 도리어 구속되지 않네
> 높은 관리나 달사라도 응하지 않았는데
> 어찌 벽안납자는 가까이 오게 하는가
> 내 세속을 끊은 것은 아니나 선을 사랑하여
> 이들과 자못 작은 인연을 맺었네
> 한결같고 또한 평안하며 어구도 좋고
> 염불을 닦아도 글을 잘하네
>
> 門前楊柳暖欲眠 池中菡萏靑浮錢 居士泥慵罷巾櫛 塞竇謝客無後先
>
> 剝啄者誰四衲子 許令膜拜還扇翂 宰官達士且不應 碧眼胡爲來近前
>
> 吾非絕俗而愛禪 此物頗少區中緣 一也安也句語好 修能念誦文卽賢

이에 따르면 그가 승려들과 교유했던 이유는 크게 두 가지다. 바로 그가 선을 좋아했고, 승려들이 글을 잘할 뿐만 아니라 한결

같은 도량과 편안한 안정安靜을 갖췄기 때문이다. 불교에 대한 그의 태도는 '대도를 균일하게 다 얻지는 못했으니[均之大道俱未獲], 내 유가이지만 선에 도량을 파리[我之於儒渠之禪]'라고 한 구절에서도 명확히 드러난다. 나아가 그는 '혼미한 길, 인아人我의 관문을 벗어나지 못하여[迷途未脫人我關], 동쪽으로부터 중향천을 찾았네[秋來東訪衆香天]'라고 하였다. 결국 그가 불교를 좋아했던 것은 혼미한 미망에서 벗어나기 위함이었다. 그렇다면 그가 말한 인아人我란 무엇인가. 바로 '사람의 몸에는 늘 변하지 않는 본체本體가 있다는 미망迷妄'이다. 샹캬 학파에서는 순수정신純粹精神이라고 한다. 따라서 그는 혼미한 인아의 관문을 벗어나려고 중향천을 찾았다는 것이니 그가 승려들과 교유했던 목적이 더욱 분명해진 듯하다.

　이런 그와 서로 통했던 승려들에 대해서는 〈증수능상인서贈守能上人序〉에서 드러난다. 그가 어떤 승려들과 교유했는지를 보여주는 이 글의 일부를 소개한다.

　　산인 수능(守能)이 동회로 나를 찾아왔는데 수능 승려의 행동거지가 평범하지 않았다. (내가) 글을 하는지를 물으니 (수능은) 능하지 않다고 하면서 일부 책을 내놓으면서 나에게 억지로 제(題)를 지어달라고 청했다. 글이 다 지어지면 잠시 보관해 두기를 바란다 하며 홀연히 돌아갔다. 내가 그 책을 펴 보니 화엄의 중요한 말을 가려 뽑아 책을 만들어 『예참』이라 이름 하였는데, 그 법도가 바르고 자상하며 치밀하다. 말이 모나지 않고 부드러워 저술하는 데 노련한 사람이 아니면 할 수 없는 일이다. 또한 나머지 지은 것을 보니 삼교를 마음대로 주무르고 고금을 살폈으며 (원리를) 누르고 드러내며 빛내고 사라지게 하며 바람을 일으키고 벼락을 치게 하였으니 나는 이에서 수능을 알게 되었는데 과연 보통 사람이 아니다.

(山人守能 訪余於淮上, 一衲一錫, 動止不凡. 問能文字乎, 曰不能 已進一部書, 請 余勒題, 題罷願姑置之, 遂忽辭歸, 余發其書見之. 撮華嚴要語爲一書, 名之以禮懺. 其規矩繩墨, 縝密圓轉, 非老於結撰者, 不能爲也, 且觀其所爲緖餘者, 把弄三敎, 睥睨古今, 抑揚揮霍, 風發霆擊, 余於是知能也, 果非凡品.)

내가 평소 산인납자(山人衲子)와 교유하기를 좋아하여 산인납자들을 차츰차츰 알게 되었고, 또한 문득 와서 섞여 놀았다. 세상에서 수 행이 깊고 이름난 승려라고 칭하는 의형, 법건, 성정, 응양, 해안, 각성, 언기가 모두 나와 평소 교유했으나 물론 그들은 입적하여 세 상엔 말만 남았다.

(余平生喜與山人衲子游, 山人衲子稍有知識, 亦輒來參. 世所稱老宿名師義瑩, 法堅, 性淨, 應祥, 海眼, 覺性, 彦機皆余所素雅也, 無論其歸寂, 以在世者言之.)

응상은 덕이 있는 그릇이었고 해안은 재주와 식견이 있었고 각성은 경계하여 깨쳤으며 언기는 고상하고 지조가 있었으니 모두 그 명성 을 저버리지 않았다. 성정 같은 스님은 선문의 고도(高蹈)로, 다만 이름을 부르는 데만 그칠 명성은 아니다.

(祥之德器, 眼之才識. 性之警發, 機之雅操, 皆不負其名, 若淨師禪門之高蹈, 不止 名可名而已.)

그러므로 혹 계율을 삼가서 혹 스승의 말을 전한 것이라면 삼교를 마음대로 가지고 논 것은 아니다. 그러나 (원리를) 누르고 드러내며 빛내고 사라지게 한 것은 수능 같은 사람이다.

(然或謹於戒律, 或傳其師說, 未有把弄三敎, 抑揚揮霍如能也者.)

　　이 글은 그가 동회東淮에 머물 때 쓴 글이다. 그와 교유했던 수능 스님이 『화엄경』의 중요한 부분을 뽑아 『예참』이란 책을 편찬했다는 것을 알 수 있다. 이뿐 아니라 낙전당은 당대의 명승名僧이었던 의형, 법견, 성정, 응양, 해안, 각성, 언기 같은 고승들과 교유했으며 그가 『예참』의 서문을 쓸 당시에는 고승들이 모두 입적했다. 그는 자신이 교유했던 고승들의 품성을 일일이 거론하며 '응상은 덕이 있는 그릇이었고 해안은 재주와 식견이 있었고 각성은 경계하여 깨쳤으며 언기는 고상하고 지조가 있었으니 모두 그 명성을 저버리지 않았다. 성정 같은 스님은 선문의 고도로 다만 이름을 부르는 데만 그칠 명성은 아니다'라고 한 대목이 눈에 띈다. 아울러 이 글의 말미에 있는 '나는 병이 들어 동회에서 모든 일을 폐하고 문을 닫고 정을 닦았다. 일찍이 불가의 정명淨名에 천착하여 산인납자와 서로 응대하지 않을 수가 없었다'라는 대목도 주목을 요한다. 이는 동회東淮의 전장田庄에서 그와 담소했던 인물이 주로 승려들이었으며, 불교의 정명 사상에도 깊이 천착했음을 밝힌 것이다. 따라서 말년의 그의 삶은 유학자지만 불교를 가까이한 일상을 드러냈다는 점에서 중요한 의미를 지닌다.

백주 이명한

白洲 李明漢

　　백주 이명한(1595~1645)은 조선의 문장가 이정구李廷龜(1564~1635)의 아들로, 그 또한 시문으로 세상에 이름을 떨쳤다. 이미 어려서부터 문재文才를 드러냈던 그는 16세에 진사시에 합격한 후 1616년에 전시殿試 을과乙科에 급제하여 승문원에 들어갔다. 그가 전적田籍이란 6품 벼슬에 오른 것은 주청사奏請使로 공을 세운 아버지 이정구의 공로 때문이었다. 이후 공조좌랑에 제수되었고 대사헌·도승지·대제학·이조판서 등 여러 관직을 역임했지만 그가 살던 시대는 내외로 어려움을 겪던 시기였다. 특히 병자호란 때 척화파로 지명된 그는 최명길, 김상헌, 이경여, 신익성 등과 함께 심양에 잡혀가 억류되었다가 이듬해에 돌아오는 수모를 당했다. 1645년 명나라와 밀통하는 자문咨文을 썼다는 이유로 다시 청나라에 잡혀갔다가 풀려나는 수모를 겪게 된 것도 국력이 쇠락했던 시절에 겪어야 하는 약소국의 처지를 드러낸 것이라 하겠다. 아무튼 이런 혼란의 시절 속에서도 그의 문장은 빛났다. 김상헌이 쓴 『백주집』〈후발後跋〉에서는 그의 문장을 다음과 같이 평했다.

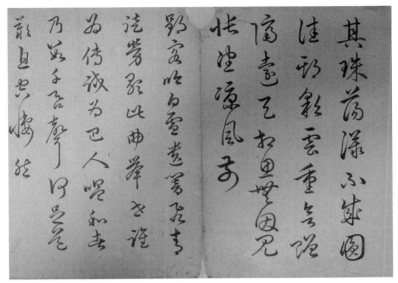

이명한의 글씨

칠양(七襄)이 무늬를 이루기를 기약하고, 홍원(洪源)이 강과 바다에 도달하는 것과 같아, 신채(神采)가 혁혁하게 빛나고 음조가 맑고 밝게 울렸다. 어떤 사람이 말하기를, "공의 시는 천부적으로 얻은 것이 많다"고 하였으니 비단 뜰을 지나가는 사이에 들은 데에서만 나온 것이 아니다. 동류끼리 접촉하여 확장시키고 이끌어서 폈다.

(七襄之期於成章也　洪源之達乎江海也　奕奕乎其神采也　瀏瀏乎其音調也　或曰公之詩天得爲多　不但出於過庭之聞　觸類而長之　引而伸之)

백주의 글 솜씨는 아버지에게 보고 들은 것만으로 성숙된 것이 아니라 천부적인 재능에서 나왔다는 것이 김상헌이 평가한 백주의 문장세계였던 셈이다.

이처럼 웅혼하고 청절淸切했던 그의 문장은 당대唐代의 문장가 한유韓愈(768~824)에서 영향을 받은 것이라고 하는데, 이는 『서포만필西浦漫筆』에 '아버지 이정구는 백주가 어렸을 적에 한유의 〈남산시南山詩〉를 천 번이나 읽게 했다'고 한 사실에서 확인할 수 있다.

한편 그는 어떤 관료보다도 많은 승려들과 교유했으며 여러 사찰을 순례했던 인물이다. 이러한 사실은 그의 문집 『백주집』을 통해 확인된다. 그와 교유했던 승려들은 월정사의 설청상인雪淸上人과 탄균상인坦均上人과 선기상인善奇上人 등 50여 명이 넘는다. 나아가 그는 일본 승려들과도 교유했던 흔적이 보인다. 그가 편양당鞭羊堂 언기대사彦機大師의 비문을 썼던 사실에서도 폭넓은 승려들과의 교유를 짐작할 수 있다.

이밖에도 그는 나이 46세에 금강산과 영동嶺東의 명승지를 유람한 바 있다. 또 양주 수락산의 승려 대주상인大珠上人에게 지어준 시의 소서小敍를 통해 옥경 스님 및 대주 스님과 시를 통해 인연을 맺었던 내력도 확인할 수 있다. 그 내용은 이렇다.

이것은 내가 1624년 겨울에 양주의 수락산사에 이르러 옥경 스님에게 지어준 것이다. 당시 승려들과 납주(臘酒)를 마시며 취중에 붓가는 대로 쓴 것인데 글을 쓴 후로는 다시 기억하지 못했다. 지금 풍악산에서 수행하는 대주 스님이 원주의 진영으로 나를 찾아와 옷소매에서 이 시를 꺼내며 말하길 우연히 충주 폐사의 판벽 먼지속에서 오래된 종이 하나를 얻었는데 종이 말미에 공의 호가 쓰여 있기에 가져와 드리려고 했다는 것이다. 아! 지금부터 갑자년과의 거리는 이미 17년이 지났으니 옥경 스님과 수락산에서 교유했던 것이 어느 해이며 이 시가 다른 절에 유전되었고 몇 번이나 열람되었는지도 몰랐다. 처음 양주에서 지었는데 갑자기 원주에서 만난 것이며 처음 이 시를 얻은 자는 옥경 스님이고 후에 (이 시를) 소유한 것은 대주 스님이다. 이런 모든 사람의 일을 미리 예측할 수 있겠는가. 종이의 형태는 켜켜이 묵힌 오랜 된 것이고 먹빛이 오래되면 더럽혀지고 사라질 것이며 조금 더 오래되면 그 글자의 자획을 구별할 수 없으리라. 이 종이가 묵혀진 것이 이와 같으니 이 종이에 쓴 것이 어찌 삭지 않을 수 있겠는가. 마침내 종이를 바꾸어 써서 주노라.

(此吾於天啓甲子冬 到楊州之水洛山寺 贈玉瓊師作也 時當歲時 飮僧臘酒 醉中信筆以書 書後不復記也 今者楓岳山人大珠訪我於原州之營 自袖出此詩曰 偶於忠州廢寺 得一故紙於板壁塵埃之中 見紙末有公號 故持而來獻云 噫 今之去甲子十七年矣 不知瓊師之西遊在何年而此詩之流轉他寺 又閱幾番也 始作於楊州而忽遇於原州 初得者瓊師而後有者珠師 此皆人事之預料者乎 紙樣陳久 墨色漫滅 稍久則將不能辨其字畫 此紙之陳久如此 書此紙者安得不老 遂易紙書以贈)

백주가 처음 양주의 수락산사를 찾아간 것은 그의 나이 30세 되던 해였다. 그는 옥경 스님뿐 아니라 이곳에서 수행하는 승려들과 납주臘酒(섣달에 담가서 해를 묵혀 떠낸 술로 혹은 老酒라고도 한다)를 마시며 마음껏 담소하며 청담을 나눴을 것이다. 이들은 신분과 학문적 취향도 잊은 채 의기투합하여 술에도 취하고 시에도 취해 마음가는대로 글을 썼다는 것이다. 하지만 당시의 아름다운 고회高會는 그의 기억에 오래도록 각인된 것은 아닌 듯하다. 그러므로 자신을 찾아온 대주 스님에 의해 17년 전에 쓴 자신의 시를 다시 보게 된 것이니, 그 감회는 깊고도 새로웠을 것이다. 실제 대주 스님이 원주 감영으로 백주를 찾아왔다고 하는데 이는 백주가 1639년 강원감사로 있었고 1640년경에 금강산과 영동을 유람했다는 사실에서 백주가 대주 스님을 만난 것은 1640년경이라 짐작된다. 당시 백주는 자신을 찾아온 대주大珠 스님에게 〈증대주상인贈大珠上人〉을 지어 증표證表로 주었다. 그 시의 내용은 다음과 같다.

새벽에 일어나 맑은 석경 소리 듣자니
성근 별빛이 석등에 어렸지
이불로 몸을 싸고 술잔을 기울이자니
술 마시길 탐낸 건 산승에게 부끄럽네

曉起聞淸磬 疏星映佛燈 擁衾傾白酒 耽飮愧山僧

수락산사는 고요함이 고여 있던 사찰이었던가 보다. 그러기에 새벽의 성근 별빛이 석등에 어렸다고 했다. 적요한 산사의 풍광을 시 속에 담아냈다. 아울러 납주를 마시기에 몰입된 속객, 즉 술에 탐닉했던 젊은 날의 백주였다. 이미 17년이 지난 후 당시를 회상하니 자신의 속된 탐욕이 못내 부끄럽게 느껴졌던 것은 아닐까. 이 시는 17년 전을 회상하며 쓴 시였다. 이어 그의 〈외원암에 머물며[宿外院庵]〉라는 시를 소개하면 다음과 같다.

온갖 삿된 생각이 다 고요해진 곳엔
한 올의 티끌도 일어나지 않은 때이라

그윽한 향기 그리고 맑디맑은 석경소리

소리와 향기, 서로 어우러져 아름답구나

萬念俱寂處 一塵不生時 淸香與淸磬 聲氣兩相宜

그가 찾았던 외원암이 어디에 있던 암자인지는 분명치 않다. 아마 그가 유람했던 금강산이나 영동嶺東의 깊은 골짜기에 위치한 절이었는지도 모른다. 이곳은 분명 속인의 모든 삿된 망상이 잦아들게 하는 곳이었기에 절에서 듣는 석경소리는 속진에 찌든 속인의 마음을 씻어내기에 충분했으리라. 더구나 그윽한 향이 주변의 속기를 정화한 외원암은 백주가 묵었던 아름다운 절이었기에 선미禪味를 맛보기에 충분했을 터이다.

그의 시 〈어떤 스님의 시권에 쓴 시[修上人卷]〉 역시 적요寂寥한 암자의 자연스런 공간의 소박함을 충분히 드러냈으니, 그 내용은 다음과 같다.

산인은 지금 백련산에 있겠거니

깊은 산, 꽃이 피는 아름다운 곳이라

오히려 속인에게 시구를 청하고 돌아가니

시인의 말을 기다리는 건 바로 산꽃이라

山人今在白蓮山 好是山深花發處 猶向人間乞句還 山花定待詩人語

그와 교유했던 산인, 즉 승려는 백련산의 수행자인 듯하다. 그곳은 산이 깊고 꽃이 피는 승경지였다. 그런 곳에서 수행하는 승려가 백주 같은 속인에게 '시구를 청하고 돌아가니 아마 그의 시를 기다리는 건 산꽃'이라 하였다. 하지만 그의 시구를 기다리는 것이 어찌 산꽃이랴. 티끌도 없는 깊은 산 속에 사는 꽃은 삿됨이나 속진에 때 묻지 않은 수행자이리니, 그가 시문에 능하다는 말은 이런 대목에서 확인된다. 난세의 혼란 속에서도 시인의 감수성을 잃지 않았던 백주의 결기는 어디에서 근원한 것일까. 사찰을 순례하고 수많은 승려와 교유했던 그의 품성은 분명 요순堯舜의 후예였던 것일까. 이런 그의 근기는 후인의 귀감이 될 만하다.

백주와 불교의 또 다른 인연은 그가 쓴 〈언기대사비彦機大師碑〉를 통해서도 확인된다. 그가 이 비문을 쓰게 된 것은 물론 그의 문장이 널리 알려진 때문이다. 하지만 이 외에 편양언기의 제자인 의신義信과 석민釋敏, 열청說淸과 백주가 맺었던 인연도 한 몫을 했을 것이 분명하다.

장문의 비문을 다 소개하기는 어려워서 이 비문 말미의 〈명왈銘曰〉만을 소개한다.

내원암이여
스승과 스승의 스승이 함께 입적한 곳이라
백화의 비석이여
스승과 스승의 스승 자취를 함께 기록했네
금강산의 묘향은 만고에도 늘 그렇게 오래도록 남을 것이며
스승과 스승의 스승 이름도 끝없이 함께 전해지리

內院之庵兮 師與師之師同入寂也 白華之石兮 師與師之師同記蹟也 香山楓岳亘萬古而長存兮 師與師之師同流名於無極

백화白華는 장안사와 표훈사 사이에 위치한 절의 이름이다. 서산이 새로 창건한 절이었다고 한다. 지금 우리는 금강산 장안사와 표훈사 사이에 위치한 백화사에 가볼 수는 없지만 백주의 〈언기대사비〉에 수록된 이 글은 언기 스님의 제자들이 염원한 대로 길이길이 남아 후세에도 읊어질 명문이라 하겠다.

백주는 이명한의 호이며 천장天章은 그의 자이다. 저서로 『백주집』을 남겼다.

제2부

조선 중기의 유학자들

동악 이안눌
東岳 李安訥

　　동악 이안눌(1571~1637)은 어린 나이
에 분전墳典, 즉 고전古典을 두루 섭렵하여 신동神童이라 칭송된 인
물로, 수많은 승려들과 교유하였다. 그의 자字는 자민子敏이며, 별
호別號는 동악東岳이다. 『동악집』을 남겼다.

　　그의 인물 됨됨이와 학문적 성취에 관해 『국조인물고國朝人物考』
는 '일찍이 선조께서 주감冑監에게 제생諸生 중에 후일 대제학이
될 만한 사람에 대해 묻자 공의 이름을 들어 대답하였다'고 기록
하였다. 하지만 세상만사는 그저 순조롭기만 한 것은 아니다. 일
품逸品의 재주를 가진 사람들이 겪는 고난은 대부분 범인凡人들의
시기와 질투로 인한 것이다. 이안눌 또한 이런 세인의 시기심에
서 벗어날 수는 없었으니 이는 택당澤堂 이식李植(1584~1647)이
쓴 〈동악공행장〉에 '18세에 초시에 장원하여 명성이 더욱 크게
떨치자 같이 나간 자들이 시기하여 예조禮曹의 시험에 나가지 못
하도록 방해하였으므로 공이 세상살이가 어렵다는 것을 알고 다
시는 과거시험을 보지 않았다'라고 한 데서 알 수 있다. 그가 다
시 과거科擧에 나간 것은 부친의 상을 마친 후 홀로 남은 어머니

이안눌 초상

를 위한 것이었으니, 그 해가 1599년이다. 하여튼 이 해의 과거에서 2등으로 급제한 그는 승문원承文院에 보임된 후 형조, 예조, 호조 좌랑佐郎을 거쳐 정랑에 부임되는 등 여러 관직을 거친다. 특히 서천군수瑞川郡守로 부임했을 때 공무에 임했던 그의 자세는 관료로서의 충심을 드러낸 것으로 평가된다. 은광銀鑛이 있던 서천군은 대부분의 전임 군수들이 부정에 연루되어 떠났던 부임지였다. 하지만 그는 언제나 공무를 보기 전에 손을 깨끗이 씻어 몸과 마음을 정갈하게 단속했으며 그의 집무실인 동헌에 '불역심不易心(마음을 바꾸지 않는다)'는 편액을 걸었다고 하니 정직하게 공무를 수행하려는 청백리淸白吏로서의 그의 의지를 드러낸 것이라 하겠다.

그는 혼란의 여진이 난무했던 선조와 광해군, 그리고 인조반정을 경험했다. 당시 반정을 주도했던 무리에게 빌붙은 것을 매우 혐의스럽게 여긴 그는 휴가를 요청하고 귀향하였지만 이괄의 난이 평정된 후엔 혼란의 변고를 피할 수 없어 북변北邊으로 유배되었다가 다시 홍천으로 이배되기도 하는 등 그의 환로宦路는 어려움에 봉착했다. 후일 유배에서 풀려 다시 벼슬길에 올라 보국충정을 몸으로 실천했다.

그의 행실은 순수하고 우애가 깊었다고 한다. 평소 소박한 것을 좋아했던 그는 늘 의관이 허름하여 가난한 선비와도 같았다고 한다. 이식은 〈동악공행장〉 말미에 쓴 명銘에서 이렇게 기록하고 있다.

> 곧고 곧은 동악이여, 기가 두터워 완전하도다. 문장으로 크게 발휘하니 그 연원이 있었도다. 용재의 후손으로 큰 발자취를 이어 받았도다. 효자나 청백리로 호칭되었으니 세상에 이론이 없었도다. 문원이나 어진 관리로 사서(史書)에 함께 전하리라.
>
> (矯矯東岳 氣厚而完 駿發文章 厥其淵源 容齋之後 大武是嗣 孝子廉士 世無異論 文苑循良 史同一傳)

이처럼 그의 삶은 이식의 간요하고 기세 좋은 문장으로 압축되어 세상에 남겨졌다. 더구나 조선 중기의 문장가요 그림과 글씨로 이름을 날렸던 이행李荇(1478~1534)의 후손으로, 그 또한 선대의 문원文苑을 이어 문장가로 세상에 이름을 드날렸고 차를 좋아했다.

그의 소회小會에는 항상 승려들이 참여하였으며 그를 따르는 수행자들도 많았으니 이는 수많은 승려들의 시권詩卷에 제문題文을 짓고 승려들과 창수한 시가 유독 많았던 연유였던 셈이다. 물론 그가 근체시近體詩에 능했던 점도 크게 작용했을 것이다. 한편 그는 승려들을 찾아가 교유하기를 좋아하는 벽癖이 있었다. 세상사가 모두 일장춘몽一場春夢이라는 원리를 그는 일찍부터 알았던 것일까. 그의 발길이 미친 곳만도 금강산의 여러 암자 뿐 아니라 한양 근경의 우이동과 운주사雲住寺, 관악산사가 있고, 부서府西의 선암사禪庵寺, 범어사梵魚寺, 통도사通度寺, 안심사安心寺, 천마산天磨山 불교암佛敎庵, 적석사積石寺, 전등사傳燈寺, 정수사淨水寺, 문수사文殊寺 등 셀 수 없을 만큼 많았다. 그와 교유했던 승려들의 수도 60여 명이 넘어 보인다. 특히 〈정正 승려의 시권에 서경의 시를 차운하여 짓다[正上人詩卷 次西坰韻]〉는 그가 승려들과 교유하기를 좋아했던 일단一段을 드러낸 것으로, 그 내용은 다음과 같다.

그대 산중에서 왔다가
다시 산중으로 돌아가네
내 본래 산중의 객이었기에
산중의 벗에게 보답함이라
산중에는 그윽한 일 많아서
속인과 더불어 말하기 어려우리
깊은 산중에도 꽃은 피었다가 떨어지리니
사계절 운행은 절로 그런 것이라
명리의 관계는 어지러워서
오래 머물 만한 곳이 아니라
산중으로 돌아갔다가 다시 온다 하더라도
끝내 그대를 저버리지 않으리

爾從山中來 還向山中去 我本山中客 爲報山中侶

山中幽事多 難與世人語 巖花開又落 四時自成序

擾擾名利關 不可以久處 歸去來山中 終當不負汝

이 시는 『동악집』〈동차록東槎錄〉에 수록된 것인데, 여기에는 신
축년(1601) 11월 18일부터 이듬해 3월 3일까지 지은 시를 수록
했다. 따라서 그가 정 승려의 시권에 시를 지은 시점은 1602년
1월 14일경이므로 이들의 교유는 오래된 사이인 듯하다. 특히
'원래 산중의 객이었기에 산중의 정 승려에게 보답하기 위해' 정
스님의 시권에 시를 쓴다는 그의 속내는 이 시의 행간 속에 오롯
이 배어난다.

이외에도 우이동 송계에서 수행하던 혜정惠晶 노스님은 그와 오
래도록 교유했던 지기知己로, 멀리 떠나는 이안눌을 위해 스님이
짚신을 선물한 정황이 드러난다. 〈사혜정장로기혜謝惠晶長老寄鞋〉의
내용을 살펴보면 다음과 같다.

멀리 산중에서 두 켤레 짚신을 보냈으니

바로 이는 (내가) 관직을 떠나 서쪽으로 갈 때라네

아름다운 송계의 숲속을 찾아갔더니

좁은 돌길 어느 곳이든 혜정 스님이 생각나네

山中遠寄兩芒屨　正是解官西去時　好向松溪訪林壑　石蹊隨處憶吾師

송계는 우이동에 위치한 계곡[松溪在牛耳洞]이라 하였다. 당시 혜정
스님은 송계에서 수행하고 있었는데 그는 이안눌에게 짚신뿐 아니
라 신감채辛甘菜(승검초)를 보내기도 하였다. 한때 우이동에서 수행하

던 혜정 스님이 노후에는 범어사에서 수행했는데 이들의 우정은 오래도록 이어졌다. 이러한 사실은 이안눌의 시 〈정화상이 공양을 준비해 주었기에 시로써 답례하며[晶和尚設飯詩以謝之]〉에서 '오래된 사찰, 범어사에[梵魚古精舍], 노승의 이름은 혜정이라[老僧名惠晶]. 내가 그 방에서 묵으니[我來宿其房] 새벽에 일어나 밥과 국을 준비했지[晨起具飯羹]'라고 한 대목에서 알 수 있다. 이밖에도 그는 혜정 노스님의 제자일 것으로 추정되는 범어사 승려 지안智安, 묘전妙全, 도원道元 등과도 깊이 교유했던 흔적이 보인다. 따라서 그는 승려를 찾아 사찰을 주유했던 유학자이며 관료라는 것을 알 수 있다. 이런 그의 성향을 〈천집天緝 승려의 시를 차운하여[次天緝上人韻]〉라는 시에서 확인할 수 있는데, 그 내용은 다음과 같다.

평소 승려 찾기를 즐겨하는 벽이 있었지만
그대 같이 소쇄한 승려를 본적이 없었네
어찌하면 봄바람이 옷깃에 불어와
함께 올라 모두 신흥으로 들어갈까나

平生性癖喜尋僧　蕭洒如師見未曾　安得春風拂衣去　共登皆骨入神興

이 시의 말미에 '신흥은 절의 이름으로 지리산에 있다[神興寺名在智異山]'는 설명이 붙어있다. 천집天緝 승려가 지리산 신흥사에서 수행하던 승려였다는 사실을 밝혀둔 것이다. 이뿐 아니라 그는 천집 승려가 소쇄한 수행자였음을 드러냈고 '그대 같이 소쇄한 승려를 본적이 없었네'라고 하였다. 이는 천집 승려의 수행력을 짐작하게 하는 대목이다. 그의 불교에 대한 안목은 그의 시문곳곳에서 드러나는데, 이는 〈(시를) 써서 영수靈樹 승려에게 보이다

[書示靈樹上人])라는 작품에서도 확인할 수 있다. 그 내용은 이렇다.

> 서로 만나서는 말이 없다가
> 이별하면 곧 서로 생각하네
> 이 마음이 과연 무슨 의미일까
> 그대는 알지만 나는 모른다네
> 들판의 구름, 검기가 먹빛과 같고
> 강가에 이슬비, 실처럼 가늘구나
> 마음과 그 경계가 모두 고요하니
> 봄바람이 버들가지에 나부끼는 듯
>
> 相逢亦無語 相別卽相思 此意果何意 爾知吾未知
> 野雲濃似墨 江雨細如絲 心與境俱寂 春風吹柳枝

　서로 만나도 말이 끊어진 상태, 그러므로 그는 말의 허무함을 알고 있었던 셈이다. 무언無言은 서로의 진심을 드러내기에 족하다. 그러므로 이들의 속 깊은 정은 그야말로 깊고도 깊은 것이다. 더구나 그는 마음과 마음에서 일어나는 경계선상이 모두 고요한 지경에 이르렀다고 하니 이는 분명 삼매를 터득했던 선비였던가. 그러기에 '봄바람에 버들가지 나부끼듯' 분별없는 경계를 말하고 있는 것이다. 아마도 그의 벽癖은 무루無漏를 이루게 한 원력이었을 것이며, 도처의 사찰을 조견했던 인연이나 수많은 승려들과 나눈 교유의 공덕은 분명 전생의 숙연宿緣이 아니고는 이룰 수 없는 일이었다 하겠다.

석주 권필

石洲 權韠

　　　　　　　역사에 이름을 남겼던 인물 중에는 시
詩로 인해 변고를 겪은 사람들도 흔했지만, 다른 한편으론 절창絶
唱의 시를 남겼기에 이름을 남긴 경우도 허다하다. 조선중기의 대
표적인 문필가로 손꼽히는 석주 권필(1569~1612)도 바로 그런
인물 중 한 사람이다. 그는 자유로운 기질의 소유자로 구속을 싫
어했다. 한때 가난을 염려한 그 동료들의 추천으로 동몽교관童蒙敎
官에 임명되었지만 상부에 예를 갖추지 않은 채 곧바로 학생들을
가르쳤던 그의 기질이나 '관대를 하고 예조에 나아가 예를 갖추
라'는 말에 '그런 일은 잘 못한다'라고 하고 벼슬을 그만두었던
그의 처세는 이미 세상과 동떨어진 생애를 살았던 그의 일면을
드러낸 셈이다. 도연명의 기개를 닮아서일까, 아니면 그가 살았던
시대가 난세이기 때문일까. 그가 살았던 시대는 광해군의 비였던
유씨의 일족들이 권력을 전횡하던 시절이었다. 특히 유비柳妃의
오라버니 유희분柳希奮의 전횡은 도를 넘었다. 그러므로 임숙영任叔
英이 〈책문〉을 지어 유씨 일가의 방종을 비방했다는 이유로 과거
에 떨어지는 변고가 생겼다. 이로 인해 세상의 의기 있는 선비는

비분강개했다. 권필의 〈궁류시宮柳詩〉는 이를 배경으로 지은 풍자
시이다. 그 내용은 다음과 같다.

> 궁궐 버들 푸르고 꾀꼬리 어지러이 나는데
> 성 안에 가득한 높은 사람 봄 햇살에 아첨하네
> 조정에서 함께 태평의 즐거움을 축하하는데
> 누가 바른말 하여 평민으로 쫓겨났나
> 宮柳青青鶯亂飛 滿城冠蓋媚春暉 朝家共賀昇平樂 誰遣危言出布衣

이 시에서 궁중 안의 버들은 광해군의 비 유씨 친족들을 은유
한 것이다. 아첨하는 조정의 대신들이야 태평성대를 감축했지만
결국 이는 거짓일 뿐이었다. 세상이 어지러울 때 위언危言(바른 말.
혹은 충성스런 간언)은 충심을 품은 선비의 도리이다. 바로 임숙영은
충간忠諫으로 평민이 된 동량棟樑이었음을 풍자하고 있는 셈이다.
권필은 이 〈궁류시〉로 결국 모반에 연루되어 광해군의 친국을 받
았고, 귀양 가던 길에 그를 동정하던 사람들이 주는 술을 거절하
지 않고 마셨으니, 결국 그의 죽음은 폭음으로 인한 것이었다.
그렇다면 그는 진정 술을 이기지 못한 것인가. 아니면 시절의 아
픔을 이기지 못하고 떠난 것인가. 난세의 옹졸함은 강개한 인물
을 시들게 하는 함정인 듯하다.

한때 정철의 문인으로 총망 받던 그의 자는 여장汝章이며 석주
石洲는 그의 호이다. 사찰을 유람하며 승려들과 나눈 시문이 여러
편 전할 뿐 아니라 차를 즐겼던 인물이다.

송시열이 쓴 그의 〈묘갈명墓碣銘〉에서는 '시재가 뛰어나 자기성

權鞸 墓碣銘　宋時烈

嗚呼此高陽縣渭陽里者石洲權先生之所葬也其
世德俱刻于其左先墓石先生即習齋公之第五子
也嗚呼先生在時大夫士慕義趨風一見顏面則誇
以爲榮其沒也聽涕泣以至未嘗過門者亦悲嗟
慘歎久而不能已愚未知其以何然耶以其能
詩而然耶先生諱鞸字汝章其爲人俠宕放志
宇宙眼空一世几世之富貴崇利紛華盛麗人所艷
慕歆顔者一無所入於其心惟以詩酒自娛嘗一開

入場屋復不屑也松江鄭公嘗遠謫先生於道往見
之松江驚眼曰吾今日見天上仙人此行宣不妄求
諸公爲其貧也除童蒙教官亦不屑於辭便間門授
徒或告曰當束帶詣禮曹謁先生憮然辭曰此非
吾非能也送謝去入江華府舉室以居遠近學子負
笈而至者甚衆雖後以部事而亦不知其勞且苦
也府官溺貨故緩秩父獄先生正其罪遂棄江華歸
玄石江上月沙李公嘗僨詔使顧天使顧以文名天
下月沙慘非吾敢極送文士以從先生以白衣與爲
宣廟教曰權其詩可寫若干篇以追旣進上歡賞

송시열이 지은 권필의 묘갈명

찰을 통한 울분과 갈등을 토로하고, 잘못된 사회상을 비판 풍자
하는 데 주목할 만한 성과를 거두었다'고 평가했다. 평소 가난한
백성에 대한 연민을 드러냈던 그는 상대적으로 지배층에 대한 적
개심도 드러냈다고 한다. 이런 그의 태도는 그의 〈답송보서答宋甫
書〉에 '매번 고관대작의 집을 만나면 반드시 침을 뱉고 지나가고,
누추한 거리의 초라한 집을 보면 반드시 서성이며 돌아보면서 팔
을 베고 누워 물만 마시고 있더라도 그 즐거움을 고치지 않는 사
람을 본 듯이 생각했습니다[每遇朱門甲第則必唾而過之　而見陋巷蓬室則必徘徊眷
顧　以想見曲肱飮水而不改其樂者]'라고 한 대목에서 확인된다.

　아울러 〈답송보서〉에 '장차 산야로 물러나 마음을 거두고 성정
을 길러 옛사람이 말한 도라는 것을 구하고자 했습니다[思將退伏山

野 收心養性 以求古人所謂道者]'라고 하였으니, 그가 야인으로 살고자 했던 연유를 충분히 드러낸 셈이라 하겠다. 그리고 그가 고인의 도를 구하며 열독했던 책들은 임종 시에 그의 곁을 지켰던 『근사록近思錄』, 『주자전서朱子全書』 등이었다.

이뿐 아니라 그는 올곧은 선비였다. 국난에 목숨을 버릴 수 있는 의지는 임진왜란이 일어났을 때 대궐에 나아가 상소했던 일이나, 일본과의 화의和議를 주창하며 임금에게 아첨한 정승의 목을 벨 것을 요청했던 것에서 확인된다. 이러한 고결한 선비정신은 그의 스승 정철의 증언에서도 확인된다. 그가 귀양길에 오른 스승을 찾았을 때, 정철은 권필을 보고 '내가 오늘 천상의 신선을 보았으니 이번 행차가 어찌 다행스럽지 않은가'라고 한 대목이 그것이다.

권필은 또 삶이 소박해서인지 몇몇 승려들과 깊이 교유했던 흔적뿐 아니라 사찰을 유람했던 흔적도 남겼다. 그의 문집 『석주집石洲集』에는 수중사修證寺와 백련사白蓮寺, 영통사靈通寺 등을 유람하며 지은 시와, 잠岑 스님, 원 스님, 범림 스님, 송도의 의 스님 등과 교유하며 화답한 시가 남아 있다. 모두 소개할 수 없기에 우선 〈잠 스님이 종이를 보내며 (그의) 시를 찾기에[岑上人送紙索詩]〉라는 시를 살펴보고자 한다.

평생에 짚신이 몇 켤레나 닳았을까
청한한 것은 그대 혼자뿐이요
골몰하는 것은 세상이 모두 그렇네
피안의 세계엔 도달하기 어렵나니

진공에 어이 올라갈 수 있으리오
이 늙은이는 재주와 힘이 줄어들었으니
수송패(水松牌)에 비하면 몹시 부끄럽구나
平生幾兩鞋　淸閑君也獨　汨沒世應皆　彼岸難容到
眞空可得階　老夫才力退　深愧水松牌

　실로 사람은 무엇을 찾으려고 길을 헤매는 것일까. 수 컬레의
짚신이 달아 헤지도록 이리저리 찾아 헤맸던 건 아마도 뜬구름
같은 부귀와 명성일 것이다. 그러므로 속인은 언제나 마음이 혼
란하고 밖으로 향해 있는 법이다. 따라서 맑고 고요할 수 있는
건 그대 잠 승려뿐이란다. 세상일에 분주한 사람은 피안(이상세
계)의 세계에 도달하기 실로 어렵다. 그런데 어찌 진공의 세계에
도달할 수 있겠느냐는 것이다. 자신은 이미 재주와 근력이 쇠락
해진 사람인데도 잠 승려가 시를 청한 것은 '수송패에 비하면 몹
시 부끄럽구나'라고 하였다. 그럼 수송패水松牌란 무엇인가. 『운산
잡기雲仙雜記』의 〈수송패〉에 그 내력을 설명하기를 '이백이 자은사
慈恩寺를 방문했을 때 천하의 문장가에게 시를 받고 싶었던 자은
사의 승려는 오교분吳膠粉을 바른 수송패水松牌(소나무로 만든 패)를 이
백에게 바치며 시를 청했다'고 하였다. 이에 이백이 수송패에 시
를 지어주자 자은사 승려는 그 답례로 현사발玄沙鉢, 녹영매綠英梅,
단향필격檀香筆格, 난겸고蘭縑袴, 자경상紫瓊霜 등 귀중한 물품을 주었
다고 한다. 따라서 잠 승려가 권필에게 종이를 보내 시를 청한
일은 마치 자은사 승려가 이백에게 시를 청한 것과 비견되는 일
임을 은근히 드러낸 것은 아닐까. 하여간 권필은 이백처럼 시에

능한 사람이 아니기에 부끄럽다는 것이리라.

아울러 그는 유무에 대한 관점과 논리를 위한 논리가 얼마나 허망한 것인지를 피력하고 있다. 〈법림法林 승려에게 써서 보이다 [書示法林上人]〉라는 시를 보자.

도란 것은 종래 의심을 풀지 못했으니
분분한 의논들 어느 것이 참임을 아는가
신령한 근원은 바로 기심(機心)을 잊는 데 있고
오묘한 법은 원래 말 없을 때에 있는 법이라
유를 말하고 무를 말하는 것 모두 환망이요
마음을 보느니 본성을 보느니 (하는 말)더욱 지루하여라
此道從來未決疑 紛紛何者是眞知 靈源政在忘機地
妙法元存不語時 說有說無都幻妄 觀心觀性轉支離

더구나 그는 불이문不二門의 경계를 '6년 동안 고통스러워 말을 잊었으니[六年辛苦已忘言] 모든 일이 다 불이문으로 돌아갔네[萬事都歸不二門]'라고 노래한 바가 있었으니 그는 실로 불교의 원리를 료해了解했던 선비였음이 분명하다.

또 권필은 불교를 이해할 뿐만 아니라 차를 즐긴 인물이었다. 그가 차를 즐긴 정황은 〈고석당명古石鐺銘〉에서 확인할 수 있는데, 우연히 땅에 묻혀 있던 돌솥을 자신의 곁에 둔 연유도 분명하게 밝혀두고 있다. 그 내용은 다음과 같다.

계집종이 밭에서 땅을 파다가 괴이한 물건을 얻었는데 (돌솥을) 두

드리니 소리가 맑았다. 묻어 있는 흙 자국을 파내니 모양이 선명하게 드러났는데 이는 작은 돌솥이었다. 돌솥의 손잡이는 (길이가) 3촌쯤 되고 2승 정도를 담을 수 있을 만하였다. (돌솥을) 모래로 닦아내고 물로 세척하니 빛나고 깨끗하여 아낄 만하여 내 곁에 두게 하여 차를 끓이거나 약을 달이는 도구로 사용하게 하였다. 때때로 (돌솥을) 어루만지며 희롱하기를 "돌솥아, 돌솥아 하늘이 돌을 만들어 준 것이 몇 해이던가. 솜씨 좋은 장인이 깎아서 돌솥을 만들었네. 사람의 집에서 사용한 지가 또한 몇 해이던가. 흙 속에 묻혀 세상에서 쓰지 못한 것이 몇 년이던가. 그런데 지금 내가 얻게 되었으니, 아! 돌은 만물 중에 가장 천하고 또 단단한 것이라. 그 드러나지 않고 드러난 사이를 셈하지 않을 수 없음이 이와 같은데, 하물며 가장 귀하고 신령한 것에 대해서랴" 하였다. 마침내 명(銘)을 지어 새긴다. 이 돌솥을 얻은 날은 을미년(1595) 정월 16일이고 글을 쓴 날은 정월 23일이다. 명에 '버려두면 돌이고 사용하면 그릇'이라고 하였다.

(女奴於田中掘地 得一物塊然 叩之聲硜硜 剟土痕剔蘚紋 乃小石鐺也 柄三寸 中可受二升許 沙以磨之 水以滌之 光潔可愛 余命置諸左右. 以供烹茶煮藥之具 時復摩挲以戲之曰 鐺乎鐺乎 與天作石者幾年 巧匠斲而器之 爲人家用者又幾年 埋在土中 不見用於世者又幾年而今爲吾所得 噫 石 物之最賤且頑者 其隱顯之間 不能無數也 如此 況最貴最靈者耶 遂作銘以刻之 得之日 乙未正月十六 銘之日 其月之二十三 銘曰 捨則石 用則器.)

그가 돌솥을 얻은 해는 그의 나이 34세 때이다. 차와 약을 끓이기에 알맞은 돌솥을 얻어 곁에 두고 완상하는 즐거움을 글[銘]

석주 권필 유허비

로 지었던 것이다. 그가 돌솥을 얻은 날은 1595년 1월 16일이고, 돌솥에 대한 글을 쓰고 새긴 날은 1월 23일이었다. 일주일 만에 돌솥에 명문을 새겨 하찮은 돌이 귀품으로, 돌솥으로 거듭 변화하는 과정을 소상히 기록해 두었다. 아! 만물은 그 때를 만날 때에 빛을 발하는 법이다. 그가 '버려두면 돌이고 사용하면 그릇이 된다'고 한 것은 그 이치를 말한 것이다. 그가 초야에 묻혀 출사出仕를 즐겨하지 않았던 것은 이미 시절의 인연을 짐작했기 때문일지도 모른다. 하여간 천시天時를 얻는 것보다 때를 얻는 일[得時]이 더 중요하다는 말은 그에게도 해당되는 말이었던 듯하다. 그의 저술로는 『석주집』 외에 한문소설인 『곽색전郭索傳』, 『장경천전章敬天傳』, 『주생전周生傳』 등이 있다.

월사 이정귀
月沙 李廷龜

　　　　　　　천하에 문장가로 이름을 떨쳤던 이정
귀(1564~1635)는 어린 나이에 당대의 문장가 한유韓愈의 〈남산시
南山詩〉를 차운次韻하여 시를 지을 만큼 글재주가 뛰어났던 것으로
전해진다.

　나이 14세에 승보시陞補試에 장원으로 급제한 후, 증광문과에서
병과로 급제하였던 그는 중국어에 능해 어전통관御前通官으로 조정
을 대표하여 명나라 사신을 접대하는 등 외교 활동에 높은 수완
을 발휘하였다. 그가 공을 세운 탁월한 활약상은 바로 명나라 병
부주사 정응태丁應泰를 파직시킨 일이다. 그 전에 정응태가 조선을
무고하는 사건이 일어났는데, 정응태는 임진왜란이 일어난 것은
조선이 명나라를 침범하기 위해 왜병을 끌어들였기 때문이라고
주장하였다. 이는 조선의 입장을 매우 불리하게 하였다. 이 일을
해결하기 위해 명나라에 파견된 이정귀는 〈무술변무주戊戌辨誣奏〉를
써서 조선의 억울함을 주장함으로서 정응태의 무고가 밝혀져 결
국 정응태는 파직된다. 조선으로선 통쾌한 결말을 얻은 것이니
그의 외교적 수완은 이처럼 출중했다.

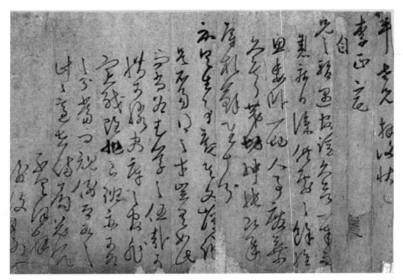

이정귀의 글씨

　특히 선조의 신임을 받았던 그는 조정의 중요한 직책인 병조판서와 예조판서를 거쳐 우의정과 좌의정을 역임하는 등 그의 환로는 순탄하였다. 높은 관직을 두루 거쳤던 그는 늘 임금을 도와 백성을 윤택하게 하는 일에 충심을 쏟았고, 글로써 나라를 빛낸다[以文華國]는 관인문학을 실천했다. 일찍이 명나라 사람 양지원梁之垣은 이정귀의 글을 보고 '호탕하고 표일하지만 지나치게 화려하지 않아 문장의 아름다움을 잘 보여주고 있다'고 평가한 바 있고, 장유張維(1587~1638) 또한 그의 문학적 재능을 극력 칭찬하였다.

　한편 그의 출생과 관련된 기이한 이야기가 『국조인물고』에 전한다.

> 그가 막 태어날 무렵에 호랑이가 문밖에 와서 엎드려 있었으나 사람들이 감히 쫓아내지 못했는데, 그가 태어나자 호랑이가 떠나고 마을 사람들은 모두 경이롭게 여겼다.

일국의 동량이 될 재목은 출생의 기이함도 이처럼 남다른 모양이다.

늘 아속雅俗을 포용했던 그는 40여 년간 벼슬을 살았지만 검소한 삶을 살았던 것으로 확인된다. 이러한 그의 태도는 『국조인물고』에 여실히 나타나 있다.

> 세자가 조문을 왔다가 돌아가 주변 사람들에게 말하기를, '이사부(李師傅)는 삼공三公의 지위에 있으면서도 사는 집이 매우 누추하였으니 그 검소가 숭상할 만하다'라고 하였다.

이뿐만이 아니다. 그의 학문은 육경六經을 근본으로 삼아 정진했으며 『장자』도 깊이 공부하였다. 언제나 재능과 부귀로 사람을 압도하지 않았던 그는 사람들과 담소할 적마다 모인 사람들을 심취心醉하게 만들었다고 하니, 그는 소탈하면서도 넉넉한 인품의 소유자였던 듯하다. 말년에는 한가하게 삶을 영위하면서 승려들과도 교유했던 흔적이 보인다.

특히 그는 승려들과 시를 통해 교유했는데, 이는 그가 선조와 광해군 시대에 유불교유의 대표적인 인물로 손꼽히는 연유일 것이다. 하지만 당시 사회적인 배경을 고려해 볼 때 유불의 교유는 상대적으로 동등한 입장에서 이루어지기는 어려웠다. 이런 분위기는 임진왜란이 일어난 후 다소 개선되긴 하였지만, 승려들의 사회적인 영향력이 확대되었다고 보기는 어렵다. 이런 상황에서도 깊은 수행력을 갖춘 승려들은 출중한 문장력을 토대로 문사들과 함께 시를 짓고 시집을 남긴 이들도 많았다. 이들은 이름 높은 사대부들에게 시집의 제문을 받는 등, 유불의 교유는 끊어지지 않았다. 특히 문장력이 출중했던 이정귀는 그와 교유했던 승려들의 시권詩卷에 차운하는 시를 수편이나 남겼지만, 실제로는 교유가 없던 승려들의 시권에도 글을 써준 사례가 간간이 확인된다. 예컨대 〈증금강산인쌍익서贈金剛山人雙翼序〉와 같은 글이 대표적이다.

> 나는 늙을수록 번잡한 것이 싫어 건방진 동네 사람들의 소란이 매우 괴로웠다. 그래서 조정에서 퇴근하면 곧바로 문을 닫고 방문객을 받지 않았다. 시를 지어 달라고 찾아오는 산승(山僧)은 차마 사절할 수는 없었으나 그래도 반겨 맞지는 않고 그저 가지고 온 시권(詩卷)에 흥이 일면 시를 적어 주고 흥이 일지 않으면 그냥 둘 뿐이었다. 이런 까닭에 시를 적어 준 승려의 시권은 많지만 승려의 얼굴을 본 경우는 드물었다. 올해 봄에 내가 한가로이 앉아 쉬는데 누군가 찾아와 문을 두드린 사람이 있었으니 글을 물으러 온 학자(學子)였고, 또 누군가 찾아와 문을 두드린 사람이 있었으니 승려 쌍익(雙翼)이었다. 사절하여 만나 주지는 않고 절구(絕句) 20자(字)를 써서 보내 주었다. 들건대 그 승려가 무언가 불만스러운 점이 있는 듯 문밖에서 서성이다가 떠났다 하기에 노쇠한 몸이 나태하여 공문(空門)의 사람에게 미움을 받게 되었음을 탄식하였다.

(余老益厭鬧 頗苦鄉里頂額 公退輒杜門 却掃山僧之乞詩來者 雖不忍謝遣 而亦不喜接應 只取其詩卷 遇興則題之 不遇興則置之已耳 以故題僧卷多而見僧面少 今歲之春 余方燕坐 有叩門聲 問字學子也 又有叩門聲 山人雙翼也 謝不能見 書絕句二十字而送之 聞僧彷徨門外 若有不滿意而去 自嘆衰懶見嗔於空門也)

이 글에서도 알 수 있듯이 그를 찾아와 시를 지어달라는 승려들이 많았던 듯한데, 이는 이미 이정귀의 글 솜씨가 널리 알려졌기 때문이었을 것이다. 그렇게 찾아온 스님 가운데 금강산의 쌍익 스님도 있었던 것이고, 이정귀는 그와도 만나주지 않고 글만써주었다. 그런데 이 둘의 인연은 여기서 끝나지 않았다. 이정귀가 그런 쌍익 스님을 다시 만나게 된 과정을 따라가 보자.

홀연히 승려 한 사람이 산기슭을 따라 지름길로 곧장 와서 두 손을 모으고 나에게 절하였다. 이에 그 이름을 물었더니 쌍익이었고, 그 거처를 물었더니 풍악(楓嶽)이었다. 바로 지난날 내가 그 시권에 시만 적어주고 얼굴은 보지 않았던 그 사람이었다. 그는 서른이 채못 된 나이에 얼굴이 곱고 기운이 고요하였으며 얘기를 나누어 보니 정신이 맑고 밝았다.

(忽見釋子從山麓 徑造叉手而拜 問其名 雙翼也 問其居 楓嶽也 即前日題其卷而不見面者也 年未三十 貌姸氣靜 與之語 靈臺炯炯)

그는 또 천성으로 책을 좋아하여 나의 『동사집(東槎集)』에 실린 시들을 줄줄 외는 등 학문하려는 뜻이 자못 있었다.

(性又嗜書 能誦余東槎集諸詩 頗有願學之志)

이정귀의 시 가운데 〈정政 스님의 시축에 차운하여[次政上人詩軸韻]〉를 살펴보자.

> 말로 사람을 놀라게 하질 못해 두릉에 부끄러우니
> 시축 첫머리에 시 적는 일 내 어찌 할 수 있으랴
> 서로 만나면 도리어 산중의 일을 이야기하느라
> 쓸쓸한 방 한밤의 등잔 심지를 돋우어 다 태운다
> 語不驚人愧杜陵 首牋題贈我何能 相逢却語山中事 挑盡寒齋半夜燈

정 스님과의 만남이 엄마나 흡족했기에 산중에 일 이야기 나누느라 등잔 심지를 돋울까. 깊은 밤 등불을 돋구며 나눈 이들의 격의 없는 문답은 모든 속진을 덜어내는 내용이었을 것이다. 그가 '말로 사람을 놀라게 하질 못해 두릉에 부끄러우니'라고 한 것은 두보杜甫를 염두에 둔 말이다. 이는 글 솜씨가 미흡한 자신이 어찌 정 스님의 시축에 글을 쓰겠느냐는 말이니, 그의 겸손함은 여기에서도 드러난다.

세상 사람들과의 교유란 그저 변화무쌍할 뿐, 오랫동안 변함없이 그를 찾아온 이는 승려 윤해允海뿐이었다. 그의 〈차윤해축상운次允海軸上韻〉에는 인생무상과 돈독한 우정이 이렇게 표현되어 있다.

> 병이 많아 벗들과 떨어져 외로이 사는 걸 탄식했더니
> 지팡이 짚고 찾아와 준 이는 오직 그대뿐
> 다시금 세상 밖 벗들과 친교 맺고 싶노니
> 세상의 벗들 우정이란 너무도 변화무쌍해라

索居多病歎離群 飛錫相尋獨有君 更欲托交須世外 世間交道劇紛紛

　'이군삭거離群索居'는 벗들과 떨어져 외로이 사는 것을 의미한다. 공자의 제자 자하子夏가 '내가 벗을 떠나 쓸쓸히 홀로 산 지가 오래이다'라고 한 말에서 유래된 것이다. 늙어가는 인생사에서 가장 좋은 건 자신을 찾아주는 벗일 뿐임을 그도 절감한 듯하다. 천하의 문장가 이정귀의 글은 『월사집月沙集』에 수록되어 전한다.

어우당 유몽인

於于堂 柳夢寅

　　　　　　　정치·사회적으로 혼란기를 살았던 유
몽인(1559~1623)은 문장가로, 글씨에도 남다른 재주를 드러냈다.
그의 자는 응문應文이고, 호로는 어우당於于堂, 간재艮齋, 묵호자默好子
등을 썼다. 설화문학의 대가로 야담을 집대성한 『어우야담』과 시
문집 『어우집於于集』을 남겼다.

　한때 성혼과 신호의 문하에서 수학했지만 경박하다는 책망을
듣고 쫓겨나 성혼과의 관계가 소원하였다. 1589년 증광문과에 장
원급제하여 병조참의를 거쳐 황해감사, 도승지 등을 역임했다. 임
진왜란 때에는 선조를 호종하는 임무를 수행했으며 1609년에는
성절사 겸 사은사로 임명되어 대명외교에도 탁월한 능력을 발휘
하였다. 광해군 때, 대북세력들의 폐모론廢母論이 거론되자 이에
가담하지 않고 도봉산에 은거하여 난세를 피했다. 하지만 서인들
의 정치적 모략으로 참형을 당했으니 옛 사람이 '천시天時를 얻는
것보다 득시得時(때를 얻음)가 중요하다'고 한 말은 그의 삶에도 적
중된 말인 듯하다. 정치적 혼란이 극도로 치달았던 광해군 시절,
산간에 은둔하거나 사찰을 주유하며 승려들과 교유했던 그는 승

유몽인의 『어우야담』

려들의 시축에 많은 글을 남기기도 하였다. 이 또한 불연佛緣이
아니었을까.

아무튼 그가 일시 거처했던 사찰만 하더라도 한양 인근의 수종
사水鐘寺 및 금강산 일대의 장안사長安寺, 표훈사表訓寺. 유점사, 삼장
암三藏菴, 건봉사乾鳳寺 및 천주산天柱山, 영은사靈隱寺, 자은사慈恩寺, 열
반산涅槃山 기기암奇奇菴, 도봉산 묘봉암妙峰菴, 천덕암天德菴, 가운암佳
雲菴 등으로 널리 분포되었고, 〈가야산팔만대장경전상량문伽倻山八萬
大藏經殿上樑文〉을 썼던 것도 그가 불교와 친근했던 일면을 드러낸
것이라 하겠다.

하지만 그가 어느 시기부터 승려들과 깊이 교유했는지는 분명
하지 않다. 다만 그의 문집 『어우집』에 의하면 대략 1606년부터
금강산을 주유하며 사찰을 순례하고 승려들과 교유했던 흔적이
보인다. 특히 광해군 시절 폐모론이 일어났을 때 몸을 피해 산간

에 숨어든 후 여러 사찰을 전전하며 은둔하였기에, 인조반정이 일어나 광해군이 폐위된 사실조차 알지 못했던 상황도 그의 문집을 통해 확인된다.

영은사의 승려 언기彦機와 운계雲桂에게 써준 〈유보개산증영은사 언기운계양승서遊寶盖山贈靈隱寺彦機雲桂兩僧序〉는 그가 승려들과 교유했던 일면을 보여준다는 점에서 중요한 자료이다. 그 내용은 다음과 같다.

언기와 운계는 시승(詩僧)이다. 1606년에 나와 언기가 묘향산 보현사에서 서로 만났으니 이때에 언기는 송운대사에게 수학하고 있었다. 1618년에 운계는 내 송천정사에 객으로 있으며 나의 시를 얻은 자이다. 1623년 여름에 내가 보개산 영은암에서 두 승려를 만났는데 이들이 놀래서 내가 어디로부터 왔는지를 물었다. 내가 말하기를 "지난해 가을 9월에 내가 금강산에 들어갔는데 (병이 나) 생을 마칠 것 같았다. 10월이 지나 집안 식구가 한양에서 산사로 와서 위급한 병을 구완하였다. 다음해 4월이 지나 금강산에서 서쪽으로 간다고 한 것은 음식을 얻기 어려워서이다. 풍전에 도착하여 집안 식구를 서울로 돌려보내 사람 수를 줄이고 이 산으로 들어와 여장을 풀고 승사에 머물렀는데 곡식이 점점 줄었다. 행로에서 들으니 구 임금이 폐해졌다고 하는데도 내가 (이를) 듣고도 심히 놀라지 않았던 것은 이미 일의 징후를 미리 보았기 때문이다. 또 새로 왕이 자리에 오르셔서 어지러운 정치를 혁파하고 어진 은혜를 베푼다는 소식을 듣고 백성처럼 기뻤지만 (그것을) 듣고도 놀라거나 하례하지 않았다. 배고픈 사람이 쉽게 먹는 것은 오히려 제왕이 한 것이다"라 하였다. 두 승려는 의심하여 묻기를 "우리들은 산 사람이다. 옛날부터 수 년 동안 금강산에서 지냈는데 비록 한가한 선비일지라도 오히려 어려운데 하물며 재상이랴. 이미 산을 떠난다고 하면서 다시 이 산에서 무엇을 하는가. 지금 새 성인이 나라를 다스리시니 벼슬을 구하는 자가 저자로 돌아가야 하는데 또 어찌 중도에서 배회하는가" 하였다. 말하였다. "나는 늙고 망령된 사람이다. 산으로 들어가는 것은 세상을 가볍게 여기는 것이 아니라 산을 좋아해서이다. 지금에 산을 떠나는 것은 벼슬을 구하기 위한 것이 아니라 먹을 것이 부족해서이며 이 산에 머무는 것은 산을 사랑해서가 아니라 곡식이 적어도 되기 때문이다. 물건은 오래되면 신령스럽고 사람은 늙어지면 공허하다. 화를 6년 먼저 피한 것은 신령한 것이며 이익을 보고 빨리 쫓지 않는 것은 공허한 것이다. 지난해 선산(仙山)에 머문 것은 고상하고 금년에 야산에 머무는 것은 속된 것이다. 진흙탕을 휘저어도 더럽지 않은 것은 깨끗한 것이다. 먹는 것을 따름은 비루한 것이다. 내 어느 곳에 있으랴. 그 오직 재주가 있고 없음과 어질고 어질지 못함과 지혜롭고 어리석음과 귀하고 천한 사이에 있는 것인저."

(彦機雲桂 兩詩僧也 萬曆三十四年 余與機相遇於香山普賢寺 時機從松雲大師受學者也 萬曆四十六年 桂客我松泉精舍 得我詩者也 天啓三年夏 余入寶盖山靈隱庵 見兩僧 兩僧驚問我自何來 余曰 去年秋九月 余入金剛山 計終老也 越十月 家累自京師來山寺 救危病也 越明年四月 辭金剛西行 因艱食也 行到豊田 送家累還京省人口也 路入玆山 解裝休僧舍 穀稍賤也 聞之行路 舊君廢 余聞之不甚驚者 已見於事之先也 又聞新王立 革亂政敷仁惠 民庶驩如也 聞之不驚賀者 飢者易爲食 猶以齊王也 兩僧疑而詰之曰 吾儕 山人也 自古過歲金剛 雖寒士猶難 況宰相乎

旣曰離山　則復何爲於此山　當今新聖御國　求宦者如歸市　又何爲徘徊中路　曰　余老
妄人也　向之入山　非輕世也　樂山也　今之去山　非爲官也　乏食也　留此山者　非愛山
也　穀賤也　物久則神　人老則耗　避禍先六載　神也　見利不疾趨　耗也　前年處仙山
高也　今年投野山　俗也　泥而不滓　潔也　有食從之　陋也　吾何處之哉　其惟才不才賢
不賢　智與愚貴與賤之間乎)

1606년부터 1624년까지 금강산 묘향사를 주유했던 그는 승려
언기 및 운계와 이미 오래 전부터 교유했으며, 1618년 그가 운
계의 송천정사에 있을 때 찾아와 시를 구했던 사실도 드러난다.
그가 다시 이들을 만난 것은 금강산을 유람할 때이다. 아마 광해
군의 폭정을 피해 산간을 유람할 때라 여겨진다. 이들은 모두 시
에 밝았다. 그가 여행 도중 얼마나 어려운 여정을 거쳐야 했는지
는 병으로 죽을 고비를 넘겼던 정황에서도 확인할 수 있다. 이렇
게 산천을 떠도는 동안 광해군이 폐위되고 인조반정이 일어났던
사실도 그는 알지 못했다. 세상이 바뀐 일을 길에서 들었지만 이
미 그는 세상의 일에 초연하여 세상에 나아가 벼슬을 구하는 일
에 관심을 두지는 않았던 듯하다. 다시 금강산으로 들어가고자
했던 그의 뜻을 이해하지 못했던 승려들은 그가 이미 높은 지위
에 있던 사람으로 세상으로 돌아가지 않으려는 의중을 깊이 알
수 없었던 듯하다. 하지만 그의 뜻은 분명하고도 단호했다. 바로
'산으로 들어가는 것은 세상을 가볍게 여기는 것이 아니라 산을
좋아해서'라는 것이다.

한편 그와 교유했던 유점사楡岾寺의 승려 영운靈運이 글씨와 시
문에 능했다는 사실은 〈여유점사승영운서與楡岾寺僧靈運書〉를 통해

확인할 수 있다.

영운 승려는 유점사의 이름 있는 승려이다. 자못 민첩하고 지혜로
우며 해서를 잘 쓴다. 내가 표훈사 사적에 그의 필적이 많기에 한
번 보고자 한 것이 오래되었는데 지금은 (유점사) 주지이다.

(靈運上人師 卽楡岾寺名僧也 頗敏慧善楷書 余於表訓寺事蹟多其筆迹 欲一識面者
久矣 乃今爲住持)

또한 그에게 유점사 승려 영운이 글을 청하며 김과 짚신, 한지
를 예품으로 올렸던 일도 소상하게 밝히고 있다. 이를 통해 당시
승려들은 유학자들에게 시를 청할 때 짚신, 한지, 채소, 김, 혹은
차 같은 물품을 답례로 보냈음을 알 수 있다. 이는 대개 산간에
서 구하기 쉬운 물품들이었다.

한편, 글에 밝았던 유몽인은 은어를 통해 언어의 속성적 폐단
과 불교의 교리를 나타낸 〈증건봉사승신은서贈乾鳳寺僧信闇序〉를 지
었는데, 이는 성불成佛의 의미를 의미심장하게 풀어낸 글이라는
점에서 중요하다. 그는 이 글에서 당시 승려들의 수행 일상을 이
렇게 표현하고 있다.

내가 금강산에 있을 때 보니 산중의 작은 암자에는 기이한 승려들
이 많았는데, 수십 년 동안 솔잎을 먹으며 오곡을 먹지 않는 승려
들이 돈오로 법을 삼아 도를 깨친다. 내가 그 본질을 토론해보니
대개는 글자를 모르고 경문을 하나도 읽지 않았다. 이들과 말을 해
보니 마음을 통철한 듯하다.

(余處金剛山　見山中小菴多異釋　餐松栢辟五穀積數十年者　式以頓悟見道　稱余討其
實　大率不識字　不讀一經文　與之語　心地洞然)

그의 해학적인 글 솜씨는 이렇게 이어진다.

옛날에 이 산중에 세 승려가 있었는데 각자 큰 보따리에 옷과 식
량을 싸가지고 떠나며 서로 약속하기를 우리 세 사람이 은어(讔語)
를 만들어 (은어에) 능한 자는 짐을 들지 않고 능하지 못한 자가
짐을 지고 가는 것이 어떤가 하였더니 모두 좋다고 하였다. 한 승
려가 보따리를 버리고 벼 논두렁에 누워 말하기를 밤이 되었으니
나는 자려고 한다고 하였다. 무엇을 말하는 것인가. 우리나라의 말
에 논두렁은 야(夜)와 음이 같지 않은가라고 하자 (두 승려가) 그렇
다고 하였다. 두 승려가 (말한 승려의) 보따리를 둘로 나눠지고 갔
다. 어느 곳에 이르니 한 승려가 가시덤불 속으로 들어가 앉으며
말하기를 집안일에 매여 갈 수가 없다고 말하자 무슨 말인가라고
하니 우리나라 방언에 구극(拘棘)은 '나무라다'라는 말이지 가사에
매인다는 말은 아니다라고 하니 (두 승려가) 맞다고 하였다. (다른)
승려가 세 보따리를 모두 지고 가며 말하기를 등에 두 칸의 집을
지고 가는데도 괴롭지 않다고 하였다. 무슨 뜻인가라고 하니 (보따
리를 모두 지고 가는) 승려가 잠잠히 대답하지 않자 두 승려는 모두
(그 말의 뜻을) 이해하지 못했다. 이에 모두 세 보따리를 지고 비탈
진 언덕에 오르니 땀이 나 온몸이 젖었다. 길에서 어떤 늙은 승려
를 만났는데 승복이 해져 남루하였다. (노승이) 묻기를 세 승려는
동행을 하고 있는데 두 승려는 한가히 들에 누워 있고 그대만 홀

로 무거운 짐을 지고 가는 것은 어째서인가. 승려가 (은어) 세 가지를 말하니 노승이 합장하며 말하기를 그대만 홀로 성불했구려. 우리나라 말에 들보라는 말은 보(褓)와 같은 음이 아닌가. 두 칸의 집은 세 개의 들보로 얽어매지 않는가라고 하였다. 두 승려의 말은 천기를 파한 죽은 말이고 그대의 말은 천기를 온전한 살아 있는 말이다. (따라서) 그대만이 성불한 것이다라고 하였다.

(曰昔者 此山中有三僧 各用大褓贏衣糧而行 相與約曰 吾三人作讔語 能者解其負 負不能者其可 僉曰可 一僧舍褓 臥稻池之阡曰 夜也 吾將宿 曰 何耶 曰 東方之語 水田之阡 不與夜同音乎 曰 然 二僧二其褓 分而擔而去 至一處 一僧入棘林中坐曰 拘家事不得去 曰 何也 曰 東方方語拘棘刺 不謂拘家事乎 曰 然 一僧合三褓而負而去曰 背負二間屋 其無困乎 曰 何耶 其僧嘿而不答 兩僧俱不解也 於是 合負三褓上峻岅 流汗洽體 路遇一老釋 弊衲藍縷 問曰 三僧同行 兩僧閒臥中野 子獨行負重何耶 僧以三言告之 老僧合手而拜曰 子獨成佛也夫 東方之語 稱屋樑不與褓同音乎 二間之屋 不架三樑乎 兩僧之言 破天機死語也 子之不言 全天機活語也 子獨成佛也夫)

오산 차천로
五山 車天輅

　　　　　　　　　　　　　　오산　차천로(1556~1618)는　조선중기
문장가로 한호韓濩, 최립崔岦과 함께 송도삼절松都三絕이라 칭송되던
인물이다. 그의 자는 복원復元이고, 오산五山 외에 난우蘭嵎, 귤실橘
室, 청묘거사淸妙居士 등의 호를 썼다.

　　그는 출중한 글재주로 선조의 총애를 받았지만 평생 하급관직
을 전전하며 고단한 삶을 살아야 했다. 과거시험 대작 사건과 개
성 출신이라는 지역적 한계 때문이었다. 조선이 건국된 후 개성
출신의 과거시험 응시를 막은 이유는 다분히 정치적이었다. 이중
환李重煥(1690~1752)의 『택리지』에 따르면 '태조께서 공양왕의 선
양을 받아 수도를 한양으로 옮겼는데 고려의 신하였던 세가와 대
족들은 신하로 섬기고자 하지 않아 모두 남고 따르지 않았다. 그
들이 사는 동네를 두문동杜門洞이라고 하였다. 태조께서 (이들을)
미워하여 백 년 동안 (개경 출신) 선비와 자제의 과거를 정지시
켰다'고 하였다.

　　원래 차천로의 가문은 고려의 명문거족이었지만 조선이 건국된
후 멸문의 화를 입었다가 세종 때 부친 차식車軾이 문과에 급제하

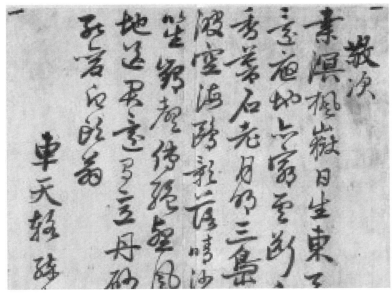

차천로의 글씨

여 벼슬에 나가면서 점차 가세가 회복되었다고 한다. 특히 그의
부친과 아우 운노雲輅는 모두 문장에 뛰어났기에 북송의 3대 문장
가인 소순蘇洵, 소식蘇軾, 소철蘇轍 삼부자에 비견되었다. 이런 사실
은 홍만종洪萬宗(1643~1725)의 『순오지旬五志』에 '차식 삼부자의 문
장은 미산의 삼소와 같다[車軾三夫子之文章 猶眉山之三蘇]'라고 한 것에
서 확인된다. 당시 차식 삼부자의 문장이 얼마나 출중했는지를
가늠할 수 있는 대목이다.

　차천로는 1577년 알성문과에서 병과에 급제해 개성교수開城敎授
를 지냈다. 알성시謁聖試에 정자正字로 있을 때 고향사람 여계선呂繼
先의 답안을 대작代作해 준 일이 발각되어 국문을 받았다. 『선조실
록』 19년 10월 기사에 '선조는 차천로의 대작 사건을 유림의 천

만년 동안 씻을 수 없는 수치'로 간주했을 정도였다. 그럼에도 불구하고 선조는 그의 재주를 아껴 삼년정배三年定配만을 내렸다. 당시 사람들이 모두 사형에 처해질 것이라 예상했던 것과는 다른 조치였다. 이뿐 만이 아니다. 선조의 그에 대한 배려는 세심하였다. 김득신의 『종남총지終南叢誌』에는 명주에 부임하는 북병사北兵使에게 차천로를 당부할 정도였다고 하였다. 그가 1588년 11월경에 유배에서 풀려나 승정원으로 복귀된 것도 선조의 배려였다.

그의 글재주는 얼마나 대단했던 것일까. 결론적으로 그는 속작速作(빨리 글을 지음)뿐 아니라 다작多作에도 남다른 재주를 가졌다고 한다. 남용익南龍翼(1628~1692)의 『호곡시화壺谷詩話』에 '(차천로) 자신이 말하길 만리장성에 종이를 붙여 놓고 내가 말을 달려 글을 쓴다면 만리장성이야 끝이 있겠지만 나의 시는 끝이 없을 것이다 [自言貼紙於萬里長城 使我走筆則城有盡 而我詩不窮云]라고 하여 그의 호언장담을 증언하였다. 글재주 하나로 거둔 그의 외교적인 성과는 그의 〈행장行狀〉에 자세한데 그 내용은 다음과 같다.

중국 사신 주지번이 평양성에 들어와 〈회고시(懷古詩)〉 100수를 지어 날이 밝기 전에 올리라 하였다. 밤이 짧아 시를 지을 수 있는 자가 없었다. 백사 이항복은 '오산이 아니면 감당하지 못한다'고 하였다. 그는 좋은 술 한 동이와 병풍 한 틀을 가지고 가서 … 한석봉이 (시를) 쓰기를 청하였다. 술 십여 잔을 마신 후 병풍 안으로 들어가 한석봉이 종이를 펴고 붓에 먹을 찍어 준비하자, 그가 큰소리로 시를 읊는데 물이 솟고 바람이 부는 듯했다. 밤이 깊어지기 전에 시 100수를 다 지었다. 닭이 울기 전에 (주지번에게) 나아가 올리니 중국 사신이 불을 밝히고 다 읽지도 않았는데 손에 잡았던 부채를 두드려 부서졌다. 우리나라의 문장이 중국에 유명해진 것은 그의 공이 컸다.

(天使朱之蕃入箕城 使製懷古詩百韻 未曉以進 方短夜 無可能者 李白沙公曰 非五山 無可當之 公請旨酒一盆 大屛一座 … 韓石峯筆 痛飮數十鍾 入屛內 石峯展紙 濡筆臨之 公卽高聲大唱 水涌風發 夜未半 百韻已成 鷄未唱進呈 天使秉燭讀未訖 所把之扇盡扣碎之 我東文章之著於中國 五山之力居多)

임진왜란을 전후하여 명나라 사신의 횡포는 대단했던 듯하다. 하룻밤 사이에 시 100수를 지어 바치라는 사신의 말은 거역할 수 없는 강대국의 위세였다. 백사 이항복도 조선이 자랑하는 문장가였지만 이 요구를 감당하기엔 부담이 되었던지 차천로를 천거하여 사신의 요구를 일거에 해결하였다. 실제 명나라 사신 주지번의 이런 무례한 요구는 조선 왕실의 권위를 무시하고 조선의 선비를 발아래 두려는 속셈이었을 것이다. 하지만 이에 굴복할 조선이 아니다. 선비의 도리는 학문을 갈고 닦는 일이기에 대내외적으로 어려웠던 시기에도 선비의 규범은 사라지지 않았다. 물론 차천로의 재주야 하늘이 낸 것이지만 그를 길러낸 토양은 조선의 사회적인 여건이라 하겠다.

그가 승려들과 교유했던 정황은 문집을 통해 확인된다. 오대산 상원사와 금강산, 문수사文殊寺, 지족사知足寺 등을 유람했고, 설감雪鑑, 성민性敏, 신찬信贊 이외에도 이름을 밝히지 않은 많은 승려들과 교유했던 흔적이 보인다. 특히 행주의 새 절과 정토사 중창불사를 위해 〈행주신찰권선문幸州新刹勸善文〉과 〈정토사중창모재권선문淨

土寺重刱募財勸善文)을 지은 사실이 돋보인다. 그가 1593년에 시를 지어 가져온 성민性敏 스님에게 화답한 시를 살펴보면 다음과 같다.

> 삼생의 바위에서 삼생의 꿈을 꾸니
> 일편의 산 끝, 작은 구름이로다
> 자재는 응당 백업을 내보내는 것일 뿐
> 진여를 어찌 현문에 숨길까
> 산속의 사찰에다 일신 살 곳 정하니
> 욕해와 천상의 길이 이미 갈라졌네
> 일찍이 원공(遠公) 찾아 절에 들어가길 구하니
> 진징군(晉徵君)에 미치지 못함을 마음으로 알았네
> 三生石上三生夢　一片山頭一片雲　自在秖應輸白業　眞如何用隱玄文
> 禪枝慧窟身方定　慾海空天路已分　會逐遠公求入社　心知不及晉徵君

이미 그가 불교의 삼생을 료해了解했음을 유불의 아름다운 교유 호계삼소虎溪三笑로 알 수 있었다. 진여와 자재, 백업, 현문 등의 불교 교리에도 자유자재했던 것은 독서 때문일 것이다. 일필逸筆로 '삼생의 바위에서 삼생의 꿈을 꾸는' 이치를 드러내 '일편의 산 끝, 작은 구름'에 짝을 맞춘 그의 시는 분명 공空 도리를 터득한 이의 말일 게다. 그가 말한 자재自在란 걸림이 없는 세계이다. 이미 그는 마음의 번뇌가 떠난 경지를 이룬 선비였던가. 그러기에 진여를 숨길 필요가 없다고 했을 것이다. 더구나 그는 속진이 사라진 곳, 깊은 산 속에 위치한 사찰에 한 몸을 의지했기에 속세와 천상이 나누어지는 경계를 알았던 것이다. 그와 시를 주고 받았던 성민 스님을 동림사의 혜원법사에 비유한 의도나 자신을 진징군晉徵君, 즉 도연명陶淵明에 은근히 견주어 본 종구終句는 유불교유의 깊이를 드러낸 것이라 하겠다. 이밖에도 그는 〈취중에 산승山僧의 시축詩軸에 쓰다〉라는 시에서도 유불교유의 단단함을 이렇게 표현하였다.

> 창려(한유)가 서문을 지은 건 문창 때문이고
> 광록(안연지)이 시를 쓴 것은 혜휴를 위해서라
> 늙은이 몽당붓을 사양하지 않으니
> 고승이 한사코 무심한 마음을 물어보네
> 청천에 구름 걷자 비로소 비가 멎었고
> 수목에 바람 이니 가을이 다가왔네
> 취해서 초가집에 누웠다가 다시금 궤에 기대어
> 가만히 남악을 바라보니 환하게 수심이 사라지네
> 昌黎作序緣文暢　光祿題詩爲惠休　老子不辭拈禿筆　高僧剛解問虛舟
> 雲開碧落初收雨　風撼靑林政値秋　醉臥人茅簷還隱几　靜觀南岳谿窮愁

시에 밝은 승려들이 자신의 시축에 명망이 있는 선비의 제발題跋을 받는 건 당시의 시류였던 듯하다. 당대의 대문장가로 척불론斥佛論을 주장했던 한유도 문창 승려에게 〈송부도문창사서送浮都文暢師序〉를 지어주었고 안연지顏延之 또한 혜휴惠休를 위해 시를 지었다. 그러나 그 자신은 몽당붓처럼 변변치 못한 사람인데도 고승이 찾아와 허주虛舟(무심한 마음)을 물었다는 것이다. 그의 경지는 바로 '청천에 구름 걷자 비로소 비가 멎었고, 수목에 바람 이니 가을이다가왔네'와 같다. 이미 허주虛舟(텅 빈 배)처럼 텅 빈 그는 도학자의 풍모를 지닌 듯하다. 〈산인 신찬信贊이 술을 가지고 찾아왔기에[山人信贊携酒見訪]〉에서도 승려와의 깊은 교유가 잘 드러난다.

> 스님은 내가 벽처에서 빈한한 걸 알고서
> 글 배우는 사람처럼 술 들고 찾아왔네
> 꽃잎 질 때 문을 닫고 서책을 덮었더니
> 석양 질 때 석장 짚고 속세를 방문했네
> 나른하게 완적처럼 눈을 돌려 부화한 세상 보며
> 한가롭게 은산과 이 신세를 비웃었지
> 춘광(술)에 보답할 기회 응당 있을 테니
> 취중에 내뱉은 말 바로 내 진심일세
>
> 沙彌知我索居貧　載酒還同問字人　門掩落花抛簡牘　錫飛斜日訪風塵
> 嬾回阮眼看浮世　閑對殷山笑此身　報答春光應有地　醉來披褐是吾眞

그를 찾아온 신찬 승려는 예의가 바른 수행자였다. 그러므로 제자가 스승을 찾아올 때처럼 봉물奉物로 술을 가져왔다는 것이다. 더구나 지는 꽃을 감상하던 한가로운 그에게 찾아온 객은 바로 신찬 승려였다. 그러기에 '나른하게 완적처럼 눈을 돌려 부화한 세상 보며, 한가롭게 은산과 이 신세를 비웃었지'라고 한 것이다. 이는 정겨운 유불교유의 현장을 눈으로 보는 듯하다. 이시에 등장하는 '완안阮眼'이란 고사故事는 『세설신어世說新語』에 이렇게 설명되어 있다.

진(晉)나라 완적은 예절에 구애를 받지 않고 청안(靑眼)이나 백안(白眼)으로 사람을 대하였다. 속된 사람을 보면 백안으로 대하다가도 혜강(嵇康)이 만취(滿醉)하여 거문고를 가지고 찾아오면 매우 기뻐하면서 청안으로 대하였다.

이런 연유로 술을 가지고 찾아온 신찬을 혜강에게 비유하였다. 신찬을 뜻이 통하는 지기知己라 여겼던 그의 마음을 확인할 수 있는 대목이다. 취중에 진심을 전하는 관계, 그와 신찬은 이렇게 뜻이 통했던 지기였던 것이다. 그러기에 그는 허주虛舟의 깊은 경지를 '말없는 말[無言之言]'로 전했을 것이다.

백호 임제
白湖 林悌

　　　　　　　　조선중기의 대문장가 백호 임제(1549
~1587)는 호남이 자랑할 만한 풍류남아였다. 검을 좋아하고 피리
를 좋아했던 그는 자유분방하여 얽매임을 싫어해 20세가 되어서
야 속리산의 대곡선생大谷先生 성운成運을 스승으로 모셨는데 이는
그가 지은 시 때문이었다. 그의 인물 됨됨이는 『국조인물고』에
'동서붕당東西朋黨의 의논이 일어나 선비들이 앞을 다투어 명예를
가지고 서로 추켜세우면서 끌어당기었으나 공은 자기 멋대로 행
동하고 무리에 가담하지 않았으며 또 몸을 낮추어 사람을 섬기는
것을 좋아하지 않았기 때문에 벼슬이 현달하지 못하였다'고 하였
다. 천출로 '타고난 재주가 뛰어나 날마다 수천 마디의 말을 외
웠으며 문장이 호탕하고 특히 시를 잘 지었다'고도 한다. 평소
산수 유람하기를 즐겼으며 명리名利와는 거리가 먼 삶을 살았다.
한때 술을 마시고 기생들과 놀기를 좋아했으나 그의 어머니가 돌
아가신 후 공부에 매진하는 결단을 보인다. 과거에 응시했으나
몇 차례 낙방했다. 1577년경 알성시에 급제한 그는 흥양현감興陽
縣監, 서북도西北道 병마평사兵馬評事·관서도사關西都事, 예조정랑禮曹正郎

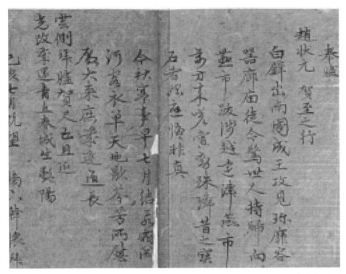

을 역임했고 젊은 나이인 39세에 세상을 떠났다. 그의 자는 자순
子順이며 호는 풍강楓江, 백호白湖, 벽산碧山, 소치嘯痴, 겸재謙齋 등이
다. 『화사花史』, 『수성지愁城志』, 『원생몽유록元生夢遊錄』 등 한문소설
을 남겼고 문집에 『임백호집林白湖集』이 있다.

　한편 그가 속리산 주운암으로 스승 성운成運을 찾아가던 길에
지은 시를 살펴보면 이렇다.

　　걸음걸음마다 맑고 밝아져
　　스스로 속된 세상 자취에 놀라네
　　기이한 바위, 혹은 호랑이인 듯하고
　　오래된 소나무 모두 용린(龍鱗)을 이뤘구나
　　눈길이라 말이 자주 넘어질 듯하고

깊은 숲 속엔 사람조차 만나기 어렵네
취미사(翠微寺)를 찾다가
지팡이 멈춘 채 천봉을 바라보네

步步却淸曠　自驚塵世蹤　巖奇或如虎　松老盡成龍

雪路馬頻嘶　幽林人未逢　行尋翠微寺　柱杖望千峯

이 시 첫머리에는 '주운암에 도착했는데 암자는 속리산에 있
다. 법적 나이 20세에 대곡선생에게 수업을 받았다. 이 산에 들
어가 공부하다가 몇 년을 보내다가 (집으로) 돌아왔다[到住雲庵 庵在
俗離山 公年弱冠 受業於大谷先生 入此山讀書 數歲而還]'라는 첨언이 있다. 이
로써 그가 대곡선생을 찾아간 해는 그의 나이 20세 때였고 깊은
숲 속, 기암기석이 우뚝한 주운암은 묵은 송림松林이 우거진 곳으
로, 속진을 씻어낼 이경지異境地였음이 드러난다.

이뿐 아니라 그는 풍류를 아는 선비였다. 그러기에 관서도사關
西都事로 부임하던 길에 황진이 무덤에 찾아가 시를 짓고 술을 올
렸을 것이다. 더구나 풍류남이었던 그가 황진이와 서화담의 로맨
스를 모를 리 없었을 것이니 그 풍류를 아쉬워 시와 술을 헌상한
것일 게다. 『청구영언』에 수록된 시의 내용은 다음과 같다.

청초(靑草) 우거진 골에 자난다 누웠난다
홍안(紅顔)을 어디 두고 백골(白骨)만 묻혔난다
잔(盞) 잡아 권할 이 없으니 그를 슬퍼하노라

황진이는 세상이 다 아는 문인이며 기생이다. 서화담을 흠모하

고 사랑했던 그는 조선을 대표하는 여류시인이다. 하지만 진토에 묻힌 황진이는 '말없는 말'로 화답했을 것이다. 하지만 '잔 잡아 권할 이 없으니 그를 슬퍼한다'던 임제였기에 생사의 경계를 슬픈 가락으로 읊조렸던 것이다. 참으로 임제는 시와 풍류를 알았던 멋쟁이였다. 하기야 법도를 금기처럼 여겼던 당시 사람들은 그의 참뜻이 어디에 있는지도 알지 못한 채 그저 법도에 어긋난 사람이라 비웃는 자도 많았다고 한다. 그의 기질은 이처럼 특별했다.

그가 산천을 유람하고 수많은 승려들과 교유했던 건 방랑벽과 현실에 대한 깊은 환멸 때문이었을 것이다. 수많은 승려들과 화답한 시와 시축의 제발題跋은 그의 문집을 통해 드러나는데, 〈매당자명록梅堂煮茗錄〉에는 주로 지상至祥, 신웅信雄, 유관의영惟寬義英, 충서忠恕, 가언可言, 태화太和, 보기寶器 같은 승려와 교유하며 지은 시를 모아두었다. 묘향산의 성불암成佛庵, 법주사法住寺, 해남 대둔사大芚寺, 안심사安心寺, 무위사, 영명사永明寺, 이암頤庵 등은 그가 유람했던 사찰들인데 이는 그의 문집 『임백호집』에서 확인할 수 있다.

특히 휴정休靜의 제자인 처영處英과 깊이 교유했던 흔적이 〈산인 처영이 풍악으로 휴정을 찾아간다기에 시를 써 전송하다[山人處英將歷遊楓岳尋休靜詩以贐行]〉에서 잘 드러나는데, 그 내용은 다음과 같다.

천하제일의 산은 풍악이고
서로 견줄 짝이 없는 승려는 휴정이라
지금 상인(上人)이 멀리 찾아왔는데
여린 풀에게 돌아간다고 말하지 못하네

경전을 말하며 고개를 끄덕이던 곳
용이 내려와 바루를 씻을 때
은근한 이환(離幻)의 설법
그 소식을 서로 어기지 말게나

第一山楓岳 無雙釋靜師 上人今遠訪 芳草未言歸

石點談經處 龍降洗鉢時 慇懃說離幻 消息莫相違

　처영은 휴정의 제자이다. 임진왜란 때 승병을 모집하여 큰 공
을 세웠다. 그가 스승을 찾아 금강산으로 떠날 때에 임제는 성의
를 다해 전별시를 써서 떠나는 이를 위로하였다. 그는 '은근한
이환의 설법, 그 소식을 서로 어기지 말게나'라고 하였는데, '이
환離幻은 바로 불가의 벗 유정인데, 송운이라고 한다[離幻乃空門友惟政
號松雲]'라는 첨언을 달아놓았다. 이환에 대해 아는 이가 적을까
염려하여 그 의미를 이렇게 설명해 둔 것이다. 이는 읽는 사람을
위한 옛사람들의 배려이다. 이런 사례는 흔한 일이다.
　이 외에 그가 휴정 스님과 깊이 교유하고 있었던 사실은 〈성불
암에서 휴정 노스님을 만나 담소를 나누다. 휴정은 일대의 명승이
다. 당시 묘향산에서 주석했다[成佛菴邀靜老話休靜一代名僧時住香山]〉에서
도 확인할 수 있는데 그 내용은 이렇다.

　새도 울지 않는 곳
　그대와 나 서로 앉아 있어도 한가롭네
　더러운 관목과 그대의 법복
　양단으로 보지 말게나

一鳥不鳴處 二人相對閑 塵冠與法服 莫作兩般看

〈진감에게 주다[贈眞鑑]〉와 〈원명의 시축에 제하다[題圓明軸]〉를 함께 살펴보면 각각 다음과 같다.

밤이 되면 산 속의 승려와 짝하여 머무니
겹겹이 쌓인 구름, 허름한 옷에 스며드네
암자의 사립문이 늦게야 열리자
깃든 새 놀라서 날아가누나
夜伴林僧宿 重雲濕草衣 巖扉開晚日 棲鳥始驚飛

구름이 사라진 푸른 하늘
너른 강물이 달빛에 반짝이네
그대 미소를 짓는 듯 아닌 듯
이것이 바로 상근기라
天碧銷雲氣 江空受月輝 師能微笑否 此是上筋機

부사 성여신

浮査 成汝信

　　　　　　64세가 되어서야 겨우 사마양시에 합
격했던 성여신(1546~1632)은 불세출의 문장으로 세상에 회자되었
다. 이러한 그의 역량은 어린 나이에 신숙주의 증손인 신점申霑의
문하에서 글을 배웠고, 남명南冥 조식曺植(1501~1572)의 문하에서
배태된 것인지도 모른다.

　임진왜란과 당쟁으로 얼룩졌던 시절을 살았던 그의 행로도 순
탄치만은 않았다. 한때 신선세계에 빠져 산천을 주유했다. 하지만
나라가 위난에 놓이자 분연히 떨치고 일어나 곽재우郭再祐
(1552~1617)와 함께 왜군을 무찌르는 전공을 세웠지만 논공행상
엔 관심을 두지 않고 은일하는 선비로 돌아갔다. 이뿐만이 아니
다. 전쟁이 끝난 후 사회적 질서와 풍속은 문란할 대로 문란해
기강이 바로 서지 않았는데, 이를 바로 잡기 위해 성여신은 헌신
적 노력을 기울였다. 그 일환으로 자신의 향리에 소학과 대학의
법도에 따라 양몽재養蒙齋와 지학재志學齋를 세워 후학을 양성하고
이들이 학문적으로 성숙할 수 있도록 기반을 마련해 주었다. 또
서로 돕고 격려하는 풍속을 만들기 위해 여씨향약呂氏鄕約과 퇴계

동약退溪洞約을 본떠 향리의 풍속을 순화하였다. 이런 그의 노력은 10여 년이 지난 뒤에야 그 빛을 발하여 향리의 풍속이 서서히 변화되었다고 한다. 하지만 만년의 그는 당쟁의 피해로 어려운 고비를 넘겨야 했다. 우선 정인홍鄭仁弘(1536~1623)을 위시한 대북정권에서 영창대군을 죽이고 인목대비를 폐하는 등 정치적인 소용돌이가 있었다. 처음엔 성여신도 정인홍과 뜻을 같이했던 적이 있지만, 얼마 후 정온鄭蘊(1569~1641)의 정치적 입장을 따랐기에 행로에 어려움을 겪지 않을 수 없었다. 아마 그가 신선세계를 흠모하여 산천을 주유한 것도 이런 정치적 어려움을 극복하기 위한 그 나름 처신의 방편이었는지도 모른다. 아무튼 그가 만년에 지리산을 유람하고 남긴 기록들은 그의 삶에 나타난 변화를 살펴볼 수 있는 귀중한 자료가 된다.

그의 〈유두류산시遊頭流山詩〉에는 수편의 장시와 더불어 그를 따라 지리산을 유람했던 인물들이 자세히 소개되어 있다. 정대순鄭大淳(1552~?), 강민효姜敏孝, 박민朴敏(1566~1630), 이중훈李重訓, 문홍운文弘運(1577~1610), 성박成鑮(1571~1618), 성순成錞(1590~1659) 등이 그들이다. 이들의 여정은 성여신의 거처인 부사정浮査亭을 출발하여 사천을 거쳐 하동 횡포로 들어갔다가 다시 삽암鈒巖에서 쌍계사로 들어가 불일암을 유람한 후, 신응사를 거쳐 집으로 돌아왔으니, 최치원이 노닐던 쌍계사와 불일암을 두루 답사하였다. 그가 청학을 타고 노닐던 최치원을 흠모한 것은 신선세계를 동경했던 그다운 행적이었던 것이다.

이들은 신선을 상징하는 호도 지어 불렀으니 이는 〈방장산선유일기〉에서 확인된다. 성여신의 호는 부사소선浮査少仙이라 하였고,

쌍계사

정대순은 옥봉취선玉峰醉仙, 강민효는 봉대비선鳳臺飛仙, 박민은 능허 보선凌虛步仙, 이중훈은 동정적선洞庭謫仙, 성박은 죽림주선竹林酒仙, 문 홍운은 매촌낭선梅村浪仙, 성순은 적벽시선赤壁詩仙이라 불렀다. 이처 럼 혼란한 세월을 피해 신선을 동경했던 그도 선비로서의 명분을 잊지는 않았다. 이러한 그의 태도는 〈방장산선유일기〉 말미에 적 어둔 글에서 확인할 수 있다.

> 선비의 한 몸은 경제를 그 계책으로 하고, 선비의 한 마음은 겸선
> (兼善)을 그 뜻으로 한다. 그렇지 않다면 어찌 산에 들어갈 수 없겠
> 으며, 어찌 신선을 배우지 않을 수 있겠는가?

그의 지리산 유람은 스승 남명 조식의 청학동 유람을 계승했다 는 평가를 받는데, 이는 조식이 〈유두류록遊頭流錄〉을 남겼고 성여 신 또한 〈방장산선유일기〉를 남겼기 때문일 것이다. 더구나 그는

지리산을 단순히 유람하는 데 그친 것이 아니라 역사적 인물의 생애를 회고하고 이를 자신의 삶에 이정표로 삼으려 했다. 그런 자세는 그가 신선세계를 동경하면서도 유학자로서의 자세를 잃지 않으려 했던 의지를 드러낸 것이라 하겠다.

실제 그는 불교를 배척했던 인물이었다. 그가 산사를 유람하고 승려들과 교유했던 흔적은 만년에 산천을 유람했던 시기라 여겨진다. 금오산 용장사葺長寺 승려 설잠雪岑, 즉 김시습(1435~1493)을 그리며 지은 그의 시는 다음과 같다.

> 나이 겨우 다섯 살에 문장으로 이름난 사람
> 만년까지 미친 척했던 절개가 어찌 미친 것이랴
> 불가로 도피한 그 뜻을 누가 알리요
> 다만 옛 임금을 끝까지 잊지 못했던 것을
>
> 年才五歲擅文章 晚節佯狂豈是狂 逃禪誰識逃禪意 只爲舊君終不忘

오세동자 김시습은 세종이 아꼈던 동량이었다. 하지만 그가 거짓으로 미친 척한 것은 세상에 경종을 울렸던 기개 있는 사람의 절절한 몸짓이었다. 하지만 그를 손가락질했던 당시의 소인배는 그의 큰 뜻을 알지 못했다. 열렬한 충심과 정의를 실천하고자 했던 김시습은 아마 성여신의 표상이었는지도 모른다. 불가에 의탁했던 김시습의 처세는 한때 신선세계를 동경해 지리산을 유람한 자신의 그것과 똑같다는 동질감을 느꼈던 것은 아닐까. 물론 처세의 방법은 달랐지만. 한편 그가 쌍계사에서 지은 시는 다음과 같다.

새로 지은 쌍계의 절간에 뜬 밝은 달

팔영루의 옛 신선 누각에 부는 맑은 바람이라

흥망이 수없이 바뀐 구름, 남으로 내려오고

누대를 돌고 돈 물, 북으로 흘러가네

고요한 낮 단풍 숲엔 나막신 한 쌍 가지런하고

깊은 밤 소나무 평상엔 차 단지 하나 놓였네

누가 알았겠는가, 십 년 전 여산의 나그네가

백발이 되어 다시 악양에 오게 될 줄을

明月雙磎新梵宇 淸風八詠舊仙樓 興亡百轉雲南下 世代千回水北流

晝靜楓林雙蠟屐 夜闌松榻一茶甌 誰知十載廬山客 重到岳陽雪滿頭

쌍계에 뜬 달은 산뜻한 가람을 더욱 그윽하게 했을 것인데 더구나 밝은 바람이 산들 부는 팔영루, 이곳은 비경이며 선경이다. 그리고 선미가 장황한 공간이다. 그런데 누대를 흘러가는 쌍계 계곡물은 예나 지금이나 흐른다. 단선의 선미는 바로 '고요한 낮 단풍 숲엔 나막신 한 쌍 가지런하고, 깊은 밤 소나무 평상엔 차 단지 하나 놓였네'일 것이다. 이런 아름다운 승경지를 백발이 되어 다시 찾은 성여신은 바로 선미禪味에 무젖은 나그네였다.

법계사에 올라 지은 그의 시는 마치 신선을 방불한 것이니, 그가 세상에 문재로 드러난 연유 또한 여기에서도 또렷하게 확인된다. 〈상법계사上法界寺〉는 다음과 같다.

초연히 이 몸이 인간세상을 벗어나니

가는 곳마다 신선 구역이라 경물이 한가롭네

바위가의 푸른 솔엔 열사의 기운 서려 있고

절벽의 단풍은 취한 사람의 얼굴 같아라

아득히 먼 밖의 뭇 바다는 술잔처럼 보이고

뿌연 안개 속에 뭇 산은 흙덩이처럼 보이네

선동을 불러서 타고 갈 학을 데려오게 하여

내일엔 옥황상제께 알현하고 오리

超然身世出人寰 隨處仙區景物閒 松碧巖邊烈士氣 楓丹壁裏醉人顔

杯看衆海蒼茫外 塊視諸山杳靄間 嗅取仙童來駕鶴 明朝上謁紫皇還

　　법계사는 지리산 천왕봉 아래에 위치한 사찰이다. 그곳을 찾아
인간의 속진을 벗어났던 그의 경계는 이미 신선이었으며 수행력
이 높은 산승山僧이었다. 그러므로 물물이 다 한가롭고 아름다웠
던 것이다. 더구나 천왕봉의 법계사는 아름다운 승경지. '바위가
의 푸른 솔엔 열사의 기운 서려 있고 절벽의 단풍은 취한 사람의
얼굴 같아라'라고 노래할 만한 곳이었다. 바위틈에 서 있는 푸른
솔은 아마도 그의 기상과 호연지기를 함의하기에 좋은 대상물이
었으리라.

　　이외에도 그는 자신의 삶과 관련하여 '강호의 어떤 늙은이, 배
웠는데도 때에 맞질 않아 십년 동안 거문고를 연주했는데, 흰 귀
밑머리 바람결에 쓸쓸히 나부끼네[江湖有一翁 學焉而不適於時 十年操瑟今
兩鬢華髮風蕭蕭]'라고 하여 세상을 경영할 지혜를 길렀지만 때를 만
나지 못한 채 쓸쓸히 늙어가는 신세를 위안하기도 하였다.

　　이처럼 신선세계에서 노닐던 그였지만, 한 가정을 이룬 가장인
탓에 부인의 채근을 받아야 할 경우도 있었다. 이런 상황에서도

성여신은 '집안 살림을 경영함도 없고 그럴 생각도 없이 책만 펴놓고 읽으며 자득하고자[休休焉無營無思 對黃卷而囂囂]'하였다. 아마도 안회顔回의 안빈낙도를 꿈꾼 듯하다. 그러나 아내의 현실적인 성화 또한 쉽게 무시할 수 있는 것이 아니었다. 성여신에 따르면 아내는 이렇게 말했다.

> 밥을 지으려 해도 땔나무가 없으니 솥 안의 누런 기장 익지를 않고, 온돌에는 불 때는 연기가 없으니 밤 창가 어깨에서 두루 소름이 돋네. 심하구나, 당신의 우활함이여! 공자의 자리가 따뜻하지 않음을 배우고 묵자(墨子)의 구들이 그을리지 못함을 본받은 것인가. 추위가 이에 이르렀으니 당신은 어떤 마음인가요? 만약 당신이 나무하러 간다면 내가 당신을 위하여 저 솥을 씻겠소.
>
> (妻慍有語曰 炊無薪 鼎裏之黃梁未熟 突無煙 夜窓之玉樓遍粟 甚矣子之迂也 學孔席之不煖 效墨突之不黔者耶 一寒至此 子何以爲心 子如薪之 請爲子漑彼釜鬵)

그의 아내 또한 그 못지않은 입담을 가지고 있었음이 분명하다. 하기야 이 글은 성여신 자신이 도모해 쓴 것이니 그 구성 또한 심상치 않음이 당연하다 하겠다. 이어지는 그의 대답 또한 흔쾌하다.

> 나는 '알았다'라고 하고 이에 작은 배를 읍벽당 주인에게 빌려서 조각배 한 척을 안개 낀 긴 물가에 띄웠다. 물빛은 일렁거려 푸른 옥 한 조각에 맑은 가을 머금은 듯하고, 산 빛은 짙푸르러 비단 수 놓은 천 겹산이 푸른 강에 거꾸로 선 듯하다. 뱃전을 두드리고 노

래하며 소선(소동파)의 적벽 유람을 추구하고, 빙그레 웃으며 어부
의 창랑 노래를 불렀다.

(翁曰諾 於是 倩扁舟挹碧主人 縱一葦煙雨長洲 水光瀲灩 碧玉一片含淸秋 山色葱
籠 錦繡千層▮▮碧流 扣舷而歌之 追蘇仙赤壁之遊 菀爾而笑兮 詠漁父滄浪之謳)

창랑의 어부는 굴원의 〈어부사〉에서 연원한 것이니 충신의 절
개는 그가 드러내고자 한 표상일 것이다. 더구나 자유로운 감성이
나 자연과 하나 된 몰입의 경지는 소동파의 〈적벽부〉에서 차용한
것이다. 따라서 난세를 살아가는 처세의 이치를 누구보다 잘 터득
했던 그였다. 신선을 동경했던 어진 사람, 성여신은 한때 불교를
배척했던 선비였다. 그러나 만년의 그는 이미 유불선의 경계도 허
물었던 자유인이었던 듯하다. 그의 자는 공실公實이고, 부사浮査, 야
로野老, 부사枡槎 등의 호를 썼다. 『부사집浮査集』을 남겼다.

손곡 이달

蓀谷 李達

　　　　　　　　손곡 이달(1539~1612)은 조선중기 인물이다. 서출로 태어나 신분의 제약에서 벗어날 수 없었던 시대 상황에서 나라에 동량이 되기에 충분한 자질을 타고 났지만 자신의 역량을 펴지 못한 채 불운한 세월을 보냈다. 잠시 한이학관漢吏學官을 지냈던 인연도 어린 시절부터 세상의 모든 책을 섭렵해 글에 능했기에 가능한 일이었다. 하지만 얼마 되지 않아 벼슬을 버리고 이리저리 떠돌아다녔다. 한때 뜻이 맞는 고죽孤竹 최경창崔慶昌(1539~1583), 옥봉玉峰 백광훈白光勳(1537~1582) 등과 시사詩社를 결성하여 서로 의지를 공유하며 흡족한 시절을 보냈으며, 사찰을 유람하며 승려와 깊이 교유하기도 하였다. 하지만 그의 삶에 여유와 깊이를 확장한 것은 그가 읊조린 시를 통해서였다.

　　그렇다면 세상을 울린 그의 글재주는 어떻게 생성된 것일까. 그 여정을 거슬러 올라가보면 우선 고려의 문사 이첨李詹(1345~1405)의 후손이었다는 점이 눈에 띈다. 그가 문재를 갖고 태어난 태생적 바탕일 것이다. 아울러 정사룡鄭士龍(1491~1570)에게 두보杜甫를 배우고 박순朴淳(1523~1589)의 문하에서 학문을 연마했

던 학연學緣, 당대唐代의 두보뿐 아니라 『문선文選』을 중시하여 당
풍唐風과 유사한 시작詩作을 탁마하고 중당시기의 대표적인 시인
유장경劉長卿이나 위응물韋應物의 시풍에도 관심을 두었다는 점도
주목할 만하다.

한편 그가 시에 출중했던 내력을 그의 제자 허균許筠(1569~
1618)은 『국조인물고』〈이달전李達傳〉에서 이렇게 기술했다.

바야흐로 소식을 본받아 그 정수(精髓)를 터득해 한번 붓을 잡으면
문득 수백 편을 썼는데, 모두 내용이 풍부하여 읊을 만하였다. 하
루는 상공(相公) 사암(思菴) 박순(朴淳)이 이달에게 말하기를, '시도
(詩道)는 마땅히 당(唐)나라 시대를 정통으로 본받아야 한다. 소자첨
(蘇子瞻)이 비록 호방(豪放)하다고 하나 이미 낙제(落第)한 둘째이다'
라고 하면서 마침내 서가(書架)에서 이태백(李太白)의 〈악부가음(樂府
歌吟)〉과 왕유(王維), 맹호연(孟浩然)의 근체시(近體詩)를 뽑아내어 보
이자, 이달은 깜짝 놀라 정법(正法)이 여기에 있음을 깨닫고는 마침
내 이전에 배운 것을 모두 버리고 전에 은거했던 손곡의 별장으로
돌아왔다.

이를 통해 시에 대한 손곡의 탁마 열의가 얼마나 뜨거웠는지
짐작할 수 있다. 허균은 또 이렇게 적었다.

제봉(霽峰) 고경명(高敬命)과 하곡(荷谷) 허봉(許篈)은 일대(一代)에 시
를 잘 짓는다는 명성이 있는 자인데, 모두 추장(推獎)하기를, '성당
(盛唐)의 시처럼 청신(淸新) 아려(雅麗)하여 아주 잘된 것은 왕유(王

제자 허균이 지은 <이달전>

維), 맹호연(孟浩然), 고적(高適), 잠삼(岑參)을 넘나들며 잘못된 것도 유우석(劉禹錫)이나 전기(錢起)의 시보다 못하지 않으며, 신라와 고려로부터 그 이후 당시(唐詩)를 한 자들도 모두 따르지 못할 것이다.

따라서 '삼당시인三唐詩人 중 문학적 역량이 가장 뛰어났다'는 후대의 평가는 당연한 것이라 여겨진다.

한편, 선禪과 도道를 추구하여 현실의 괴로움에서 탈피하고자 했던 그는 유자儒者로서 입신양명立身揚名을 실현할 수 없었던 자신의 처지를 초탈하기 위해 시를 지었던 것은 아닐까. 이리저리 떠돌며 걸식했던 그의 삶은 비루한 듯 하지만 그의 높은 이상을 꺾을 수는 없었다. 더구나 그의 시는 만인이 흠모하는 시격詩格을 이뤘으니 이는 하늘의 은택은 모든 이에게 공평하다는 것을 증명하는 것이라 하겠다.

앞서 언급한 바와 같이 그는 비교적 많은 승려들과 교유하며 승려들의 시축에 시를 썼고 승려들과 화운한 시도 여러 수를 남겼다. 그의 문집 『손곡집蓀谷集』에 의하면 죽두암竹頭菴, 성불암成佛庵, 불일암佛日菴 등을 유람했고 도천사道泉寺의 명월료明月寮에서 머물렀던 사실도 확인할 수 있다. 그와 교유했던 승려로는 불일암의 인운因雲 승려 외에 근상인勤上人, 도의상인道義上人, 연상인衍上人, 성행상인性行上人, 윤상인允上人, 감상인鑑上人 등이 있었다. 우선 승려들과 관련된 여러 편의 시 중에 〈감상인에게 주다[贈鑑上人]〉를 살펴보면 다음과 같다.

옛날 밤 중대에서
상원의 종소리, 함께 듣던 때가 생각나네
이십 년 동안이나 헤어지지 못했으니
서로 얼마나 깊은 우정 나눈 사이였던가
가을 산골 물에 발우를 씻고
등나무에 의지하여 해 저무는 산봉우리를 바라보네
서로 만나 나이를 물었더니
각기 옛적 모습을 기이하게 여겼네
憶昔中臺夜　同聞上院鐘　曉離二十載　雲樹幾千重
洗鉢臨秋澗　攀藤度夕峯　相逢問年歲　各怪舊時容

그가 말하는 감鑑 승려가 어느 절에서 수행했던 수행자였는지는 알 수 없다. 하지만 이달과의 교유는 이미 오랜 세월동안 지속되었던 듯하다. 그러기에 '이십 년 동안이나 헤어지지 못했으니, 서로 얼마나 깊은 우정 나눈 사이였던가'라고 했으리라. 이뿐 아니라 그가 한때 사찰에 머물며 감 승려와 깊이 정을 나눈 흔적은 '가을 산골 물에 발우를 씻고, 등나무에 의지하여 해 저무는 산봉우리를 바라보네'라고 한 대목에서도 확인된다.

윤상인允上人의 시축에 차운한 그의 시 〈윤상인의 시축에 차운하다[次允上人軸]〉에서도 유불儒佛의 교유는 또렷하게 드러난다. 그 내용은 이렇다.

나그네 머물며 상봉하던 곳
서리에 계수나무 가지가 시들었네
일엽편주로 광릉에서 이별할 제
여러 해, 낙양을 기약했지
동병에 맑은 산골 물을 길어다가
새벽 재계하며 석발(石鉢)을 유지했네
함께 해상사(海上寺)를 찾아드니
종소리 듣던 때가 생각나누나
逆旅相逢處 淸霜凋桂枝 扁舟廣陵別 數歲洛陽期
秋澗銅瓶汲 晨齋石鉢持 同尋海上寺 却憶聽鍾時

이들 또한 오랜 교유가 있었던 듯하다. 그러므로 '일엽편주로 광릉에서 이별할 제, 여러 해, 낙양을 기약했지'라고 한 것이다.

더구나 손곡은 이들은 함께 해상의 절을 찾아 유람할 때 절에서 듣던 종소리가 가장 인상 깊었던가 보다. 그들이 해상의 절에서 들었던 종소리는 해조음 같던 듯하다. 혹자는 상원사의 종소리를 잊지 못한다고 한다. 겹겹이 퍼져 흐르는 상원사의 종소리, 해조음을 내며 퍼져 올릴 때 그 종소리는 천상의 소리로 범종梵鐘의 극치라 칭송한다. 따라서 이들에게 들었던 해상사의 종소리는 마음에 깊이 새겨진 최상의 범음이었던 것이다. 특히 이달의 시 중에 유독 '종소리를 듣던 때'를 회상하는 구절이 많은 연유를 짐작할 만하다. 또 다른 그의 시 〈산승이 송엽을 보내왔기에 사례하여[謝山僧惠松葉]〉를 보면 그가 도가에도 밝았던 인물임을 알 수 있다. 그 시의 내용은 이렇다.

(솔잎을) 따서 먹으며 신선의 비방을 증명했고
신령한 정신, 도방을 증험했네
홀로 겹겹이 높고 험한 곳 찾아가서
늙은 가지 휘어잡아 푸른 송엽을 따네
돌방아 찧는 소리, 고요해지자
맛있는 술 주머니, 곳곳에 향기를 보내네
오늘 한번 마셔보니
온몸이 금빛이로다

采服徵仙秘　靈神驗道方　獨尋層嶂碧　攀折老枝蒼
雲碓舂時靜　霞囊贈處香　今朝試一吸　五內發金光

옛적에 솔잎을 장복하는 비방秘方은 선가의 비기秘技였지만 도

높은 수행자도 이 비방을 따르는 이가 많았다. 그러므로 '(솔잎을) 따서 먹고 신선의 비방을 증명했고, 신령한 정신, 도방을 증험했던' 인물은 그와 교유했던 산승이었다. 그에게 솔잎을 보내온 승려가 누구인지 분명하지 않지만 그와 깊이 교유했던 승려는 '홀로 겹겹이 높고 험한 곳 찾아가서, 늙은 가지 휘어잡아 푸른 송엽을 땄'을 것이다. 따라서 험준한 곳에서 딴 솔잎으로 만들 영약은 한번만 마셔도 '온몸에서 금빛'을 발하는 묘약이었던 셈이다.

한편 그가 불일암佛日庵의 인운因雲 스님에게 써준 시는 '시여화詩如畵(시가 곧 그림)'의 격조를 드러낸 것으로 마치 위응물韋應物의 시를 안전眼前에서 보는 듯하다. 〈불일암 인운 승려에게 주다[佛日庵贈因雲僧]〉는 다음과 같다.

산은 백운 속에 있는데
승려는 흰 구름, 쓸지 않네
객이 와서 비로소 문을 여니
온 골짜기가 송화 가루라
山在白雲中 白雲僧不掃 客來門始開 萬壑松花老

불일암은 구름 속에 있는 암자였다. 이곳의 수행자는 구름을 쓸지 않기에 고요한 선미의 극치를 보여준다. 이런 시를 읊조린 이달은 세속의 속유俗儒와는 비교될 수 없는 인물이었다. 그의 품색이 고상하지 못하고 세속의 예에도 밝지 않다는 당시의 평가도 있었던 듯한데, 이는 그의 진면목을 헤아리지 못한 범인들의 잣

『손곡집』

대이다. 실제 그의 시어 속에 담긴 담담한 속내는 무변無邊의 웅지雄志를 품었던 사람임을 분명히 보여준다.

'객이 와서 비로소 문을 여니, 온 골짜기가 송화 가루'라던 불일암. 이런 수행 환경을 닮은 인운 스님과 교유했던 이달은 세인과는 차별되는 눈을 가졌던 것이라 하겠다. 조선중기 아름다운 유불의 종유從遊를 실천했던 이달의 자는 익지益之이다. 손곡蓀谷, 동리東里, 서담西潭이라는 호를 썼고, 저술로 『손곡집蓀谷集』을 남겼다.

월정 윤근수
月汀 尹根壽

조선중기의 문신 월정 윤근수(1537~ 1616)는 영의정을 지냈던 윤두수尹斗壽의 아우이다. 어린 시절 김덕수金德秀와 김덕무金德懋(1512~1566) 형제에게 나아가 공부했다. 퇴계退溪 이황李滉(1501~1570), 남명南冥 조식曺植(1501~1572)뿐 아니라 율곡栗谷 이이李珥(1536~1584), 우계牛溪 성혼成渾(1535~ 1598) 등과도 교유했다고 전해진다.

1558년 별시 문과에 급제하여 승정원 주서와 연천현감을 지냈으며 기묘사화 때 사형을 당한 조광조의 신원을 상소했다가 과천현감으로 좌천되는 등 정치적으로 곤란을 겪었다. 1563년에는 임금의 총애를 받던 이량李樑이 그 아들 이정빈李廷賓을 이조좌랑에 천거한 일이 있었다. 이때 박소립朴素立, 기대승奇大升 등과 더불어 윤근수의 형 두수斗壽가 반대했다. 이로 인해 형이 파직되는 변고를 당함에 따라 그 또한 파직된다. 그가 다시 복권되어 홍문관 교리에 제수된 것이 1565년경이다. 이듬해 『명종실록』의 편찬에 참여했는데 당시 그의 벼슬은 지제교知製敎 겸兼 교서관교리校書館校理였다. 이후 검상, 사인, 장령 등을 역임했으며 1572년에는 대사

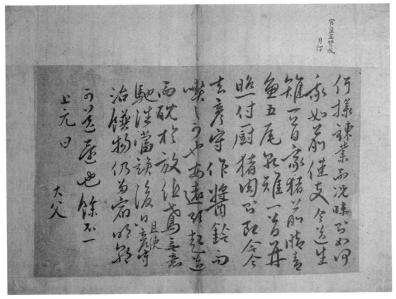

윤근수의 글씨

성에 중임重任되었다. 그러다가 또 다시 정치적 위기를 맞게 된 것은 1591년경이다. 당시 그는 우찬성에 재직하고 있었는데, 정 철鄭澈이 세자의 책봉 문제로 화를 당함에 따라 그 또한 삭탈관직 되는 변고를 겪는다.

한편 그가 외교적으로 눈부신 활약상을 보인 것은 임진왜란이 일어난 후이다. 예조판서로 부임한 그는 명나라와의 외교적 문제 를 원만히 해결했는데, 이런 성과는 중국어뿐만 아니라 시문에 능통하여 명나라 장수들과 깊이 통교할 수 있었기에 가능한 것이 었다.

한편 그는 탁월한 문장력뿐만 아니라 그림과 글씨에도 능해 예원의 종장이라 칭송되기도 하였다. 그가 『주역』을 교정하고, 『해동시부선海東詩賦選』이나 『신찬新撰 삼강행실도三綱行實圖』를 편찬하는 데 참여했던 것, 명종과 선조가 사망한 후에 이와 관련된 기록을 정리하는 데도 그의 힘이 필요했던 것은 모두 그의 학문적 토대가 단단했기 때문이었다.

그의 문하에서는 김상헌金尙憲, 장유張維, 정홍명鄭弘溟, 정엽鄭曄, 조익趙翼, 김육金堉과 같은 많은 명사들이 배출되었는데, 이는 그가 서인계의 주요 인물들을 배출했음을 의미한다. 유학자로서의 그는 주자학을 중시했으며 사림계 인물들과 교유했다고 전해진다.

그런데 그의 생애에서 주목되는 또 한 가지가 승려들과의 교유다. 그와 교유했던 승려 중 특히 눈에 띄는 인물은 임진왜란 때 승병을 모집하여 맹위를 떨쳤던 사명당 유정惟正 스님이다. 그의 문집 『월정집』에는 일본으로 떠나는 유정 스님을 위해 쓴 〈증유정상인왕일본贈惟正上人往日本〉 두 수가 실려 있다. 우선 첫 번째 시부터 보자.

　　머나먼 만 리 길 해 뜨는 동녘
　　외로운 배 섬나라로 향하네
　　석장을 저으며 가는 행차 깨달음의 길이고
　　작은 배로 가는 길 바로 중생을 제도하기 위함이라네
　　해 가리켜 맹세하면 큰 파도 잦아들고
　　사람들을 놀라게 할 문장 솜씨 드날리리
　　선기(禪氣) 서린 구름이 잠시 머무른 곳에
　　이방(異邦) 사람 얼마나 많이 향 피우며 예불할까

萬里扶桑域 孤帆積水鄉 錫飛猶鷲路 杯渡卽慈航

指日鯨波晏 驚人藻翰揚 禪雲暫駐處 殊俗幾拈香

　이 시는 일본으로 떠나는 유정 스님을 위해 쓴 전별시로 석별의 아쉬움을 드러낸 작품이다. 널리 알려진 바와 같이 유정 스님은 조선중기의 고승 사명대사다. 임진왜란이 일어나자 승병을 이끌고 전공을 세웠던 그는 여러 차례 일본을 방문하여 외교적 성과를 거뒀는데, 특히 1604년 사신으로 일본의 정치적인 실력자 도쿠가와 이에야스를 만나 조선인 포로 3,500명을 석방시켜 이듬해 돌아오는 성과를 거뒀다. 그러기에 윤근수는 유정 스님이 석장을 짚고 일본으로 가는 여정은 깨달음의 길이며 중생을 제도하기 위한 것이라고 했던 것이다. 더구나 유정 스님은 도력 높으신 수행자이니 그가 머문 곳엔 분명 '선기禪氣 서린 구름이 잠시 머문'듯 했을 것이란다. 따라서 외로운 섬나라 일본 사람들은 너도나도 스님을 찾아가 향을 사르고 예를 올렸을 것이라고 하였다. 무엇보다 유정 스님이 타고 간 배를 배도杯渡라고 표현한 것이 이채롭다. 원래 배도란 남북조시대 어떤 고승이 항상 나무로 만든 잔[木杯]을 타고 물을 건넜기에 그를 배도화상杯渡和尙이라 불렀다는 고사에서 연유된 것인데, 이는 『고승전高僧傳』 가운데 〈신이神異〉 편의 '배도杯渡' 조에서 확인할 수 있다.

　〈증유정상인왕일본贈惟正上人往日本〉의 마지막 1수는 이렇다.

　푸른 바다 외로운 섬을 둘러쌌는데

　아득한 그 곳 향해 긴박한 여정 떠나네

배를 타고 지나가면 뭇 괴물들 피할 것이고

게송(偈頌)을 강설하면 늙은 용도 경청하리

제천(諸天)의 달을 괴로이 생각하노라면

이역 땅의 명협 풀은 자주 시들리라

자비의 마음으로 강론을 열고나면

생령들이 안정되는 것을 응당 보겠지

碧海環孤嶼　嚴程指杳冥　行舟群怪避　說偈老龍聽

苦憶諸天月　頻凋異地蓂　慈悲開講後　應見奠生靈

　　유정 스님을 수행이 높은 승려로 인식한 그는 '배를 타고 지나
가면 뭇 괴물들 피할 것이고, 게송을 강설하면 늙은 용도 경청하
리'라고 하였다. 이는 당시 유정 스님에 대한 유자들의 인식이었
을 것이다. 하지만 고국을 떠나 일본에서 보는 달은 조선의 달과
는 그 느낌이 다를 것이라 여긴 듯하다. 그러기에 '제천의 달을
괴로이 생각하노라면, 이역 땅의 명협 풀은 자주 시들리라'라고
한 것이리라. 명협마저 빨리 시들게 하여 일본에 머무는 시간을
단축시킬 것이라는 게 그의 위로다. 명협은 달력이 없던 시절 이
를 알려주었다는 풀의 이름이다. 초하루부터 보름까지는 매일 한
잎씩 났다가 열엿새부터 그믐까지는 매일 한 잎씩 떨어졌다는 풀
로, 이는 요임금 시절에 있었던 일이라고 한다.
　　유정 스님 외에 윤근수와　교유했던 승려로는 화상인華上人, 덕
연상인德連上人, 의수상인義脩上人, 법홍, 찬, 지온, 현, 성주, 인, 쌍
순 스님 등이 있었고, 이 외에도 다수의 스님들과 교유했던 흔적
이 보인다. 특히 그의 〈덕연상인德連上人의 시축 중에 운을 차운하

여[次德連上人軸中韻]〉라는 시에는 그가 덕연 스님과 얼마나 깊은 교
유의 정을 나누었는지가 잘 나타나 있다. 그 내용은 다음과 같다.

> 적막한 곳 그 누가 방문하리요
> 비낀 해만 저녁 창에 내려온다네
> 귀밑머리 희어짐을 어찌 견디랴
> 푸르른 고향 산만 내내 그리네
> 대궐에선 그래도 벼슬을 하고
> 현정(玄亭)에선 경서만을 끼고 있다오
> 봄이 오면 그대를 찾아가려 생각하니
> 장실에다 빗장일랑 걸지 마시오
>
> 寂寞誰相問 斜陽下夕欞 那堪愁鬢白 長憶故山靑
>
> 紫闥猶通籍 玄亭獨抱經 春來思訪汝 丈室不須扃

아마도 덕연 스님은 수행승이었던 것이 분명하다. 그러므로 그
의 선방을 찾아가는 건 석양뿐이었을 것이다. 이런 고승과 교유
했던 윤근수는 늙어가는 자신을 감당하기 어려워 늘 푸르른 고향
의 산만을 그리워하고 있었다. 그나마 위안이 되는 것은 '현정에
선 경서만을 끼고 있는' 자신일 것이다. 그러므로 혼탁한 세상을
사는 그는 '봄이 오면 그대를 찾아가려 생각하니, 장실에다 빗장
일랑 걸지 마시오'라고 했다. 따뜻한 봄날, 덕연 스님을 찾아가
속진을 씻어내려 했던 그의 태도는 난세를 살아가는 이의 방편일
것이다. 한편 현정玄亭은 원래 한나라 양웅이 『태현경太玄經』을 지
으면서 머물던 집이다. 초현당草玄堂, 초현정草玄亭이라고도 하는데

이를 줄여 현정玄亭이라고도 한다. 일반적으로 학문하는 사람의 정자를 지칭한다. 이어 〈법홍法弘 스님의 시축에 지어주다[題法弘上人軸]〉를 살펴보자.

> 낙엽 지는 성 서쪽 마을에
> 맑은 가을 상쾌한 기운 더해가는데
> 부질없이 두 봉우리는 시야에 들어오건만
> 서글프게 중양절에도 오르기 어려웠네
> 절기가 지나가니 국화는 늙어가고
> 서리에 시든 듯이 흰머리만 자라누나
> 서로 만나 빼어난 시구를 감상하니
> 멀리서 온 스님, 몹시도 고맙네
>
> 落木城西巷　淸秋爽氣增　兩峯空在望　九日悵難登
> 節去黃花老　霜凋素髮仍　相逢看秀句　多謝遠來僧

이 시는 법홍 스님의 시축에 제시題詩한 것으로, '절기가 지나가니 국화는 늙어가고, 서리에 시든 듯이 흰머리만 자라누나'라고 한 데서 가을에 지은 것임을 알 수 있다. 또 '멀리서 온 스님에게 몹시도 고마워'하는 건 바로 '서로 만나 빼어난 시구를 감상'할 수 있기 때문이라 하였다. 당시 시를 주고받는 일이 유불의 교유에서 얼마나 중요한 소통의 수단이었는지를 짐작케 해주는 대목이다. 진정한 벗은 승속을 가리지 않는 법. 뜻을 나눌, 시를 함께 창수할 벗을 귀하게 여긴 뜻도 여기에 있었으리라.

옥봉 백광훈
玉峰 白光勳

　　　　　　　　　　조선중기의 인물인 옥봉 백광훈(1537
~1582)은 일찌감치 벼슬에 나아가 나라에 보국報國하려는 의지를
접었다. 그 이유는 자세하지 않지만 그가 한미한 집안 출신이었
다는 점과 정치적으로 혼란했던 시절을 살았기 때문에 그런 것이
아닌가 짐작할 뿐이다.

　하지만 그도 한때 선릉宣陵 참봉參奉이나 소격서昭格署 참봉을 지
냈으니, 이는 호구지책을 위한 것이라서 그 자리에 그리 오래 있
지는 않았다. 대부분 강호에 머물며 시작詩作에 몰두하여 송풍宋風
을 버리고 당풍唐風을 따르고자 하였다. 후일 그와 최경창崔慶昌
(1539~1583), 이달李達(1539~1612)을 삼당시인三唐詩人이라 칭하는
연유가 여기에 있다. 역시 조선중기의 대표적인 문인인 이정귀李
廷龜(1564~1635)는 '백광훈은 손꼽히는 호남 시인으로 특히 절구
絕句를 잘하여 당나라의 천재 시인 이하李賀에 비견된다'라고 평하
였다.

　그가 이처럼 출중한 시재詩才를 가지게 된 연유는 무엇일까. 첫째
는 그의 천재성이다. 둘째는 시 짓는 일을 좋아하여 탁마에 열중했

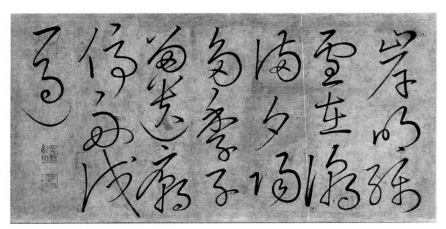
백광훈의 글씨

던 점이다. 마지막 셋째는 그의 사승師承관계로, 그가 일찍이 박순
朴淳(1523~1589)의 문하에서 공부했고 양응정梁應鼎(1519~1581)과
노수신盧守愼(1515~1590)에게도 수학했다는 점이다. 그런데 그가
진도까지 노수신을 찾아간 것은 1558년 아내를 잃은 후 집이 가
난하여 한양에서 더 이상 수학하기 어려웠기 때문이다. 당시 노수
신은 멀리까지 자신의 적거에 찾아온 백광훈을 위해 술을 준비하
는 등 성의를 다했다고 한다. 이러한 정황은 〈백생광훈지야음白生
光勳至夜飮〉에서 확인할 수 있는데, 그 내용은 다음과 같다.

　　시월 초삼일에
　　멀리에서 벗이 찾아왔네
　　마음에 맞는 우정, 오래 전에 이름을 들었고
　　의기투합하여 나이를 잊고 벗할 만하네
　　말하다가 웃는 사이에 한껏 심취되어

이 몸을 취한대로 맡길 뿐이라

이 사람은 다만 이러할지니

다음 만남에 다시 어찌할까

十月初三日 朋來自遠方 神交久名聞 義合可年忘

語笑專傾倒 形骸任醉僵 此生聊爾耳 後會更何當

그가 진도를 찾았을 때가 '시월 초삼일'이라 하니 초겨울이다. 먼 길을 찾아온 백광훈은 자신과 신교神交를 나눈 사이라 하였다. 이는 바로 뜻이 맞는 사람임을 의미한다. 실제 노수신은 백광훈보다 스물두 살이 더 많았지만 나이를 불문하고 망년지교忘年之交를 나눌 수 있는 사이라고 여겨 '의기투합하여 나이를 잊을 만하다'고 말하고 있다. 세상에서 뜻을 투합할 수 있는 이가 얼마나 될까. 그러므로 이들은 '말하다가 웃는 사이에 한껏 심취될' 수 있었던 스승과 제자였다. 후일 노수신은 그를 백의제술관白衣製述官에 천거하여 그와 함께 명나라 사신을 맞았는데, 명나라의 한세능韓世能과 진삼모陳三模는 백광훈의 시와 글씨에 탄복하여 백광선생白光先生이라 칭하였다. 이때 그의 나이가 36세였다.

한편 그가 시에 탁월한 재주도 있음을 인정한 것은 호남문단을 주도했던 임억령林億齡(1496~1568)이다. 평소 명리名利를 멀리하고 청렴결백했던 그는 백광훈에게 특별한 관심과 애정을 드러냈는데 이는 〈고향으로 돌아가는 백광훈을 전송하며[送白光勳還鄕]〉에서 확인할 수 있다. 그 내용은 다음과 같다.

강 위의 달은 둥글었다가 다시 이지러지고

뜰 앞의 매화는 졌다가 다시 피누나
봄이 되었는데도 돌아가지 못한 채
다만 망향대를 오를 뿐이라

江月圓復缺 庭梅落又開 奉春還未得 獨上望鄕臺

원래 임억령은 백광훈보다 나이가 39세나 많았다. 그는 시벽詩
癖이라 할 만큼 시를 짓는 일에 열중하여 항상 외직外職을 전전하
였다.

조선중기의 시단을 이끌던 임억령이 그와 사제의 인연이 있었
는지는 알려지지 않았다. 다만 임억령이 백광훈의 재주를 아껴
그의 시를 인정한 후에 세상에서 그를 주목하기 시작하였다.

백광훈은 맑고 꾸밈없는 시의 세계를 담아냈던 인물답게 수많
은 승려들과도 교유했다. 그의 발길이 닿았던 사찰만도 홍경사弘
慶寺, 보림사寶林寺, 백련사白蓮社, 두륜사頭輪寺, 해임사海臨寺, 서림사西
林寺, 연화암蓮花菴 등이다. 그는 또 수많은 승려들과 교유했는데,
임진왜란 때 승병僧兵을 모아 활약했던 처영處英 스님과의 오랜 인
연이 특히 눈에 띈다. 그가 쓴 〈처영상인에게 주다[贈處英上人]〉의
일부를 소개하면 다음과 같다.

도리어 이별을 말할 땐 마음이 바쁘더니
술잔 잡고 서로 볼 제, 새벽 종소리 두려워라
가을 풀 누런 꽃이 시들지 않았을 때 떠나더니
높고 낮은 산 어느 곳에서 홀로 지팡이를 짚고 있나

却來言別意匆匆 把酒相看畏曉鍾 秋草黃花去不盡 亂山何處獨携筇

이미 알려진 바와 같이 처영의 호는 뇌묵雷默으로, 휴정休靜 스님의 고제高弟이다. 임진왜란이 일어나자 승병 1,000여 명을 모집하여 전공을 세웠던 인물이다. 실제 이들의 교유가 언제부터 시작되었는지는 알 수 없지만 '술잔 잡고 서로 볼 제, 새벽 종소리 두려워라'라고 한 행간 속에 이들의 우정이 오롯이 배어난다. 그가 '가을 풀 누런 꽃이 시들지 않았을 때 떠나더니, 높고 낮은 산 어느 곳에서 홀로 지팡이를 짚고 있나'라고 한 대목에서는 처영 스님에 대한 살가운 정이 드러난다.

백광훈은 두륜사頭輪寺의 신견信堅 스님과도 오랜 인연을 맺었는데, 그의 〈신견상인에게 주다[贈信堅上人]〉라는 시의 내용은 이렇다.

보슬비 내리는 춘산의 정오
텅 빈 집, 꿈속에서 학을 타고 돌아왔네
객이 오자 곧 문이 닫히고
향불은 이미 반쯤 재가 되었네
해질녘 계곡의 남쪽엔 눈이 내리고
해상산(海上山)으로부터 스님이 찾아왔네
시를 주었던 세월, 잊었는데
그대의 늙은 모습 가엾구려

小雨春山午　空堂鶴夢回　客來門政閉　香火半成灰
日晩溪南雪　僧從海上山　贈詩忘歲月　憐爾舊容顔

백광훈은 이 시의 말미에서 신견 스님과의 인연을 이렇게 설명하였다.

1566년 봄에 내가 옥산에 있었는데 신견 승려가 시축을 가져왔다. 나의 시가 그의 시축에 들어 있었는데도 그 날짜를 기억하지 못했다. 운천(雲泉)의 아름다운 자취와 시를 준 것이 모두 꿈속의 일이었으니 감격할 만한 것이로다. 마침내 지난번에 지었던 것을 다시 고쳐 쓰고 다시 이로써 잇게 하였다.

(丙寅春 余在玉山 堅持軸來 吾詩亦與在中 而不記其日月 雲泉勝跡 與詩而俱爲夢想中事 可感也夫 遂改書前作 而復爲此以續之)

그가 신견 스님을 만난 것은 그의 나이 29세 때의 일로, 노수신의 문하를 떠나 옥산에 머물 때다.

백광훈이 또 다른 승려 성연(性衍)과 밤이 깊도록 고담을 나눈 사실은 〈남쪽 승려 성연에게 주다[贈南僧性衍]〉라는 시에서 확인된다.

객이 고원(故園)에 있을 때를 생각하니
텅 빈 집에서 이경까지 앉아있었지
평상 근처의 등불은 꺼지려 하는데
휘장에 엄습한 눈, 소리 없이 내렸네
멀리 역말은 산길에 막혔고
물나라의 여정, 아득하여라
고향을 벗어나 서로 만나니
말 없어도 절로 마음을 아누나

客有故園思 空堂坐二更 近床燈欲盡 侵帳雪無聲
迢遞關山路 微茫水國程 相逢越鄉釋 不語自知情

아마도 성연 스님은 오랜 교유가 있었던 인물인 듯하다. 그러므로 고원에 있을 때를 회상하여 '텅 빈 집에서 이경까지 앉아 있었다'고 한 것이다. 더구나 소리 없이 눈은 내리고 밤은 깊었으니 더할 수 없는 선경禪境을 만끽했을 것이다. '말 없어도 절로 마음을 아는' 사이였다고 한 데에서 이들이 나눈 유불 교유의 깊이를 필설로 드러내기 어렵다.

한편 그의 〈해임사 정인 스님에게 주다[海臨寺贈正仁師]〉라는 시도 조금 살펴보자.

> 강남의 호젓한 절, 꽃 지는 시절에
> 십년을 노닐던 자취 아득하여라
> 차 솥에선 연기 오르고 향 피운 방 따뜻한데
> 온 산에 비바람 불 때 창문 닫고 조누나
>
> 江南蕭寺落花天 十載遊蹤思渺然 茶鼎午煙香室暖 一山風雨閉窓眠

이 시에서는 스님과의 교유는 물론 승방을 찾아 차를 나누웠던 정황도 드러난다. 아! 가난했던 그의 회한을 풀어낸 도구는 시와 글씨, 그리고 차였다. 서예에 남다른 골기를 지녔던 그는 초서와 예서를 잘 썼다고 한다. 따라서 그의 예술적인 식견과 안목은 조선중기를 대표할만한 품재를 지녔다는 평가를 받기에 족하다. 평생 물질적인 풍요로움을 누리지 못했던 그였지만 강호에 머물며 자유를 만끽했을 담박한 삶을 시어 속에 묻어두었다. 그의 자는 창경彰卿이며 옥봉이란 호를 썼고 『옥봉집』을 남겼다.

백담 구봉령
栢潭 具鳳齡

　　백담 구봉령(1526~1586)은 시문에 능했으며 수많은 승려들과 교유하면서 이들과의 아름다운 인연을 글로 남겼다.

　　어린 시절부터 남달랐던 그의 품성은 일찍 부모를 잃었지만 의연하게 처신했던 것에서 드러난다. 조실부모한 그에게 소학의 문리를 얻게 한 것은 그의 외종조外宗祖 권팽로權彭老다. 이후 퇴계 이황의 문하에서 수학했기에 그의 학문적 연원은 튼실했다. 이뿐만이 아니다. 그는 비교적 평탄한 환로宦路를 걸었다. 퇴계의 문하에서 사마시司馬試에 합격(1546)한 이후, 1560년 별시 문과에 급제하여 승문원부정자承文院副正字를 거치고 예문관검열藝文館檢閱 등을 역임하였으며 1564년 문신정시文臣庭試에 장원壯元한 후 수찬, 호조좌랑, 병조좌랑을 거쳐 1577년 대사간에 올랐다. 이듬해 대사성을 거쳐 이조참의, 형조참의를 거치는 동안 그의 탁월한 경륜과 지혜는 나라에 실익을 주었을 것이라 짐작된다.

　　『국조인물고』는 그의 학문에 대한 식견과 열의를 이렇게 기록하고 있다.

총명함이 남보다 뛰어나서 글을 읽음에 눈으로 한번 훑어보면 외우곤 하였다. 널리 백가(百家)를 섭렵하여 소상히 알고, 그런 후 다시 육경(六經)을 관통하여 그 요체를 간추려 끝을 맺고, 이를 아름다운 행실로 표출시켰다.

이러한 그의 인물됨은 성동成童(15~16세) 때부터 드러났다고 하는데, 이 역시 『국조인물고』의 기록이다.

16세에 『논어』를 읽었는데 '밥을 먹음에는 배부름을 구하지 않고 거처함에는 편안함을 구하지 않는다[食無求飽 居無求安]'라고 한 대목에 이르자 감탄하여 말하기를 '사람이 능히 자립(自立)하지 못하는 까닭은 배불리 먹는 것과 편안히 사는 것이 자신을 해치기 때문이다. 진실로 이러한 생각을 가지고 능히 자신의 분수에 맡기어 구함이 없다면 어떤 일인들 성취할 수 없을 것인가'라고 하면서 마음을 진정하고 깊이 생각하며 되풀이하여 학습하였으므로 얻는 바가 있었다.

그가 감탄했던 구절은 『논어』 1권에 나오는 내용이다. 공자는 '밥을 먹음에는 배부름을 구하지 않고 거처함에는 편안함을 구하지 않으며, 일에 민첩하고 말을 삼가며, 도 있는 자에게 나아가 (시비를) 바르게 한다면 호학好學한다고 말할 만하다'라고 한 바 있다. 그런데 구봉령은 '밥을 먹음에는 배부름을 구하지 않고 거처함에는 편안함을 구하지 않는다'라고 한 내용에서 감동을 받았다니 이는 그의 입지가 물질적인 풍요로움에 있지 않았음을 의미

『백담문집』

한다. 결국 그의 뜻은 학문에 있었던 셈이다.

그러므로 그가 충청도 관찰사觀察使로 부임했을 때에는 순리로 백성의 쟁송爭訟을 다스릴 수 있는 지혜를 발현하였으니, 이 일에 대해 『국조인물고』는 이렇게 적고 있다.

> 백성 중에 형제가 서로 소송을 하는 자가 있으므로 공이 순리로써 그들을 타이르니, 두 사람이 눈물까지 흘리며 머리를 조아리고 자책하면서 결국 서로 돈목(敦睦)하게 된 일이 있었다.

백성을 덕치로 교화했던 그의 목자牧者로서의 자질은 일찍이 『논어』를 읽고 감탄했던 대목에서도 예견된 일이었다.

한때 백담栢潭(계곡의 이름)의 아름다운 산수 경치를 사랑하여 그

곳에 오두막을 지어놓고 장차 쉴 계획을 세웠던 그의 뜻은 그러나 이행되지는 못했던 듯하다. 말년이 되어서야 모든 관직을 사양한 채 문을 닫고 세상 돌아가는 일에 상관하지 않았다. 다만 서너 명의 학도學徒들과 경사經史를 토론하며 속진俗塵을 떠나 깨끗한 삶을 추구하였다고 한다.

조선중기의 다른 많은 선비들처럼 그가 교유했던 승려의 숫자만 해도 수십 명에 이른다. 특별히 시문에 밝았던 그는 함께 노닐던 승려들의 시축에 수편의 글을 남겼다. 대략 그와 교유했던 승려들을 살펴보면 계선승戒禪僧, 소백산의 사경思瓊, 청량사의 옥징玉澄, 영정산인永貞山人, 삼각산의 보훈寶訓, 행각승[行僧] 숭인崇印, 백암산의 경진敬眞 등이다.

그의 〈영정산인에게 주다[贈永貞山人]〉라는 시에서는 당시의 세태와 관련하여 흥미로운 대목이 보인다. 당시 승려들 사이에서 퇴계 선생의 글을 받는 것을 가장 중요하게 여긴 정황이 그것이다. 시의 말미에서 구봉령은 이렇게 말하고 있다.

승려들은 반드시 먼저 퇴계 선생의 묘필을 받들고, 뒤에 뛰어난 것들을 구하여 이어서 쓴다. 그런데 영정 스님만이 미치지 못했다. 그 모습과 말이 매우 슬펐기 때문에, 그 생각이 넘쳐난 것이다.
(山人輩必先捧退溪先生妙筆 後邀諸勝賡題 而貞獨無及 其色辭甚愴 故洩其思云)

그렇다면 구봉령이 영정 스님에게 써준 시는 어떤 내용이었을까?

계당(溪堂)의 선필(仙筆)은 연기와 노을을 뿌려 놓은 듯

명산에 떨어져 머물렀던 곳이 얼마였던가
어찌 홀로 후에 와서 찾을 곳이 없을까
다만 눈물을 머금고 구름 언덕을 지날 뿐이라

溪堂仙筆瀟煙霞 散落名山定幾多 渠獨後來無覓處 故應含淚過雲阿

구봉령이 영정 스님의 시축에 글을 쓴 연유는 무엇인가. 대부분 글깨나 하는 승려들은 자신의 시축 말미에 퇴계의 글을 받은 후 다른 명망 있는 인사의 글을 받는데, 영정 스님은 그러지 못했다는 것이다. 그러므로 마음에 느낌이 있어 글을 써준다는 것이니, 그가 영정 스님에게 보인 성의의 일단을 드러낸 것이라 하겠다.

이밖에 그의 〈소백산승 사경思瓊의 시축에 차운하여 쓰다[次書小白山僧思瓊軸]〉라는 작품도 눈여겨볼 필요가 있다. 시에 덧붙인 글에서 구봉령은 당나라의 이백, 송나라의 소식, 그리고 조선의 주세붕과 퇴계의 예를 들어 자신도 산수를 소요하려는 뜻이 있음을 이렇게 밝히고 있다.

이백은 나이 49세에 자극궁(紫極宮, 신선이 사는 곳)을 노닐었고 소식 또한 나이 49세에 노닐었으며, 이에 이백의 시에 화답하였다. 주진재(주세붕)와 이퇴계는 이어서 풍기군수를 지내며 소백산에서 노닐었다. (그들은) 모두 이백과 소식의 나이 때에 아울러 시를 창수하였다. 내 지금의 나이가 또한 50이니 그 간격이 겨우 한 살이다. 노닐고자 하는 뜻이 있었다. 그러므로 이른다.

(李謫仙年四十九 遊紫極宮 蘇子瞻亦四十九而遊 乃和李詩 周愼齋李退溪相繼守豐

基 來遊小白 皆李蘇之年 竝有和章 余於今年 亦隔五十僅一歲 有願遊之志故云)

이어서 쓴 시의 내용은 다음과 같다.

계산의 신선, 삼가하여 푸른 산을 익숙히 유람하고
자극궁의 맑은 유람에서 또다시 돌아왔네
어찌 지팡이 날리며 백악을 건널까
49세 틈새를 따라잡으리

溪仙愼老踏蒼鬚 紫極淸遊又一還 那得飛筇凌栢岳 追攀四十九年閑

계산의 신선은 아마 산승 사경思瓊일 것이다. 그는 적선謫仙인 이백이나 소동파처럼 산수를 노닐던 신선이며 그가 주석한 소백산은 풍기군수를 역임했던 퇴계나 주세붕도 노닐던 곳이라는 것이다. 따라서 고봉령은 나이 50세에 소백산을 노닐며 소요逍遙와 은일隱逸의 아름다움을 누리고자 한 것이다. 이밖에도 그는 백암사에 주석하던 경진敬眞 스님과의 인연을 〈경진 시축의 금약봉에서 차운하여[敬眞軸次金藥峯韻]〉의 모두冒頭에서 이렇게 밝히고 있다.

1554년 봄에 내가 병으로 평해온천에 가서 휴식했는데 백암산이 그 근처에 있었다. 그때에 경진 스님이 백암사에 있었다. 내가 잠시 절에서 만났는데 올해로 19년이 되었다. 진 스님이 나를 찾아오다가 길에서 만났는데, 한참만에야 알 수 있었다. 그러므로 말해둔다.
(甲寅春 余以病往沐平海之溫泉 白嵓山在其傍 時眞住白嵓寺 余暫接于寺 今十九年 眞訪余而來 遇於路 久而得知故云)

경진 스님에게 써준 시의 내용은 다음과 같다.

해운의 깊은 곳, 백암산에
장실 스님은 그해에 함께 웃고 얘기했지
돌이켜 생각해 보니 20년이 꿈만 같아
흰머리 상대하니 서로 봄이 의아하네

海雲深處白嵒山　丈室當年共解顏　回憶廿齡還似夢　白頭相對訝相看

1554년 그가 백암온천에서 요양했던 것은 별시 문과에 장원 급제하기 6년 전의 일이다. 당시 경진 스님은 백암사에 있었기에 잠시 만났다는 것이니, 구봉령과 경진의 교유는 1554년에 시작되었음을 알 수 있다. 그러나 이들은 서로 만나지 못하다가 19년이 지난 뒤에야 다시 만날 수 있었다. 하지만 세월의 무상함 속에 서로를 알아볼 수 없을 만큼 늙어 버렸으니, 그래서 '흰머리 상대하니 서로 봄이 의아하네'라고 하였다.

구봉령은 또 차를 즐기고 이해한 선비였다. 특히 육우가 쓴 『다경茶經』의 오묘한 골기를 이해했다. 이런 사실은 그가 쓴 〈다경을 읽고[讀茶經]〉에서 명확하게 드러난다.

내 다시(茶詩)를 읊으려 하니
이뿌리에서 상쾌한 연무가 이누나
다경을 읽는 것만 못하니
빙설 같은 맑음, 가슴에서 일어나네
다시는 피부와 같고

다경은 혈맥을 더듬네

홍점(육우)은 진실로 기이한 선비라

핵심을 보고 모색을 남겼네

처음 읽으니 신령해진 듯하고

다시 읽으니 혼이 단련되네

이어 다시 차를 마시니

스멀스멀 겨드랑이에서 바람이 이누나

의연히 나의 신선 타고 가서

상제가 사시는 청도(淸都)의 달로 날아오르리

我欲詠茶詩 煙霞爽牙頰 不如讀茶經 氷雪生肺膈

茶詩狀皮膚 茶經搜血脈 鴻漸信奇士 相骨遺毛色

一讀通神靈 再讀鍊精魄 因復啜玉乳 習習風生腋

依然駕我仙 飛上淸都月

그는 다시茶詩를 읊으려고만 하여도 이뿌리에서 상쾌한 연무가 일어날 만큼 차의 경지에 통달한 선비였다. 아울러 『다경』을 읽으면 가슴에서 맑디맑은 청량함을 느꼈던 관료였으니, 그는 조선 중기의 관료 문인 중 차의 진미를 일이관지─以貫之했던 인물임이 분명하다. 아무튼 그는 다시와 『다경』의 지경地境의 차이를 선명하고도 확연히 이해했던 문인이었던 셈이다.

그는 천문학에도 조예가 깊어 〈혼천의기渾天儀記〉를 저술했고 『백담문집』과 속집續集을 남겼다. 사후 용산서원龍山書院에 제향祭享되었으며, 문단文端이라는 시호를 받았다.

금계 황준량
錦溪 黃俊良

　　　　　　　　　조선중기의 문신 금계 황준량(1517~
1563)은 퇴계 이황의 학풍을 따랐던 인물이다. 그의 자는 중거仲
擧이고, 호는 금계錦溪이다.

　세상에 그의 문명文名이 알려진 것은 18세 때의 일이다. 당시
남성南省의 시험에 응시했던 그가 지은 책문策文은 누구도 대적할
수 없는 명문이었던지, 이를 본 고관考官은 무릎을 치며 칭찬하였
다고 한다. 그러므로 그가 매번 시험에 응시할 때마다 앞자리를
차지했던 것은 우연한 일만은 아니었던 듯하다. 어린 시절부터
문자를 이해했고, 그가 말을 하기만 하면 다른 사람들을 놀라게
했다니 그의 천재성은 이미 천출로 타고난 것이었으리라. 이런
사실은 『국조인물고』에서 확인할 수 있다.

　한편 그의 환로는 비교적 순탄하였다. 1537년 생원시에 합격
한 후 1540년 을과에 급제하여 권지성균관학유權知成均館學諭에 보
임된 것을 필두로, 학록겸양현고봉사學錄兼養賢庫奉事를 거쳐 1550년
병조좌랑으로 전임되는 등 여러 관직을 거쳤다. 그가 지방관으로
부임한 후에 보인 덕치德治는 명리名利를 멀리하고 의리를 존중했

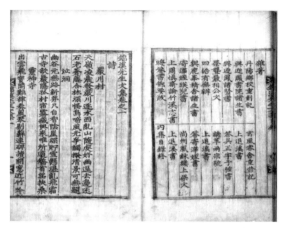

던 조선 선비의 기상을 드러낸 것이라 하겠다.

특히 퇴계의 학풍을 따랐던 그는 풍기군수를 지낸 주세붕과 왕래하며 서로 토론하는 일이 잦았다고 하는데, 이 무렵 그의 학문적 식견은 이미 그렇게 높은 것이었다. 그럼에도 불구하고 그는 성리학의 연원에 깊이 마음을 두어 『심경心經』뿐 아니라 『근사록近思錄』 등 여러 성리서性理書를 탐독했고 주자서朱子書에도 크게 관심을 두었다. 그가 공무의 여가를 틈타 주야로 공부에 매진했던 일에 대해 『국조인물고』는 다음과 같이 기록하고 있다.

주위에서 누가 '피로하면 병이 난다'고 규계(規戒)하였다. 공이 대답하기를 '글을 읽어 학문하는 것은 본래 마음을 다스리고 기(氣)를 함양하는 것이니, 어찌 독서로 인하여 병이 날 수 있겠는가? 혹시라도 이와 반대되는 자가 있다면, (이는) 그 사람의 명운(命運)이지 글의 허물은 아니다'라고 하였다. 공이 혼자 지낼 때에는 쓸쓸한 방안의 사방 벽에 성현(聖賢)의 요훈(要訓)을 붙여두고서 스스로 깨우치고 반성하였으며, 주정지경(主靜持敬)의 말에 깊이 취함이 있었다.

공부에 열중했던 그의 의지는 이처럼 굳건했다. 그에게 학문은 '본래 마음을 다스리고 기를 함양하는 것'이었으니 그가 학문하는 목적이나 가치는 이렇게 확실했던 것이다. 이뿐 아니라 그의 입각立脚은 '주정지경主靜持敬'에 깊이 심취했다는 것이니 이는 주자학의 학문적 입장을 표방하고 있는 것이라 하겠다.

더구나 그는 늘 청빈한 삶을 살고자 하였고 산수의 운치를 즐겼던 사람이다. 간혹 부임지나 유람하던 지역에서 아름다운 풍광을 만나면 아는 사람을 초대하여 함께 즐기는 한편 어느 때는 홀로 운유의 풍경을 감상하며 돌아가는 것조차 잊었다고 한다. 이렇게 그의 산수벽山水癖은 은근하였다..

특히 언 강물 위에서 썰매를 타며 겨울을 만끽했던 그의 기질은 『국조인물고』에 '겨울철에 강물이 꽁꽁 얼자 중원中原으로부터 강을 따라 썰매를 타고 갔는데 앞에서 사람이 새끼줄로 당기게 하여 미끄러지며 올라갔다'고 전해진다. 이는 호방하고 활달한 그의 기질의 일면을 드러낸 것이기도 하다.

한편, 그는 차를 즐긴 선비이자 승려들과 교유하며 그들의 시축에 제발을 써준 유생이었지만 한때는 불교를 배척하는 상소까지 올린 인물이기도 했다. 그가 〈청혁양종소請革兩宗疏〉를 올린 것은 병조좌랑兵曹佐郞에 전임된 1550년 겨울의 일이다. 그가 올린 소의 일부를 소개하면 다음과 같다.

근래에 승려들은 서로 축하하며 선종과 교종은 절대로 혁파되지 않는다고 말하고 있습니다. 이렇게 수개월 동안 지지부진한 어려움에 처하여 저들의 말처럼 되자 저들은 서로 함께 불경을 공부하고 범패를 낭송하며 더욱더 위세를 떨치고 있습니다. 심지어 나팔을 불며 망아지를 탄 채 백주에도 몰려다니고 있으니, 이 어찌된 것이 전하의 금승령(禁僧令)이 도리어 저들의 기를 살려주는데 알맞은 것이 되고 있단 말입니까. 천민으로서 노역을 싫어하는 무리나 사대부 자손으로서 무식한 자들이 다투어 영예롭게 여기고 부러워하고, 점차 그 흐름을 좇아 마침내 안락만 추구하고 고된 일은 회피하는 지경에 이르렀습니다. 그리하여 어른이나 어린아이 할 것 없이 모두 유행을 따라 숲으로 숨어들고 산으로 들어가고 있으니, 물고기처럼 모였다가 새처럼 흩어지는 무리들을 붙잡아 올 방법이 없어서 전하의 나라는 텅 비어가고 있습니다.

(比者 緇流相慶 必謂兩宗之不革 及至留難數月 一如其言則相與治經誦唄 益張聲勢 甚至鳴螺擁駒 白日馳騁 是何殿下禁僧之令 適足以皷其氣耶 氓隸厭役之徒 衣冠無識之裔 爭榮慕之 漸已奔波 終至於趨樂避苦 大小從靡則潛林入山 魚聚鳥散之徒 無計禁刷 而殿下之國空矣)

그가 불교 혁파를 주장하는 소를 올린 연유는 분명했다. 바로 문정왕후의 비호 아래 불교 재건을 도모했던 불교계의 움직임을 비난했던 것이다. 정치 관료의 입장에서 불교를 바라보는 그의 시각은 이처럼 분명했다. 하지만 그와 교유했던 승려들에게 보인 그의 태도는 유연했으니, 이러한 그의 속내는 〈차증산인次贈山人〉과 같은 시에서 잘 드러난다.

내 생계 꾸림이 비둘기만도 못하여
평생 한 구역의 꾀함도 이루지 못했네
도산(陶山)에서 일 마치고 남은 힘이 있거든
날 위해 가을에는 금계(錦溪)를 단장해주오

治生我亦拙於鳩 未逐平生一壑謀 辦了陶山餘刃在 爲吾粧點錦溪秋

산인山人이 누구인지는 알려지지 않았다. 다만 퇴계 선생의 서당을 지을 때 참여했던 승려라 추정되는데, 승려들이 퇴계의 서당을 짓는 데 참여한 내력은 이렇다.

1557년 퇴계는 공조참판에서 물러나 후학을 양성할 서당 터를 마련한 후 1558년 친히 옥사도자屋舍圖子를 그렸다고 한다. 지금으로 말하면 일종의 건축설계도인 셈이다. 당시 용수사龍壽寺 승려 법련法蓮이 공사를 시작했지만 완성하지 못한 채 세상을 떠났고, 그 뒤를 이어 1561년 가을에 서당을 완공한 승려는 정일靜一 스님이었다. 이러한 전말은 〈도산잡영陶山雜詠〉에서 확인할 수 있다. 결국 황준량이 도산의 서당을 지은 승려들과 교유했던 것은 그가 퇴계의 제자였기 때문이다. 훗날 그도 자신의 고향 풍기에 집을 짓고 정양靜養하려는 뜻을 세웠기에 '날 위해 가을에는 금계를 단장해주오'라고 청했던 것이다. 결과적으로 그의 아름다운 뜻은 병으로 인해 실현되지 못했으니 안타까운 일이라 하겠다.

이밖에도 그를 위해 천왕봉天王峯까지 안내해 주었던 법행法行 스님에게 준 〈증법행상인贈法行上人〉도 이들의 깊은 교유의 정을 짐작케 한다. 그 내용은 다음과 같다.

한밤중 절에서 종소리 들을 때
성긴 솔숲에선 청학이 자주 울었지
삼천계의 풍월을 모두 읊었고
일만 겹의 연하를 다 밟았네
물외의 인연 있어 함께 노니니
인간세상의 궁통 따지지 않누나
늦가을 풍악산이 비단처럼 붉어지면
다시 봉래산 최고봉을 밟으리라

共聽金臺半夜鍾　數聲青鶴叫疏松　吟窮風月三千界　踏盡煙霞一萬重

物外有緣聯杖屨　人間無意較窮通　秋深楓岳紅如錦　更躡蓬萊最上峯

　　가을이 오면 '비단처럼 붉어지는' 금강산을 탐방하기로 약속했
던 그들이다. 그러므로 '다시 봉래산 최고봉을 밟으리라'고 한 것
이다. 풍악은 금강산의 이명異名이다. 이들의 물외의 교유는 이처
럼 흔쾌하여 '인간세상의 궁통 따지지 않았다'는 것이다. 이런 구
절에서도 황준량의 장부다움이 드러난다.
　　그가 옥준玉峻 상인의 시권에 차운해 쓴 〈차옥준상인시권次玉峻上
人詩卷〉에는 병중에 만났던 옥준 승려와의 화통한 교유의 일면이
잘 나타나 있는데, 그 시는 이렇다.

　　병중에 선사 만나 파안대소하였는데
　　향 재료로 또 다시 자고반(鷓鴣斑)을 주네
　　선사를 다시 만날 날이 어느 때인지를 알겠거니
　　벼슬 버리고 고향으로 돌아가기로 결정한 때라

病裏逢師已破顔 香材又贈鷓鴣斑 重回碧眼知何日 已決焚魚返故山

옥준 스님은 동화사의 승려로, 농암聾巖 이현보李賢輔(1467~1555)의 영정을 그린 화승畵僧이라 전해진다. 시에 능했던 그는 병중의 황준량을 파안대소하게 하였다. 따라서 그에게 옥준 스님은 물외物外의 지음知音이었던 셈이다. 이뿐만이 아니다. 그가 번잡한 벼슬살이를 그만두고 소요와 정양靜養을 위해서라면 고향으로 돌아가야 한다는 의지를 밝힌 일도 주목된다. 속세란 고요함을 기르기에는 턱없이 소란한 곳, 은일과 소요를 위해 산림을 찾았던 선인들의 결단은 이처럼 명백하고도 긴요한 의미를 지녔던 것이 분명하다.

또 다른 그의 시에서는 암자를 찾아 차를 즐긴 정황이 드러난다. 예컨대 〈우증우사又贈牛師〉가 그렇다.

삼청계(三淸界)로 승경이 열려서
깊이 들자 오솔길이 그윽하네
구름 속 암자는 북두성에 닿았고
빨리 흐르는 시냇물은 동쪽 숲을 씻어주네
학이 우는 큰 솔엔 이슬이 내렸고
산중턱은 차 연기로 자욱하네
고승은 속세의 근심이 끊어져
장삼 하나로 추위를 견디네
闖勝三淸界 尋幽一逕深 雲菴摩北斗 飛澗漱東林
鶴唳孤松露 茶煙半嶺陰 高僧灰世念 一衲擁寒吟

실로 소나무의 맑은 기상 성성한 암자, 학이 우는 곳, 눈 푸른 납자가 머무는 곳이야말로 다삼매茶三昧를 현현할 수 있는 시공간일 것이다. 더구나 속기俗氣가 끊어진 고승과의 담소와 청량한 한 잔의 차는 청빈했던 그에게 편안한 즐거움을 주었을 터이다. 한때 그는 교종과 선종을 혁파하라는 상소를 올렸지만, 인연 있는 승려들과 창수한 시만도 수편에 이른다. 유불교유를 실천했던 인물이었던 셈이다. 그의 저서로 『금계집』이 있다.

임당 정유길
林塘 鄭惟吉

　　　　　　　　　　조선중기의 문인이자 관료였던 임당 정유길(1515~1588)은 차를 즐겼던 선비로 70여 명이 넘는 승려들과 교유하며 이들의 시축에 제발을 썼던 인물이다. 조부가 영의정 광필光弼이고 아버지는 강화부사 복겸福謙이었으며 어머니 또한 이수영李壽永의 딸이었으니 내외 가문의 규모를 짐작하게 한다. 특히 비상한 기억력을 지녔던 그는 책을 읽을 때 여러 줄을 한 번에 읽었으나 한 번 읽은 내용은 끝내 잊어버리지 않았다고 한다. 분명 그는 범인과 다른 비범함을 타고났던 인물이었음이 분명하다. 김상헌金尙憲(1570~1652)이 쓴 〈묘지명墓誌銘〉에서는 그의 천재적인 면모를 다음과 같이 언급했다.

> 17세에 사마시(司馬試)를 보아 제6등으로 합격하였다. 그러나 여러 고관(考官)들이 그 글을 기특하게 여겨 앞을 다투어 1등을 시키려고 하니 평소에 사람을 잘 알아보는 데 이름이 났던 김극성(金克成)이 '이 사람은 후일 나라의 그릇이 될 것이니 일찍부터 이름이 누설되지 않게 해야 한다'라고 하였다.

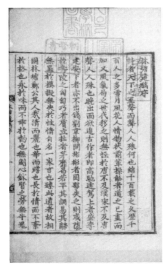

『임당유고』

　예로부터 소년등과少年登科나 어린 나이에 세상에 이름이 나는 것을 극히 꺼렸던 선인들의 생각은 오랜 세월 터득한 삶의 지혜일 것이다. 따라서 나라의 동량임을 한눈에 알아본 김극성(1474~1540)은 그의 재주가 세상에 드러나는 것을 우려했던 셈이니 사려 깊은 그의 배려는 당색黨色이 또렷하지 않던 시절의 미덕이었다.

　하지만 조선중기 이후 당색의 폐단은 컸다. 처음으로 당색이 촉발된 것은 이조전랑의 자천제自薦制에서 시작되었다. 선조 7년(1574) 이조전랑 오건吳健이 이임하면서 김효원金孝元을 천거하였는데, 심의겸沈義謙의 반대로 논란이 일었다. 후일 전랑 김효원의 후임으로 심의겸의 아우 심충겸沈忠謙이 물망에 오르자 김효원이 반대하면서 이들을 지지하던 사림이 동인과 서인으로 양분되었다.

당시 정유길은 퇴계의 문인 김효원을 지지했다고 전해진다.

역사적으로 당색의 촉발은 미미하게 시작되었지만 그 폐해는 조선중기 이후 사림의 정론을 좀먹는 결과를 가져왔다. 정유길 또한 시대 흐름을 주도했던 관료로서 비교적 순탄한 환로宦路를 거쳤지만 당색의 폐해를 짐작하지는 못했을 것이라 여겨진다. 아무튼 시대의 흐름을 주도하는 것은 그 시대를 살았던 사람들의 몫이다.

그의 삶의 여정을 대략 살펴보면, 1531년 사마시에 합격한 후 1538년 별시문과에 장원하여 사간원정원에 올랐던 것을 시작으로 공조 및 이조 좌랑을 거쳐 세자시강원문학을 역임하였다. 1552년 도승지에 오른 후에는 이황과 함께 성학을 진흥시키기 위해 상소를 올리기도 하였으니 성리학의 이상을 실현하기 위한 그의 노력은 이와 같은 소명의식이 있었기에 가능했다. 여러 관직을 거쳐 대사헌에 오른 후 예조판서로 승진, 1581년에는 이조판서에서 우의정에 올랐다. 하지만 윤원형尹元衡의 두터운 신임을 받았던 그를 상신할 수 없다는 사헌부의 극렬한 반대로 인해 사직할 수밖에 없었다. 그가 다시 관직에 나아간 것은 1583년이다. 예조판서에서 우의정에 올랐던 그는 1585년에 좌의정에 올랐으니 그의 환로는 약간의 고비가 있긴 했어도 비교적 순탄하였다고 하겠다.

『국조인물고』에는 담대했던 그의 장부다운 모습이 묘사되어 있다. 이에 따르면 '요동遼東에 도착하였을 때 수레가 진흙탕에 빠졌는데 역관譯官과 역부役夫들은 모두 뒤에 있었다. 갑자기 달로㺚虜 기병 수십 명이 어느새 이르러 포위하는 것처럼 에워쌌다.' 하지만 수레에 단정히 앉아 동요하지 않는 정유길의 모습을 본 오랑캐들은 '대인이다'라고 하여 큰길로 수레를 끌어내주고 떠났다고 한다.

한편 그는 높은 지위에 올랐지만 늘 충후忠厚와 근신謹愼을 근본으로 삼았다. 외조부 정유길의 선비다운 삶의 궤적을 자랑스럽게 여긴 김상헌은 『국조인물고』에 실린 〈묘지명〉의 말미에서 이렇게 기술했다.

여기에 남은 공렬(功烈)을 선양하여
소상하게 비석에 기록했도다.
후손이 여기에 오거든
경건히 이 글을 볼지어다.
그 누가 글을 지었는가.
외손(外孫)의 말이도다.

이는 외조부에 대한 그의 신뢰와 믿음이 얼마나 컸는지를 짐작하게 하는 대목이다. 정유길에 대한 또 다른 평가에는 그가 '사람들이 더불어 견줄 수 없는데도 문예文藝를 가지고 스스로 고상한 체하지 않았고, 지위가 날로 융성해져도 다른 사람에게 위세를 부리지 않았으며, 계책을 세우고 경영하여 국정을 보필한 공로가 많은데도 사람에게 지혜를 보이지 않았다'고 하였으며, 이로써 '거의 공에 대한 이름을 지을 수 있을 것'이라고 하였다.

늘 검소하고 꾸밈이 없었던 그는 음식과 거처, 의복을 화려하거나 사치하게 하지 않았다. 이뿐 아니라 그가 사람들을 대하는 태도는 늘 온화하여 마치 봄빛과 같았다고 한다.

한편, 풍부한 문장력을 바탕으로 한 그의 시와 글씨는 당시 시인묵객은 물론 승려 등 방외지사方外之士들에게도 큰 반향을 일으켰다. 만약 그가 이들의 정자의 문미門楣나 객사의 벽에 시를 써주면 영광으로 여겼다고 하니, 이는 시뿐 아니라 글씨에 능했던 그의 재주를 아끼는 이들이 그만큼 많았다는 것을 의미한다.

아무튼 그의 『임당유고林塘遺稿』 하권에는 〈방외록方外錄〉이라는 장을 별도로 두어 78여 수에 이르는 시들을 수록해 두었는데, 대부분 승려들의 시축에 쓴 시를 모은 것이다. 먼저 그의 〈다른 사람의 시를 차운하여 웅雄 스님의 시축에 쓰다[次人韻 題雄上人軸]〉라는 시를 살펴보자.

> 대나무 집, 구름 안석에 기대어
> 송창(松窓)의 눈썹 흰 이와 짝 했네
> 맑은 마음, 원래 법도가 있으니
> 차를 달여 무엇을 하리오
> 매장각(梅粧閣)을 지어
> 물 가득한 연못에서 시초(詩草)를 찾으리
> 거듭 만나는 건 응당 바탕이 있어서니
> 가을날, 흰 수염을 비비리
>
> 竹屋憑雲几　松窓伴雪眉　清心元有法　煑茗欲何爲
> 觀卜梅粧閣　尋詩草滿池　重逢應有地　秋日撚霜髭

대나무는 맑고 굳센 기상을 상징한다. 따라서 선비의 사랑채나 수행자의 작은 암자에는 대나무를 심었다. 이는 선비나 수행자의 풍류나 아취를 드러낸 것이며 다른 한편으론 그들이 지향했던 이상향을 담고자 했다. 그러므로 그가 '죽옥竹屋에서 구름 안석에 기대어, 송창의 눈썹 흰 이와 짝 했네'라고 한 뜻은 바로 웅 스님의 수행자다운 풍모를 나타낸 것이라 하겠다. 더구나 차는 수행자의 몸과 정신을 정화해 주는 용품이었기에 맑은 마음을 지닌 웅 스님에게는 차가 필요하지 않다는 것이다. 그러므로 웅 스님이 차를 달이는 연유가 어디에 있는지를 물은 것이다. 결국 웅 스님의 깊은 수행력을 에둘러 표현한 것이다.

또 다른 시 〈감鑑 승려의 시권에 쓰다[題鑑上人卷]〉는 그가 불교의 공空 사상을 이해하고 있다는 사실을 보여준다.

> 느긋하게 밥을 먹고 격자창에 기대어
> 활수(活水)로 햇 용봉차를 다리네
> 스님들 오고감이 한바탕 꿈인데
> 학이 노니는 곳 봄 하늘에 노을이 비치네
>
> 委蛇退食倚窓眼 龍鳳新茶活水煎 僧到僧歸一場夢 鶴邊斜日下春天

느긋함은 게으름이 아니다. 욕망에 휘둘리지 않는 마음의 상태를 말한다. 수행자와 선비는 대상을 정확하게 보기 위해 언제나 고요한 마음 상태를 유지해야 한다. 더구나 암자의 향기로운 차를 마셨으니 이것은 그가 지향했던 이상, 곧 맑음의 극치를 이룬 상태임을 드러낸 것이었다. 특히 그의 시삼매詩三昧는 바로 '학이 노니는 곳, 봄 하늘에 노을이 비치네'라는 대목에서 드러나고 불

교의 공 사상은 '스님들 오고감이 한바탕 꿈'이라고 한 대목에
또렷하다.

　실제 정유길이 어느 때부터 승려들과 교유했는지는 알려지지
않았다. 다만 그의 문집 가운데 〈방외록〉에 수록된 시문에서는
승려들과 격의 없는 교유를 이어나갔던 정황이나 승려들의 암자
에서 차를 즐긴 상황뿐 아니라 서로 담소하며 시를 짓던 일상들
이 고스란히 드러난다. 한편, 당시 승려들 중에는 그림과 시에
능했던 수행자들이 많았던 듯하다. 이러한 사실은 그의 〈현종玄宗
승려의 시권에 쓰다[題山人玄宗卷]〉에서도 확인할 수 있는데 그 내
용은 다음과 같다.

> 그대의 붓 끝에서 살아난 화삼매
> 오호(五湖)의 가을은 현종의 소매 속에 있네
> (시를) 보자 홀연히 강 동쪽이 생각나니
> 마음은 망망한 바다 일엽편주에 있네
> 君復筆端三昧畫　玄宗袖裡五湖秋　看來忽起江東念　興在蒼茫一葉舟

　현종 스님은 붓끝에서 화삼매畫三昧를 드러낼 수 있었던 수행자
였다. 이뿐 아니라 그의 옷소매에 오호五湖의 서늘한 기운이 서렸
다 하니 그는 분명 눈 푸른 납자였을 것이다.

　한편 그가 승려들과 오래도록 격의 없는 교유를 이어갔던 모습
은 〈스님의 시축에 강극성姜克誠의 운을 차운하여 쓰다[山人軸次姜克
誠韻]〉라는 시에서도 드러난다.

가장 이름이 알려진 청천거사(菁川居士)는

칠보 만에 시를 완성해 사람을 놀라게 하네

늙은 그대와 나는 승가와 세속에서 만났으니

어찌 늙은 서생에 잘못이 없으랴

菁川居士最知名　詩語驚人七步成　老我逢僧塵臼裡　白頭無柰誤書生

청천거사菁川居士는 강극성姜克誠인 듯하다. 그는 위나라 조자건曹子建처럼 일곱 걸음을 걸을 때마다 시 한 수[七步詩]를 지을 수 있었던 천재였으니, 스님 또한 시에 능한 인물임을 나타낸 것이다. 이들의 교유의 매개물은 이처럼 시와 차였다. 억불시대에도 이들의 유불교유는 이어졌으니 이는 '늙은 그대와 나는 승가와 세속에서 만났으니'라는 대목에서도 알 수 있다.

그는 늘 꽃과 대나무를 심은 검박한 집에서 정심靜心을 함양하며 마음껏 소요를 하고자 했으니 유독 승려들과 넓은 교유를 이어갔던 것은 그만한 이유가 있었던 셈이라 하겠다.

그의 자는 길원吉元이고, 호는 임당林塘, 상덕재尚德齋를 썼다. 『임당유고林塘遺稿』를 남겼다.

하서 김인후

河西 金麟厚

　　　　　　　　호남시단을 이끌었던 하서 김인후
(1510~1560)는 수많은 승려들의 시축 말미에 제발題跋을 썼던 인
물이다. 그의 자는 후지厚之이며, 하서河西, 담재湛齋라는 호를 썼다.
　어린 시절 김안국金安國에게 소학을 배웠고, 1531년 사마시에
합격하여 성균관에 입학한 후 이황李滉과 깊이 교유하였다고 한
다. 1540년 별시 문과에 급제, 권지승문원부정자權知承文院副正字에
임용된 그는 이듬해 호당에 들어가 독서에 전념할 수 있는 사가
독서賜暇讀書의 기회를 얻었다. 그가 세자를 보필하고 가르치는 홍
문관박사 겸 세자시강원설서, 홍문관부수찬으로 임명된 것은
1543년이다. 하지만 그가 살았던 시기는 정치적으로 혼란하여 을
사사화乙巳士禍 이후 모든 관직을 사양하고 장성으로 돌아가 성리
학 연구와 후진 양성에 전념하였다. 대립과 알력으로 얼룩진 정
치적 정쟁은 문정왕후의 형제인 윤원로尹元老와 윤원형尹元衡이 경
원대군을 세자로 책봉하려 하면서 시작되었는데, 당시 세자의 외
숙인 윤임이 이들과 대립하면서 본격화되었다. 결국 대윤(윤임 일파)
과 소윤(윤원형 일파)으로 양분된 조정은 조신과 사림으로 갈라지고,

김인후를 배향한 필암서원

외척을 중심으로 궁정 내부의 갈등이 촉발되었던 것이다. 이후 정미사화가 일어나 수많은 대윤파가 희생되었다. 실로 정미사화는 문정왕후의 수렴정치와 이기李芑 등의 정치적 농간을 비난하는 양재역良才驛 벽서사건(1547)에서 촉발된 것이지만, 소윤파가 정치적 입장을 달리하는 대윤파를 제거하기 위한 사건이었다. 이로 인해 희생된 사람만도 100여 명이 넘었다. 윤원형의 세도정치와 수렴청정의 폐단은 극에 달했다. 명종의 친정親政 이후에도 그 폐단은 수그러들지 않았으며, 신진사류가 정치에 복귀한 것은 문정왕후가 죽고 윤원형이 정치적으로 몰락한 1565년 이후이다. 당시 노수신, 유희춘, 백인걸 등이 요직에 복권되면서 재야의 신진사류들이 등용되면서 정계는 사림 중심으로 재편되었다.

결국 사화를 피해 고향에 내려가 은둔했던 유학자들은 학문 연구와 인재 양성에 전념했으니 이런 시대적 상황은 성리학이 발전할 수 있는 계기가 되었다. 특히 사림의 학문적 도장이었던 서원書院은 정론政論을 자유롭게 토론하는 토론장이었다. 후세에 서원은 당론의 진원지가 되었을 뿐 아니라 붕당정치의 온상이 되기도 하였다. 결과적으로 서원의 발달은 정치, 문화적 특성뿐 아니라 정치 투쟁의 새로운 양상을 만든 요인이 되었다고 할 수 있다.

이런 정치적 상황에 처했던 김인후가 모든 관직에서 물러나 장성으로 낙향, 관직에 나아가지 않았다. 이는 기묘사화 때 억울하게 죽은 선비들의 신원을 요청했지만 받아들여지지 않았던 일과 을사사화 때문일 것이라 여겨진다. 그렇다면 그는 그가 처한 시절이 난세였음을 예견이라도 한 것일까. 후일 그가 필암서원에 배향된 인물 중에 유일한 호남인이었다는 사실은 시사하는 바가 크다.

한편 김인후는 기대승奇大升과 이항李恒 사이에서 논란이 되었던 태극음양설太極陰陽說에 대해 기대승의 입장에 동조하였다. 그는 태극음양에 이기理氣가 혼합되어 있기에 태극은 음양을 떠나 존재할 수는 없다고 하였다. 하지만 도道와 기器의 구분이 분명하므로 태극과 음양이 일물一物이라 할 수 없다는 입장이었다. 당시 기대승은 이항의 태극음양일물설太極陰陽一物說에 반대하는 입장을 취했다. 이뿐 아니라 김인후의 수양론은 성경誠敬을 주된 목표로 삼았으니 이는 후일 기대승의 주경설主敬說에 영향을 미쳤다고 한다.

시문에 밝았던 김인후는 당풍적唐風的 표현 기교에 능해 대상에 대한 관조와 함축적 표현으로 흥취를 돋워 말의 여운을 살려내는 시를 지었다. 그의 도학적 기질과 맑고 빼어난 인품은 그의 시에 내재된 품격이라 할 수 있다. 그러므로 시에 밝았던 승려들은 자신의 시축에 김인후의 제발題跋이 실리는 것을 영광으로 생각했던 것이다. 그가 자신과 교유했던 운수승雲水僧을 위해 지은 〈운수승에게 주다[贈雲水僧]〉를 살펴보자.

구름도 비고 물 또한 텅 빈 것이니
물성 또한 이와 같아라
하나는 형기(形氣)에 구속되고
하나는 사욕에 묶임이라
흘러가 돌아올 줄을 모르는 건
망연히 탐함에서 본래 시작됨이라
마음의 굳셈이 절로 이와 같으니
밝고 지긋한 이치 포용함이라
좋은 실마리가 발현되니
미루어 그 그침을 아네
용신(龍神)을 따라 변화하니
가도 때에 그침이 없네
행함에 사심이 없기에
잠시 구름과 물을 바라보누나

雲虛水亦虛 物性亦如此 一爲形氣拘 一爲私欲累
去去不知返 茫然昧本始 方寸固自如 昭昭涵至理
善端有發見 推之止其止 從龍神變化 逝者無時已
動之以無私 試看雲與水

위에 언급한 시는 그의 노련한 시어의 감수성이 돋보인다. 제목인 〈증운수승贈雲水僧〉에서 주제어로 운수雲水를 뽑아내 구름과 물, 그리고 물과 구름처럼 한곳에 머물지 않는 승려의 의미를 부각하였다. 더구나 구름과 물은 실체가 없는 것, 그러므로 빈 것이라 하였으니, 이는 불교의 공空 도리道理를 표현한 것이다. 어디 그뿐인가. '흘러가 돌아올 줄을 모르는 건, 망연히 탐함에서 본래 시작됨이라'라 하고, 좋은 실마리가 발현되니, 미루어 그 그침을 아네'라고 한 것은 행함에 사심이 없기에 차별이나 분별함이 없이 운수승을 볼 수 있다는 포용력을 드러낸 것이다. 그를 도학에 밝은 인물로 보는 연유가 여기에 있다.

그가 쓴 여러 편의 시 중에 수안守安 스님이 찾아와 시축에 글을 써달라는 요청을 하자 써준 시의 내력도 재미있다. 당시 그를 찾아온 수안 스님의 시축에는 자신의 벗인 귤정橘亭, 영천靈川, 송강松江, 몽와夢窩, 이계진李季眞의 시가 있었다는 사실을 모두 冒頭에서 다음과 같이 밝혔다.

> 승려 수안이 신길원(愼吉遠), 희남(喜男)의 편지를 가지고 찾아왔다. 시축 중에는 귤정, 영천, 송강, 몽와, 이상사(李上舍) 계진의 시가 있었는데 송강의 시 두 편 중 하나는 스스로에게 말한 것이고 하나는 승려에게 말한 것이다. 이에 본받아 쓴다.
>
> (山人守安 以愼吉遠喜男之書來謁 軸中有 橘亭 靈川 松江 夢窩及李上舍季眞之詩 松江二詩 一自道 一道僧 仍效之)

수안 스님에게 써준 김인후의 시는 다음과 같다.

병들어 산촌에 옮겨온 후론 사람을 보지 않았더니
무슨 방법으로 고승에게 나아가 서로 친하리
송강과 귤정 노인, 영천의 시구
시권을 읊조리니 이보다 진기한 건 없으리

病落山村不見人 何方白足就相親 松江橘老靈川句 把卷行吟莫此珍

그가 병들어 산촌으로 옮겨왔다고 한 것은 아마 장성으로 낙향하여 은둔했던 정황을 말하는 듯하다. 그러므로 고승이신 수안 스님과 무슨 방법으로 친할 수 있겠느냐는 말이다. 그러므로 고승이 가져온 시축 속에 수록된 벗들의 시를 읊조리는 일이 세상에서 가장 진솔한 일상이라고 강조하였다.

소박한 삶을 즐긴 그는 특별히 차를 즐긴 선비이기도 했다. 이는 〈석헌石軒 선생의 시운을 차운하여 신도信道 승려에게 주다[次石軒先生韻贈信道上人]〉라는 시에서 확인할 수 있다. 그 내용은 이렇다.

산중의 적막 하나를 실어 와서
골짜기 밖 온갖 번잡함을 물리쳤네
순경봉(唇慶峯) 아래
강천의 푸른 물가에서
바람을 타던 열자를 사모하고
해를 쫓던 과보(夸父)를 가엾게 여기네
나 또한 세상의 근심을 씻고자 하니
몇 잔 차를 나누어 주게나

山中輸一寂 谷外謝千譁 唇慶靑峯下 剛泉綠水涯

御風閒慕列 逐日苦憐夸 世慮吾要滌 分渠數椀茶

적寂은 고요한 마음 상태를 말한다. 과보夸父는 해와 경주를 하다가 지치고 목이 말라 죽었다는 신화 속의 인물이다. 이는 신도 스님이 난마처럼 얽힌 세상일에 분주한 속인들을 가엾게 여긴 수행자라는 말이다. 신도 스님이 산중에서 적막을 실어와 '골짜기 밖 온갖 번잡함을 물리쳤다'는 것이니 유불儒佛 교유의 상보相補란 이처럼 또렷했다. 따라서 그는 속진을 씻기 위해 걸명乞茗한 것이니, 차는 예나 지금이나 세상의 근심을 풀어주는 매개물임이 분명하다. 이뿐만이 아니다. 그는 〈석존 탄신일에 짓다[釋奠日作]〉에서 이렇게 말한다.

고인의 실덕(實德)을 존경하여

지금에도 중한 이름, 널리 퍼졌네

공손히 제육(祭肉)과 술을 받으니

오래도록 성령의 은혜를 입었네

古人尊實德 今世重浮名 拜受膰兼酒 春秋荷聖靈

석가의 탄신일에 제육과 술을 받고 석가의 은혜를 입었다고 한 점에서 그의 불교에 대한 시각을 어느 정도 짐작할 수 있다. 그의 또 다른 시 〈석견釋堅 승려에게 주다[贈釋堅上人]〉에는 '자주 속진에 사는 나를 찾아 와[頻尋塵裏榻], 시축에 글을 요구했네[要就軸中篇]'라는 표현이 있어 당시 승려들이 그의 글을 구하고자 했던 정황을 확인할 수 있다. 그런데 공무에 분주한 상황에서도 그는 이런 청을 거절하지 않았다.

내 행차 다급히 한양으로 향하고

그대 자취 호수 그림자에 편향되었지

허겁지겁 지은 시 팔구로

다른 곳에 있던 날을 서로 기억하리

洛渙吾行急 湖那爾跡偏 囱囱詩八句 相憶在他年

이렇게 그가 많은 승려들의 시축에 남긴 시문은 오래도록 세상에 회자될 것이다. 이뿐 아니라 그와 승려들의 교유에 중요한 매개는 시와 차였다는 사실도 이를 통해 알 수 있었던 셈이다.

천문, 지리, 율력律曆, 의학에도 정통했던 그는 정철鄭澈, 변성온卞成溫, 기효간奇孝諫, 조희문趙希文, 오건吳健 같은 제자들을 길렀다. 저서로 『하서집』, 『주역관상편周易觀象篇』, 『서명사천도西銘事天圖』, 『백련초해百聯抄解』 등을 남겼다.

면앙정 송순

俛仰亭 宋純

　　　　　　　조선중기 호남의 가단歌壇을 이끈 면앙
정 송순(1493~1582)은 담양 출신으로 거문고를 잘 타는 풍류객
일 뿐 아니라 음률에도 밝았던 인물이다. 자는 성지誠之, 수초遂初
이며, 면앙정 외에 기촌企村이라는 호를 썼다. 1552년 면앙정을
중창하여 호남 제일의 가단歌壇을 형성하였으니, 당시 이곳에 모
인 인사들이 기대승奇大升, 임제林悌, 김인후金麟厚, 임억령林億齡, 박
순朴淳, 고경명高敬命 같은 사대부들이다. 특히 기대승은 〈면앙정
기〉를 썼고 임제는 부賦를 지어 고상한 면앙정의 아취를 세상에
알렸다.

　　송순이 처음 벼슬길에 오른 것은 1519년 별시문과에 급제한
후이다. 그는 승문원권지부정자에 제수된 이래 사간원정언에 오
르는 영광을 누렸지만 김안로가 득세하자 벼슬을 버리고 낙향하
여 면앙정을 지었다. 특히 그가 여기에서 지은 〈면앙정가俛仰亭歌〉
는 정철의 〈성산별곡〉 및 〈관동별곡〉에 막대한 영향을 미쳤다고
한다. 한편 그는 김안로가 죽은 후에야 다시 홍문관 부응교에 올
랐다. 이어 사헌부 집의에 제수되고 사간원 대사간에 오르는 등

요직을 거쳤다. 그러나 1542년경 윤원형으로 인해 전라도관찰사로 좌천되었다. 한 때 『중종실록』을 편찬했고 1550년에는 대사헌과 이조참판에 제수되었다가 서천으로 유배되었으며, 이듬해 해배되었다. 1568년 한성부좌윤으로 『명종실록』 편찬에 참여하였다. 의정부 우참찬에 제수된 후 모든 벼슬을 사양하고 고향으로 돌아가 은일隱逸하였다.

후일 그가 뜻이 맞는 시인묵객들과 어울려 면앙정가단을 형성한 일은 호남의 성산가단星山歌壇이나 영남을 중심으로 형성된 경정산가단敬亭山歌壇, 노가재가단老稼齋歌壇보다 앞선 것이다. 특히 면앙정가단은 사대부 출신의 문인가객들로 구성되었던 반면 경정산가단이나 노가재가단은 전문 가객들이 중심이 된 가단이라는 특징을 보인다.

아무튼 송순은 자연을 예찬하는 작품을 지어 조선 시가문학에 기여한 공이 컸다. 더구나 호기로운 기상을 지녔던 그는 품 넓은 재상으로도 이름이 높았다고 하니 다투어 자신의 시축에 제발題跋을 받고자 하는 승려들이 어찌 없었으랴. 그러므로 교유했던 석희, 지천, 팔환 스님들, 그리고 백암사白巖寺 쌍계루雙溪樓에서 포은 정몽주의 시에 차운한 시를 남겼을 터이다. 먼저 그가 석희石熙 스님의 시축에 쓴 〈차석희상인시축次石熙上人詩軸〉을 살펴보면 다음과 같다.

> 번다하지 않은 음식, 몸을 지탱할 뿐
> 제호를 내치니 이미 본성이 가득 차네
> 담박한 마음으로 돌아가니 아름답고 추함도 없으며
> 텅 빔을 배우니 사생도 끝없어라
> 아득한 현(玄)의 빗장을 여니 현상에 매이지 않고
> 신령한 구슬을 닦자 맑고 원만함이 드러나네
> 공부 끝나자 바야흐로 오묘한 이치와 통하니
> 이 등불, 밝음이 사라졌다 말하지 말라
>
> 飮食無煩支外形 醍醐散性已爲贏 心歸淡泊空姸醜 學向虛無盡死生
>
> 玄鍵遙開臨罔象 靈珠曾拭見圓淸 工夫了底方通妙 莫道玆燈有滅明

석희 스님에게 준 이 시에는 송순의 불교관이 어느 정도 드러났다고 할 수 있는데, 특히 '번다하지 않은 음식 몸을 지탱할 뿐, 제호를 내치니 이미 본성이 가득 차네'라고 한 대목이 그렇다. 절제와 검소를 실천하는 수행자는 최소의 음식으로 몸을 지탱하는 법이다. 그러므로 맛 좋은 제호를 멀리하여 절제함으로써 탐욕이 사라진 본성으로 가득한 마음 상태를 알고 있었던 것이다. 더구나 '신령한 구슬을 닦자 맑고 원만함이 드러나네, 공부 끝나자 바야흐로 오묘한 이치와 통하니'라고 하였으니 신령한 구슬은 마니주가 아닌가. 본래 청정한 마음에 낀 오탁을 닦아 맑고 원만함이 드러난다는 말은 바로 불교의 수행론을 말하고 있는 것이다. 결국 오묘한 이치에 통달한 경지라면 유무의 분별이 이미 사라지는 지경에 이른 것을 말하니, 어찌 등불은 늘 밝지 않으랴. 이뿐만이 아니다. 그가 도리사 승려에게 준 〈제도리사승시축題桃李寺僧詩軸〉에서는 속진에 물들지 않은 도리사 승려의 진면목을 그렸는데, 2수首 중 첫 수를 살펴해 보면 다음과 같다.

> 멀리 천봉으로 옮겨 돌 사립문 닫으니
> 한 티끌 먼지도 스님에겐 이르지 않네
> 새 울자 떨어지는 꽃, 한가한 일에 빠졌으니
> 다리 밖 드문드문 오는 객, 무슨 방해가 되랴
>
> 超遷千峯掩石扉 一塵曾不到禪衣 鳥啼花落渾閑事 橋外何妨客到稀

천봉은 수많은 산봉우리가 있는 깊은 산중을 말한다. 바로 도리사가 있는 곳이다. 이곳은 수행에 부지런한 승려가 사는 곳, 세속의 먼지 하나도 이르지 않는 암자다. 더구나 도리사에서 공부하는 스님은 도가 높아 수행의 열락에 흠뻑 빠져 있으니 그의 이런 경지를 방해할 이 누구인가. 그러므로 '다리 밖 드문드문 오는 객, 무슨 방해가 되랴'라고 한 것이다. 또 〈제도리사승시축〉

제2수에서는 수행자의 걸림 없는 삶을 이렇게 노래했다.

> 가을 달, 봄꽃 피는 세월을 기억하지 못하고
> 다만 원숭이, 학을 따라 깊은 산 속에서 늙네
> 한적한 마음, 날마다 상재하는 구름과 함께하니
> 다른 산에 신선 있다는 게 미덥지 않네
> 秋月春花不記年 只隨猿鶴老巖前 閒心日與雲相在 未信他山更有仙

　도리사 승려는 공의 이치를 터득한 수행자인 듯하다. 그러기에
'가을 달, 봄꽃 피는 세월을 기억하지 못하고 다만 원숭이, 학을
따라 깊은 산 속에서 늙네'라고 했을 것이다. 결국 시간과 공간
의 한계를 초탈한 경지, 바로 도리사 승려의 모습이다. 송순은
강호의 사백詞伯이었으니 절로 이런 경지를 물 흐르듯 그려냈다.
따라서 그의 높은 시격, 이름이 높았으니 이 향내 따라 그를 찾
았던 승려가 많았던 것이다.

　그가 영통사에 머물 때 벽에 남아 있던 권근權近(1353~1409)의
시를 읽었던가 보다. 홀연히 일어나는 시흥詩興을 감당할 수 없어
서 〈영통사에 머물며 양촌 권근이 벽에 쓴 시를 차운하다[宿靈通寺
次權陽村揭上韻]〉라는 시를 지었다.

> 너의 한가함을 훔치려 가을 숲을 찾았더니
> 곧은 회나무와 이리저리 굽은 덩굴, 서로 그늘을 드리웠네
> 계곡을 감싼 듯 중첩된 바위, 돌아도 끊이지 않고
> 감아 도는 계곡을 건너 들어가자 더욱 깊어라

다리 주변 옛일, 찾아도 흔적조차 없지만
벽 위의 아름다운 시는 지금까지 전해지네
승방의 창가에서 밤 달을 보려 하니
실없이 일어나는 벗 생각, 홀연히 가라앉네

偸閒偶爾訪秋林　脩檜盤蘿互結陰　護谷重巖回不斷　縈溪一逕入猶深

橋邊舊事尋無處　壁上佳詩傳至今　擬借僧窓看夜月　無端雲樹忽平沈

　　그의 이 시에는 '절 앞에는 흙다리의 옛 흔적이 있다[寺前有土橋
舊跡]'는 부제가 붙어있다. 개성 부근에 위치했던 이 사찰에는 흙
다리가 있었던 듯하다. 하지만 송순이 영통사에 머물 당시에는
이미 다리는 없어지고 그 흔적만 남아 있었다. 무엇보다 그에겐
권근의 시에서 느끼는 감동이 컸을 터이다. 또한 기묘사화의 언
저리를 경험했던 그가 정변에 희생된 벗들의 시를 보곤 그 슬픔
을 견디지 못하는 자신의 모습을 다음과 같이 노래했다.

　　해를 가린 부운, 거두었다 다시 흩어지지만
　　향기로운 난초를 일시에 시들게 할 수 있네
　　인간 세상에선 여향을 찾기 어려웠는데
　　우연히 선가에 떨어진 구슬을 줍누나
　　봄풀은 몇 번이나 푸른 네 무덤을 지났던가
　　머물 곳 없는 벗의 마음, 외로운 몸에 의탁했네
　　손 때 묻은 글씨 펴보니 줄줄 눈물이 흘러
　　공(空)에 의지한 고승, 한동안 나를 기이하다 여기리

蔽日浮雲卷復敷　能敎蘭蕙一時枯　難從人世尋餘臭　偶向禪家拾落珠

春草幾回靑四塚 舊懷無處托孤軀 奉披手澤潸然淚 空取高僧久怪吾

송순은 기묘사화에 희생된 유학자들의 슬픈 내력을 이렇게 토
로하기도 하였다.

> 이웃의 승려 지천(智泉)이 시축을 옷소매에서 꺼내 보여주었다. 서
> 계(西溪) 남수(南趎)가 첫머리에 일률을 지었고 눌재(訥齋) 박사씨(朴
> 師氏)와 경앙(景仰) 최산두(崔山斗)가 그 다음에 시를 썼으며, 형중(亨
> 仲) 윤구(尹衢)가 서문을 지었는데 네 공은 모두 만나지 못하고 죽
> 었다. 지금 그 글씨를 보니 완연하여 어제와 같았다. 얼마간 펴보
> 다가 슬픈 마음을 이기지 못하고 그 운(韻)으로써 슬픔을 드러냈다.
> 최공 산두는 사인(舍人) 벼슬을 하였고 호는 신재(新齋)이며 광양에
> 살았다. 윤구는 벼슬이 교리였고 호는 율정(橘亭)이며 해남에 살았
> 는데 모두 기묘사류들이다.
>
> (隣僧智泉袖一軸開示 南西溪趎 首題一律 朴訥齋師氏與崔景仰山斗 次其韻 尹亨
> 仲衢 作序文 四公皆不遇而逝 今見手跡 宛然如昨 披展良久 不勝愴懷 用其韻以敍
> 悲 崔公山斗 官舍人 號新齋 居光陽 尹公衢 官校理 號橘亭 居海南 皆己卯士流)

1519년에 일어난 기묘사화는 많은 사람들이 희생된 사화로 송
순이 별시문과에 급제한 해에 일어났다. 당시 연산군을 폐하고
왕위에 오른 중종은 신진사류인 조광조 등을 등용, 대의명분을
중시하는 정치질서를 회복하고자 하였으나 훈구파인 남곤南袞, 심
정沈貞, 홍경주洪景舟 등의 간교를 피할 수 없었다. 바로 지천 승려
의 시축에 이름을 올렸던 이들의 자취를 보곤 왈칵 눈물을 쏟았

던 송순이었다. 난세의 격랑을 지켜본 그가 면앙정에서 음풍월로 세월을 낚은 건, 어찌할 수 없는 시절의 선택이었으며 그가 남긴 가사에는 고초로 얼룩진 역사의 그늘이 배여 있다. 그가 면앙정에서 남긴 수많은 시문은 『면앙집』에 실려 있다.

모재 김안국
慕齋 金安國

　　모재 김안국(1478~1543)은 김굉필金宏弼
의 문인으로, 조광조와 함께 도학에 밝았던 인물이다. 자는 국경國
卿이며 호를 모재慕齋라 하였다. 저서로 『모재집』, 『모재가훈慕齋家訓』
을 남겼으며, 사림파의 선구자로 지극한 정치[至治]를 표방하였다.
1503년 별시문과에 합격한 후 승문원에 등용된 이래 박사, 부수
찬, 부교리 등을 역임하였다. 1517년 경상도관찰사로 부임할 때
향교마다 『소학』을 권했다고 하니, 이는 어린 시절 『소학』을 읽었
던 감동과 관련이 깊었던 듯하다. 『국조인물고』에 이와 관련한 기
록이 보인다.

　　공은 7세에 이미 글을 읽을 줄 알았는데, 『소학』의 '효성스럽도다,
　　민자건(閔子騫)이여!'라고 한 장구(章句)의 대목에 이르러 말하기를
　　'나는 마땅히 이것으로써 법을 삼을 것이다'라고 하였다.

　　어린 시절부터 효에 대한 관심이 컸다는 것을 알 수 있다. 특
히 자신의 호를 모재慕齋라 한 것은 부모에 대한 사모의 정과 효

심이 지중했기 때문이다. 그리고 교화 사업에도 힘써 『이륜행실
도언해二倫行實圖諺解』, 『여씨향약언해呂氏鄉約諺解』, 『정속언해正俗諺解』
등을 간행 보급하고, 『벽온방辟瘟方』, 『창진방瘡疹方』 등 병을 치료
하는 책을 편찬하여 백성의 실생활에 도움을 주고자 하였다. 늘
도학 정치를 실현하고자 했던 그는 참찬으로 임명되던 해인
1517년에 기묘사화가 일어나 조광조 등 소장파 명신들이 참화를
당할 때 겨우 화를 면하고 파직되어 고향 이천으로 돌아가 후학
을 양성한다. 여주 천녕川寧 가에 작은 초정草亭을 지어 범사정泛槎
亭이라 불렀고 당명堂名을 팔이당八怡堂이라 하였다. 이곳을 찾는
사람이 술을 싣고 오면 그가 누구든 가리지 않고 함께 즐겼다고
한다. 이렇게 은일을 즐기고 후학을 양성하던 그가 다시 등용된
것은 1532년이다. 예조판서는 물론 좌참찬, 대제학, 찬성 등 높
은 관료로 임명되어 비교적 순탄한 벼슬길에 올랐다.

무엇보다 그는 경악經幄과 서연書筵에서 시강侍講할 때에는 성리

학性理學을 주로 하여 간결하고 유순하게 끝까지 관철시켰으므로, 임금이 허심탄회하게 받아들였다고 한다. 특히 그는 역수易數에 깊이 들어가 심오한 이치를 탐색하였고 천문天文·지리地理를 두루 탐구하여 널리 관통하고 막힘이 없었다고 한다.

그와 교유했던 승려들 중에는 그에게 제발題跋을 부탁하는 이들이 많았으니 이는 그가 시문에 밝았기 때문이다. 특히 일본 승려 붕중彌中과 교유했던 사실이 눈에 띄는데 『국조인물고』에 이와 관련된 기록이 있다. 기록에 따르면 '1511년에 일본 사신인 승려僧侶 붕중彌中이 내빙來聘하였는데, 공을 선위사宣慰使에 충원하자 예의를 갖추어 대우함이 체모를 얻었으며 또 시문詩文을 지어 서로 주고받은 것이 많았다'는 것이다. 그리고 "붕중이 대단히 추앙하고 복종하여 말하기를, '상국上國에 알현하고 이웃 나라에 빙문聘問한 것이 두세 번에 이르렀으나 공 같은 인물은 보지 못하였습니다'라고 하였다. 그가 하직하고 돌아갈 때는 눈물을 흘리면서 이별하기를 애틋하게 여겼는데, 이러한 일이 있은 뒤로 왜사倭使가 내조來朝하면 반드시 공의 안부를 묻곤 하였다"는 것이다. 김안국도 붕중을 위해 시를 지었으니 바로 〈차붕중상인청금운次彌中上人聽琴韻〉이다.

옛 뜻을 이에 오랜 안족(雁足)에 의거했지만
자주 속된 귀 기울여도 아직 희미하네
산골짜기 흐르는 물, 졸졸 메아리 치고
하늘가 오락가락한 구름, 자유자재 나는구나

古意仍將寄古徽 頻傾俗耳尙依俙 澗中流水淙淙響 天際閑雲自在飛

김안국의 이 시는 붕중의 〈거문고 소리를 들고[聽琴]〉라는 시를 차운하여 지은 듯하다. 붕중의 탄주 솜씨는 마치 산골짜기에 흐르는 물소리가 메아리를 치듯, 구애 없이 흘러가는 구름처럼 자유롭고 은근하였던 듯하다. 아마도 붕중과 그 자신을 백아와 종자기로 비견하여 지음知音의 우정을 나눈 사이로 상정했던 것은 아니었을까. 그 속내가 어렴풋하다.

　이뿐만이 아니다. 그는 수많은 승려들과 교유했는데 해인사를 방문한 그에게 시를 구하는 이들이 많았다. 취중에 문득 마음가는대로 써준 시는 이렇다.

> 눈 푸른 가야산 주인은
> 몇 년이나 산중에서 수행을 했던가
> 객이 이르자 문에서 맞이하며 말없이 웃는데
> 창창한 가야산, 계곡물 맑아라
> 산승은 나를 알고 나 또한 산승을 알지만
> 잠잠히 서로 보며 말없이 앉았네
> 가파른 언덕에 아름답게 핀 봄꽃
> 못에 비친 밤 달은 맑고도 고요해라
> 잠시 벼슬살이 고충을 피해
> 홍류동 동천을 찾았노라
> 조물주는 일각의 한가함도 싫어하는 듯
> 다시 산승에게 시편을 청하게 하네
> 잠시 선방을 빌려 턱을 괴고 졸다가
> 나를 잊은 후에야 곧 명해짐을 알았네

어느 곳의 노승이 와서 시구를 청하는가
내 말없이 이미 무연(無緣)을 말했네

倻山主人眼紺碧　山中幾年掛飛錫　客至迎門笑不言　倻山蒼蒼倻水綠

山僧知我我知僧　默坐相看話不應　巖畔春花開灼灼　潭心夜月照澄澄

暫逃簿領叢中苦　來訪紅流洞裏天　造物似嫌閒一刻　更敎山衲乞詩篇

禪窓暫借支頤睡　覺後忘吾正嗒然　何處老僧來索句　我無言說亦無緣

　가야산은 수많은 시인묵객이 찾았던 승경지다. 이곳에 위치한
해인사에는 선비들의 발걸음이 끊이지 않던 대찰이다. 김안국 또
한 이 경승지를 찾았다. 이곳의 승려들이 앞을 다투어 시를 구했
다고 한다. 그러므로 고단한 격무를 잠시 쉬고자했던 그에게 '조
물주는 일각의 한가함도 싫어하는 듯, 다시 산승에게 시편을 청
하게 하네'라고 하였다. 그의 여유와 넉넉함이 돋보이는 대목이
다. '가파른 언덕에 아름답게 핀 봄꽃, 못에 비친 밤 달이 맑고도
고요"한 가야산은 그의 말대로 동천洞天이었던 셈이다. 말없이 무
연無緣을 말할 수 있었던 김안국은 분명 불교의 참 원리를 알았던
선비였다.
　그가 장흥사의 사미승 신인信仁을 위해 쓴 시에는 서정적인 여
유와 해학이 넘친다. 이 시를 쓰게 된 연유에 대해 그는 '장흥사
에서 놀다가 돌아가려는데 마침 가랑비가 내렸다. 사미 신인이
또 종이를 가져와서 가는 길을 막으며 시를 구했다. 부담 없이
쓴다[遊長興寺　欲還適小雨　沙彌信仁　又持紙遮行索　戲書]'고 하였다. 그 내용
을 살펴보면 다음과 같다.

선방에서 차 마시기 끝내고 돌아가려 하니
쏴아 맑은 바람 불고 가랑비가 내리네
길손을 잡으려는 산의 뜻을 뉘 알랴
시를 청하는 사미승만이 알았으리라

禪窓茶罷客將歸 颯颯淸風細雨霏 山意欲留誰得會 乞詩僧亦解山機

장흥사 선방은 그와 교유했던 승려와 아름다운 유불의 교유가 무르익는 곳, 이들의 고담高談은 차향 속에서 더욱 깊게 피어났을 것이다. 조선전기는 고려의 차 문화 유습이 남아 있었던 시기다. 이 무렵 차 문화를 주도했던 것은 사원의 승려들이었다. 더구나 사미승까지도 문기文氣 있어 김안국에게 시를 청했던 시절이었다.

이어 그가 사운思雲 사미에게 써준 시에도 차가 나온다. 〈장흥사 사미 사운思雲에게 주다[贈長興寺沙彌思雲]〉를 보자.

비온 뒤 활짝 핀 작약
사미승이 월중차를 달여 권하네
화려한 비단 휘장 아래 양고주가
선방의 차와 견주면 무엇이 나을까

芍藥來看雨後花 沙彌烹勸月中茶 羊羔華屋圍紅粉 較與禪房味孰多

작약은 5월의 꽃이다. 초여름이 막 시작되면 작약이 핀다. 그런데 사미승은 월중차를 달인다. 물론 그가 즐긴 차는 햇차였을 것이다. 선방의 아취는 작약보다 고상하고 맑은 차에 있었던 터이다. 한편 그가 현중玄仲 승려를 위해 쓴 시에서는 허탄한 속세의 삶과 속기를 벗어난 승려의 삶을 선명하게 대조했다. 〈현중玄仲 승려에게 주다[贈玄仲上人]〉는 이렇다.

더러운 길에 잘못 떨어져 허망한 이름 쫓았더니
남가의 미몽을 어느 때나 깰까
삼생이 청산의 빚을 아직 갚지 못했는데
천장의 허공에 백발만 남았네
붕새의 길, 진실로 뱁새가 원하는 것 아니니
춘(椿) 나무의 봄을 어찌 여치나 하루살이 나이로 짐작하랴
다른 해에 만일 다시 만나길 약속한다면
깊고 그윽한 숲, 맑은 바람 웃으며 맞으리

誤落塵途逐浪名 南柯迷夢幾時醒 三生未償靑山債 千丈空餘白髮莖

鵬路固非鷦鷯願 椿春寧數螻菌齡 他年倘許重逢約 林壑淸風一笑迎

1514년에 왕의 명으로 송도에 갔던 그는 무더운 장마철의 더위를 피하려고 송도에 위치한 광명사에서 집무를 본 적이 있었다. 쌓인 문서와 하루 종일 씨름하던 중에 현중 스님이 찾아왔는데 현중은 준수한 용모에 눈 푸른 납자였다. 그의 말을 듣고 피로를 잊은 건 김안국이다. 바로 붕새는 현중일 것이며 자신은 뱁새에 비유하였다. 이뿐만 아니라 1600년을 살았던 춘 나무의 나이와 하루살이를 비견하였으니 이는 수행자와 속인의 삶을 대비적으로 말한 것이리라.

우정 김극성
憂亭 金克成

        정치·사회적으로 혼란한 시기에는 삶의 기준도 바로 세우기 어려운 법이다. 한 치 앞을 예측할 수 없는 상황에서는 생존만이 더욱 또렷한 목적이 되기 때문이다. 그러므로 이런 시절을 살아가야 하는 사람들은 혹 시류에 동조하여 부귀영화를 누리하거나 아니면 의리명분을 중시하여 스스로 당면한 현실의 어려움을 몸으로 겪어낸다. 하지만 인과론적인 역사의 패턴은 일시적인 부귀란 결국 화무십일홍花無十日紅일 뿐이며, 의리를 실천한 이만이 오래도록 길이 남을 명예를 얻었다는 점이다.

    우정 김극성(1474~1540)의 자 성지成之이며, 호는 청라靑蘿, 우정憂亭이라 하였다. 『우정집憂亭集』을 남겼던 그는 혼란기를 살았던 인물이다. 잇달아 일어난 사화士禍로 인해 국정은 문란했으며 오랑캐의 침입과 왜구의 침탈 또한 이 시대에 상존하는 위기였다. 실로 내우외환內憂外患이 겹친 시기였던 셈이다.

    이런 상황에서도 늘 근신과 절제를 통해 높은 벼슬에 올랐던 그이지만 처음 생원시에 급제한 해는 1496년이다. 2년 후인 1498년 별시 문과에 장원한 후 전적典籍에 임명되어 종학사회宗學司誨를 겸

했고, 1500년 서장관으로 명나라에 다녀왔다. 그가 헌납憲納으로 봉직할 때 폭군 연산군에게 충간忠諫했던 일은 그의 성정이 어떠했는지를 드러낸다. 『국조인물고』를 살펴보면 다음과 같다.

연산군이 죄가 아닌 것을 가지고 심순문(沈順門)을 죽이고자 하여 군신(群臣)들에게 물었지만 모두 감히 이의를 제기하지 못하였다. 공이 대사간(大司諫) 성세순(成世純)에게 이르기를 '간관(諫官) 벼슬로서 죄가 없는 사람이 죽는 것을 보고도 말을 하지 않는다면 한갓 몸을 아낄 수는 있겠지만 맡은 임무를 저버리는 것이니 어찌 하리오'라고 말하자, 좌우에서 아무 말을 못하였다. 어떤 사람이 말하기를 '심순문과 같이 죽으려는 것은 무익한 일이다'라고 하였다. 공은 성세순과 담소하며 태연하게 말하기를 '죽고 사는 것은 큰일이다. 각각 그 뜻에 맡기는 것이 좋다. 오늘 먼저 죽을 자는 아마도 우리 두 사람일 것이니 어찌 다른 사람에게 누가 되리오'라고 하였다. 드디어 심순문의 억울한 정황을 아뢰었다. 연산군이 듣지는 않았으나 (그에게) 죄를 내리지도 않았다.

(燕山欲以非罪殺沈順門 問群臣皆莫敢異辭 公謂大司諫成世純曰官以諫爲名 見人死無罪而不言 縱愛身奈負職何 左右黙黙 或曰必與順門同死無益 公與世純談笑自若曰死生大矣 各任其志可也 今日先死者必吾兩人 豈累他人 遂白順門寃狀 燕山雖不聽 亦不之罪累)

이 글에 따르면 김극성은 폭군이었던 연산군 앞에서도 자신의 소신을 말할 수 있었던 충신이었다. 그러므로 연산군은 그의 말을 수렴收斂하지는 않았지만 벌을 주지도 않았으며 여러 번 자리를 옮겨 병조정랑兵曹正郎, 의정부사인議政府舍人에 임명했던 것이다.

1506년 중종반정에 가담했던 그는 분의정국공신奮義靖國功臣 4등에 녹훈되어 장악원정掌樂院正으로 임명된다. 그가 관료로서 백성의 신망을 한몸에 받았던 사실은 유배지에서 돌아왔을 때의 일로 알 수 있다. 그가 권신 김안로에게 미움을 받아 정광필鄭光弼과 함께 흥덕興德으로 유배되었다가 해배되었을 때, 도성의 부로父老들이 이마에 손을 대고 눈물을 흘리며 '다시 선인善人을 보게 되니 죽어도 한이 없다'라고 했다는 것이다. 그가 백성에게 보인 신망이 어느 정도인지를 짐작케 한다.

한편 그의 인품에 대해 『국조인물고』는 '풍모風貌는 풍후豐厚하고 빼어났으며 그릇이 크고 넓어 조화調和를 이루되 세속世俗에 흐르지 않았고, 침착 중후하고 간결 엄정하여 평상시에 몸가짐이 법도가 있었다'라고 하였다. 그의 품 넓은 포용력에 대해서도 '남의 과오를 발견했을 때는 가려 덮어 주기에 힘썼다. 비록 자제에게 실책이 있다 하더라도 반드시 부드러운 말로 타이르고 얼굴을 붉히는 일이 없었으며 사람을 접함에 있어 반드시 지성至誠으로 대했다'라고 하였다. 높은 벼슬에 올랐지만 늘 검소하게 살았던 삶의 일면에 대해서는 "어떤 사람이 그 집에 단확丹雘을 바르도록 권하였지만 '사치를 후손에게 전함은 상서롭지 못하다'라고 말했다"고 기록하고 있다.

그는 차를 좋아하여 수편의 다시茶詩를 남겼을 뿐만 아니라 승려들과도 격의 없는 교유를 나누었다. 특히 속리산의 숭崇 스님과는 막역한 사이였던 듯한데, 이는 숭 스님이 보낸 먹을 받고 쓴 〈숭崇 승려가 먹을 보냈기에 감사하며[謝崇上人惠墨]〉라는 시에서 확인된다.

누워서 휴식하는 건, 산문의 풍미이니
어찌 속인을 위해 편안히 머리를 드는가
늘 꿈속에서 천리 밖에 있을 그대를 생각하지만
조각구름 나를 가려 함께 놀지 못하네
이미 업신여겨 비웃음 많은 걸 부끄럽게 여기니
어찌 높은 벼슬 구하기를 도모할까
묵객이 깊이 경개(傾蓋)하는 벗이 되길 맹세했거니
다른 해 서울에서 서로 붙어 다니리
山門風味臥宜休 豈爲塵容穩擧頭 千里憶君常入夢 片雲遮我不同遊
已慙白眼多譏笑 何計朱門一品求 墨客盟深傾蓋友 他年京洛也相隨

그는 숭 스님이 수행하던 속리산을 찾았던 듯하다. 그가 찾아
오자 숭 스님은 산문의 풍미인 '누워서 휴식하는 것'을 포기한
채 '속인을 위해 머리를 들었다'는 것이다. 이들이 나눈 살가운
우정의 향기는 숭 스님이 보낸 먹에서도 묻어났으리라. 이에 화
답하여 '늘 꿈속에서 천리 밖에 있을 그대를 생각'했던 김극성이
었다는 점에서, 이들의 사귐은 유불의 경계를 허물고 속내 깊은
뜻을 공유했던 것이 분명하다. 따라서 이들은 분명 '경개傾蓋의
벗[友]'이었던 것이다. 경개傾蓋란 원래 양산을 기울인다는 뜻으로,
개蓋는 수레 위의 일산日傘을 말한다. 경개의 벗[傾蓋友]이란 잠시
만났더라도 오래 만났던 사람처럼 친하다는 의미로, 이들의 교유
의 깊이를 바로 드러낸 말이다. 이뿐 아니다. 그가 숭 스님에게

써준 〈속리산 숭崇 승려에게 보이다[俗離山示崇上人]〉라는 시에는 그가 불교의 원리에도 정통했던 관료였음을 드러내는 내용들이 포함되어 있다.

바쁜 홍진 속 나그네 길 분주한데
아름다운 경치 더듬어 산당에 이르렀네
낭떠러지 위태로운 돌, 떨어질 듯하고
산꼭대기 늙은 노송, 넘어지지 않네
홍진의 객, 선승에게 법주(法住)를 들으니
문을 나와 문장대를 바라보네
산중에 좋은 것, 산승이 다 말하지만
환하고 기이한 전기, 정말로 상서롭구나

袞袞紅塵客路忙　爲探佳景到山堂　懸崖巨石危將墮　絶頂孤松老不僵

入塵對禪聞法住　出門矯首望文藏　山僧說盡山中好　灼灼奇傳信可詳

그가 찾은 속리산엔 문장대가 있다. 홍진 속에 분분했던 그가 아름다운 산경山景을 더듬어 암자에 올랐던 것. 하지만 암자로 가는 길은 '낭떠러지 위태로운 돌 떨어질 듯하고, 산꼭대기 늙은 노송 넘어지지 않는' 숨 막힐 듯 아름다운 승경지였다. 더구나 세속의 미몽迷夢을 헤매던 그가 숨을 몰아쉬며 올랐던 산당山堂에서 들었던 법주法住란 바로 진여眞如의 미묘微妙한 이치理致가 반드시 일체一切 만유萬有 가운데 있다는 소식이었던 것이다.

또한 그와 알고 지냈던 학연學然이란 승려는 효행이 돈독했던 듯하다. 이런 사실은 〈승려에게 주다[贈僧]〉에서 드러나는데 그 내용은 다음과 같다.

절에도 드물게 효를 숭상하는 이가 있으니
승려의 호는 학연이라
배움은 도를 밝히는 것이고
효는 능히 이치에 이르게 하네
삼천대천세계, 석장을 날리며
40년의 헛됨을 면했구나
명(名)을 생각하고 이에 의(義)를 살피니
어찌 시든 선을 할 수 있으랴

寺有扁崇孝 居僧號學然 學所以明道 孝能爲格天
飛錫三千界 逃空四十年 顧名斯顧義 何用作枯禪

기실 효행은 사람의 기본 도리이나, 출가 승려들에겐 강조되는 윤리관이 아니다. 하지만 학연은 효를 실천했던 승려였다. 효를 중하게 여긴 김극성은 학문은 도를 밝히는 일이며 궁극의 이치에 도달한 삶은 효를 실천하는 일이라고 인식했던 것이다. 그러기에 학연의 40년 수행이 헛되지 않았다고 하였다. 아울러 학연은 명名과 의義를 살핀 승려라는 점에서 실질적인 선, 살아있는 선을 실현했던 승려라고 평가한 것이다. 이밖에도 설雪과 준俊 승려에게 남긴 〈증설준사贈雪俊師〉에서도 그가 불교의 이치에 어둡지 않음을 드러냈는데, 5수首 중 먼저 제4수를 보면 이렇다.

탑을 세우는 건, 승려의 지엽적인 일이고

벽곡(辟穀)은 행실 중에 작은 일이라
두 승려, 법을 전하니
석종(石鐘)에 이묘(二妙)를 감췄네

建塔僧之末 辟穀行之小 兩僧傳一法 石鐘藏二妙

제5수는 다음과 같다.

다른 사람의 반나절 한가함을 훔쳐서
모든 불장(佛場)을 보았네
더러운 옷 털지 않아도
텅 빈 하늘, 코로 향기를 맡누나

偸他半日閒 得見諸佛場 衣塵未拂去 空聞鼻觀香

그의 말처럼 탑을 세우거나 벽곡을 하는 건 지엽적인 일이다. 특히 그에게 법을 전해준 이는 설 스님과 준 스님이었던 것이다. 그러므로 수행자의 한가함을 훔쳐 모든 불장을 보았으며 속진을 떨지 않고도 온 천지에 퍼져있는 불향佛香을 맡았다. 그러므로 그는 승속불이僧俗不二의 경계를 알았고, 이를 실천했던 선비라 하겠다.

제3부

조선 전기의 유학자들

삼탄 이승소   경재 하연

보한재 신숙주   용헌 이원

삼탄 이승소
三灘 李承召

　　　　　　　　조선전기의 문인으로 서거정(1420~
1488)과 쌍벽을 이뤘던 이승소(1422~1484)는 김수온(1410~1481),
강희맹(1424~1483), 김종직(1431~1492)과 함께 조선을 대표하는
문장가다. 자는 윤보胤保이고, 삼탄三灘이라는 호를 썼다.
　17세의 나이에 진사시에 합격한 후 식년문과에 장원급제하였
고, 집현전부수찬集賢殿副修撰에 임명되었다가 얼마 후에 응교應敎로
승진되고 여러 관직을 거쳐 이조와 형조의 판서, 좌·우참찬을 역
임하였다. 그가 외직인 충청도관찰사로 부임하여 병이 나자 임금
(세조)이 친히 약을 하사할 정도로 신임을 받았다.
　특히 예악禮樂뿐 아니라 병법에도 능했던 그는 율律·역曆에도 밝
았다. 높은 벼슬에 올랐지만 늘 청렴했다고 한다. 그의 임금을
향한 충심衷心 또한 대단했던 듯한데 이는 『국조인물고』에 다음과
같이 소개되어 있다.

　성종 2년(1471) 왕께서 세 대비를 위해 잔치를 베풀었다. 당시 여
　러 종신(宗臣)들과 재상을 불러 술과 음악을 하사했다. 주흥(酒興)이

고조되자 왕은 친히 '태평한 오늘은 취해도 좋으리[昇平今日醉無妨]' 라는 한 구절을 내려 여러 신하들에게 화답을 청했다고 한다. 당시 예조판서 이승소는 즉석에서 '임금님과 신하들이 한자리에 모이셨 도다[魚水相歡共一堂], 예로부터 편안할 때엔 위태로움을 잊지 말라 경계하였으니[安不忘危古所戒], 다시 굳은 뿌리에 왕업이 매였음을 생 각하리[更思王業繫苞桑]'라고 하였다.

그의 화답시에 나오는 '천하가 모두 태평할 때 늘 위험을 생각 한다[安不忘危]'라는 말은 본래 『역경易經』에 있는 말이다. 나라의 위 태로움은 어려울 때 일어나는 것이 아니라 오히려 태평성대를 누 릴 때 싹튼다는 것을 경계한 말이다. 성종은 태평성대를 구가하던 임금이었다. 임금과 신하가 함께하는 즐거운 연회에서 성종의 호 기는 한번쯤 웃음으로 넘길 수 있었던 분위기였으련만, 이승소의 화답은 폐부를 찌르는 직언直言이었던 셈이다. 아마도 성종은 포용 력이 있는 성군이었기에 그의 쓴 소리를 유쾌하게 들었을 것이다. 실로 태평성대는 성군과 현신이 함께 만드는 시대의 하모니 (harmony)인 셈이다.

한편 그가 살던 시대는 성리학이 대세를 이룬 때였다. 그러므 로 불교는 위축될 대로 위축되었다. 세조 때 간경도감을 설치하 고 불경을 간행했지만 불교의 영향력이 다시 살아난 것은 아니었 다. 척불론斥佛論이 대세를 이뤘던 시대이기에 그 또한 해불害佛(불교 가 풍속에 미친 악영향)을 논하는 글을 지었을 것이다. 불교의 위축은 이미 조선 건국 때부터 예견된 일이었다. 15세기 말이면 산사를 찾아 차를 나누던 풍습도 점점 줄어들고 실제 차를 즐기는 문인의 수도 점차 줄어들기 시작하던 때다. 하지만 이승소가 표면적으로는 해불론을 짓기는 했지만 이는 대외적인 명분이었을 뿐이며, 승려들과의 교유까지 단절했던 것은 아닌 듯하다. 이는 그의 『삼탄집』에 수록된 수편의 시문에서도 확인된다. 우선 그와 교유했던 일암전—菴專 장로에게 준 〈증일암전장로贈—菴專長老〉를 감상해 보자.

> 백 년의 번뇌를 떨쳐 버리고
> 깊이 일미선에 들었네
> 몸이 한가하니 응당 늙지 않을 것이고
> 고요한 마음엔 졸음조차 없으리
> 대바구니 속엔 약[차]을 말리고
> 차 솥엔 흰 눈(雪)으로 (차를) 달이네
> 제일 가련한 건 속세의 객이
> 항상 몸이 얽매여 애쓰는 것이라
> 抖擻百年累 深參一味禪 身閑應不老 心靜更無眠
> 藥料笁籠曬 茶鐺雪水煎 最憐塵世俗 役役常在纏

그와 오랫동안 교유했던 일암전 장로는 '백 년의 번뇌를 떨쳐 버리고, 깊이 일미선에 들었던' 승려라는 것이다. 일암전 스님의 수행 경지를 드러냈다. 이뿐 아니라 이승소는 일암전 승려와 어떤 교유를 나누고 있었는지를 같은 시에서 다음과 같이 밝히고 있다.

누항에서 가끔 서로 지나쳤는데
포단에서 좌선하는 그대에게 물었지
현관(玄關)의 선사는 이미 다 뚫었는데
화택의 나는 현재 졸고 있다네
또한 많은 술을 마시어도 괜찮겠거니
어찌 팔병(八餠)의 차를 달일 필요가 있는가
오롯이 대도를 통하였으니
티끌세상 얽매임을 벗어 던졌네

陋巷時相過　蒲團坐問禪　玄關師已透　火宅我方眠

且可百壺飲　何須八餠煎　陶然通大道　脫下塵網纏

　일암전 승려는 가끔 만나는 사이라지만 서로의 친분이 먼 것은
아니었다. 포단은 참선 수행할 때, 승려들이 사용하는 방석을 의
미한다. 바로 그가 포단에서 수행하는 일암전 승려에게 선을 물
었다는 말이다. 이처럼 그 또한 세속을 벗어나고자 했지만 일암
전 승려는 현관을 다 뚫어버린 수행자인 반면 자신은 아직도 미
몽에서 졸고 있는 속한(俗漢(보잘것없는 사람))일 뿐이다. '고요한 마음엔
졸음조차 없으리'라던 선승 일암전 승려는 당대의 문장가 신숙주,
서거정, 성삼문과도 깊이 교유했으며, 이들의 유불교유를 이끈 징
검다리는 차와 시, 그리고 술이었다는 점이 흥미롭다.
　한편 이승소는 당대의 이름난 학자답게 불교의 교리에도 밝았
다는 것을 알 수 있는데, 이는 〈그림 족자에 제하여 승려에게 주
다[題花簇贈僧]〉에서 드러난다. 그 내용은 이렇다.

나무에 한가한 꽃, 눈의 흰빛 훔쳤는데
짝을 지어 깃든 아름다운 (새) 깃엔 검붉은 빛 물들었네
곁에 있는 사람들 모두 그림을 보며
원래 색(色)이 바로 공(空)한 줄을 모르누나

一樹閑花偷雪白 雙棲錦羽染猩紅 傍人盡作丹靑看 不悟從來色是空

화족花簇은 그림 족자를 말한다. 그와 교유했던 승려에게 준 그림 족자엔 두 쌍의 새가 깃든 그림이 있었던 듯하다. 세속에 사는 사람은 누구라도 그림 속의 아름다운 색깔이 원래 공하다는 것을 아는 이가 드물다는 것이다. 원래 만물의 일체 현상을 불교적인 관점에서 보면 모두 공空한 것이다. 그러므로 그림이라는 시공간, 그리고 형상을 드러낸 그림 족자는 그저 인연의 결과일 뿐 흩어지면 없어지는 세계라는 것이다. 이뿐만 아니다. 그의 〈통通스님 허곡[通上人虛谷]〉이라는 시는 그가 얼마나 불교에 밝은 유학자인지를 분명히 드러낸다. 그 내용은 다음과 같다.

무유(無有)의 내력은 유(색)가 먼저이거니
무에 작용함이 천성을 온전히 하는 것이라네
진공은 두루 삼천대천세계에 가득 차 있거니
십이인연 잡된 망념, 다 사라졌네
마음은 옛 연못 같아 물결조차 일지 않고
지혜 또한 명경처럼 항상 원만하네
일 없이 계곡에서 한가로이 앉았으니
물이 허공 머금듯, 오히려 고요하구나

無有從來有有先　當無作用是天全　眞空遍滿三千界　妄念消磨十二緣

心似古潭波不起　智如明鏡體常圓　谷中閑坐無餘事　定水含虛更寂然

유무有無는 색色과 공空을 말하는 것이다. 『반야심경』에도 '색은 즉 공이며 공은 즉 색이라[色卽是空 空卽是色]'라고 하지 않았던가. 하물며 통通 승려는 수행이 높아 십이인연의 망상을 떨쳐낸 수행자란다. 그러기에 그의 경지는 '물이 허공 머금듯, 더욱 고요한' 듯 적멸寂滅의 세계를 이뤘다고 본 것이다.

한편 이승소가 진관사 주지와 나눈 교유의 정은 〈진관사 주지 명신明信이 부채를 보냈기에[津寬寺住持明信惠扇]〉에 자세한데, 오래도록 사귄 이들의 교유는 유불의 독특한 인연을 드러냈다.

일찍이 선원에서 시로 명성을 들었더니

깁부채를 보내 후한 정을 드러냈네

서로의 깊은 우정, 떨어져서 있는 걸 걱정 말고

삼생의 업 맺음 있다는 걸 부디 아시게나

한가로이 운림 속에 누운 게 제일 부럽거니

애 쓰면서 세상 그물 걸린 것, 매우 부끄럽네

어느 때 방장의 부드러운 말 듣고서

조계의 물 빌려 나의 티끌 갓끈 씻으려나

曾從禪苑聽詩名　紈扇今將寄厚情　莫訝論交達兩地　須知結業在三生

閑閑最羨雲林臥　役役多慙世網嬰　方丈幾時聞軟語　借曹溪水濯塵纓

삼각산 진관사津寬寺의 사명寺名은 원래 신혈사였다. 후일 진관사

진관사

라 개명된 것은 진관 승려와 대랑원군大良院君의 인연에서 비롯되었다. 바로 왕태후(경종의 비)가 자신의 소생을 옹립하기 위해 대랑원군을 죽이려 할 때 이런 사실을 미리 알아챈 진관이 대랑원군을 숨겨주어 화를 모면했던 것. 후일 개경으로 돌아가 현종이 된 대랑원군은 1011년 진관의 은혜에 보답하고자 신혈사 자리에 대가람을 세웠던 것이다. 후일 진관사는 1463년 화재로 소실되었다가 다시 중창된 것이 1470년의 일이다. 아마도 명신 승려는 진관사가 화재로 소실되기 이전에 주지를 지냈던 인물이 아닐까 싶다.

한편 이승소는 명신 스님과는 오랜 숙연이었던 듯하다. 그가 '서로의 깊은 우정, 떨어져서 있는 걸 걱정 말고, 삼생에 업 맺음 있다는 걸 부디 아시게나'라고 스스로 밝혔다. 더구나 부채는 단오절에 정 깊은 벗들이 주고받는 선물이다. 무더운 여름을 잘 지내라는 기원을 담은 정표였으니 이 또한 이들 사이에 있었던 교유의 정을 드러내는 대목이다. 서로 도움을 주고자 했던 이들의 유불儒佛 우정은 이승소의 『삼탄집三灘集』에 자세하다. 신숙주와 함께 『국조오례의國朝五禮儀』를 편찬했던 이승소의 시문에는 조선전기 사대가의 품격과 함께 인간의 소통은 무변無邊이어야 한다는 사실을 여실히 드러내고 있다.

보한재 신숙주

保閑齋 申叔舟

　　　보한재　신숙주(1417~1488)는　안견의
〈몽유도원도夢遊桃源圖〉에　찬문贊文을　올릴　만큼　시서詩書에　능했던
인물이다. 특히　송설체松雪體를　잘　썼다고　전해지는데, 이는　원대
조맹부趙孟頫(1254~1322)가　완성한　서체이다. 왕희지의　서체를　법
삼아　유려하고　굳센　서체를　만들었던　조맹부는　고려의　이제현李齊
賢(1287~1367)과　깊이　교유했다. 그러기에　조맹부의　아내　관도승
이　죽었을　때　이제현이　멀리　호주까지　문상을　갔던　것이니　그들
의　사귐은　신분과　나이, 학식과　국경을　초월했던　셈이다. 고려에
서　송설체가　유행했던　것도　이제현의　영향이　컸으니　신숙주가　송
설체를　잘　썼던　것은　조선전기　문화계의　흐름과도　밀접한　관련이
있었던　것이다. 신숙주의　자는　범옹泛翁이며, 호는　희현당希賢堂, 보
한재保閑齋이다. 그의　환로宦路는　우여곡절을　겪었다　하더라도　화려
한　전력을　거쳤다. 1438년　사마양시에　합격한　후　이듬해　친시문
과에　급제하여　전농시직장典農寺直長이란　벼슬을　얻었고, 1441년에
는　집현전　부수찬이　되었다.

　　그는　능력이나　경륜에　있어서도　큰　업적을　남겼지만　역사의　평

안견의 <몽유도원도>

가는 영달을 선택한 변절자로 폄하한다. 절개를 저버린 사람에 대한 세간의 평가는 이처럼 가혹한 것이다. 하지만 젊은 날 서장관으로 일본에 갔을 때 그의 문명文名은 일본에서도 자자하였다. 1450년 중국 사신 예겸倪謙과 사마순司馬恂도 그의 뛰어난 문재에 감동했다는 일화가 전한다.

그와 동시대의 인물 성삼문成三問(1418~1456)은 그와 함께 국가의 우수한 인재로서 발군의 실력을 드러냈다. 그러나 그들의 삶은 궤도가 달랐다. 그렇다면 절세의 충신 성삼문과 시류를 따른 신숙주의 인생은, 어려운 시대 상황을 살아야 했던 사람으로서의 선택인가 아니면 시절의 인연을 벗어날 수 없는 사람의 명수命數 때문인가. 결과적으로 그와 동갑이었던 수양대군首陽大君(1417~ 1468)을 만난 인연은 그의 운명을 바꾼 셈이었다. 세조가 왕권을 찬탈한 후, 그는 한명회와 함께 화려한 출세가도를 달렸다. 세조의 그에 대한 신임은 당 태종 때의 명신 위징魏徵(580~643)의 그것에 견줄 정도였다고 하니 임금의 총애 정도를 짐작할 수 있다.

한편 그는 훈민정음 창제에도 깊이 간여했으니 이는 출중한 언어 이해력 덕분이었다. 이 일로 훈민정음 창제에 큰 공을 세운 수미대사와도 깊이 교유했던 듯하다. 이러한 사실은 〈선종판사 수미壽眉를 전송하며 - 스님이 도갑사로 돌아갔다[送禪宗判事壽眉 師還道岬]〉에서 드러나는데, 신숙주는 이 시에서 다음과 같이 노래했다.

금성의 저녁 모습, 밥하는 연기도 끊어지고
도갑사의 가을 빛, 감잎마저 드물구나
원숭이와 학 같은 옛 벗, 다시 번뇌하지 마라
이제 늙은 선승, 이미 욕심이 없으리니
錦城暮色炊煙斷 道岬秋光柿葉稀 猿鶴舊遊休更惱 如今禪老已忘機

이것은 도갑사로 돌아가는 수미대사를 위해 쓴 일종의 전별시이다. 당시 수미대사는 선종판사라는 승과 벼슬에 있었으며 도갑사로 돌아가는 수미대사와의 이별을 담담히 그렸다. 금성은 지금의 나주지방이고 도갑사는 월출산에 위치한 절이다. 특히 이 시에서는 '원숭이와 학'의 고사가 눈에 띈다. 이는 『태평어람太平御覽』에도 소개되었는데 바로 '주나라 목공이 남쪽을 정벌할 때 전군이 전사하여 군자는 원숭이와 학이 되고 소인은 벌레와 물여우가 되었다[周穆公南征 一軍盡化 君子爲猿爲鶴 小人爲蟲爲沙]'라고 한 것에서 유래된 것이다. 그러므로 수미대사는 욕심을 잊은[忘機] 수행승이기 때문에 떠나보내도 근심할 것이 없다는 의미일 것이다.

한편 그가 교유했던 승려로는 일암과 수미대사, 학전學專 스님, 교종판사 해초절암海超絶菴, 그리고 일암의 제자 등이다. 그의 문집

『보한재집』에는 이들과 화운한 수편의 시가 남아 있다. 하지만 그는 조선전기 유학자들과는 다른 교유의 특성을 보인다. 바로 그가 교유했던 승려들이 일암이나 수미대사에 집중되어 있다는 사실이다. 그는 일암과의 첫 인연을 〈일암송당의 시권에 쓰다[一菴松堂卷記]〉에 상세히 수록해 두었는데 이를 소개하면 다음과 같다.

> 일암송당 전(專) 승려는 승려 중 우수한 사람이다. 내가 정통 임술(1442) 겨울에 와서 이백옥, 평양 박인수, 단계 하중장, 참령 성군보, 제군들과 임금의 명으로 복정산의 진관사에서 독서했을 때 전 상인 또한 먼저 (진관사에) 주석하고 있었다. 처음으로 함께 얼굴을 익혔는데 (전 승려는) 풍모는 맑고 여위었으며 마음은 훌륭하고도 밝았다. 우리 유가서(儒家書)에 대해서도 상당히 많은 책을 널리 읽었고 더욱이 시율에 달통하였다. 마침내 침소를 맡긴 어느 날 저녁에 시권을 내서 시를 구하였으니 그가 바로 천봉에 사는 (운명을 타고난) 일암 송당이다. 제군들은 이미 전 승려를 중히 여겨 모두 시를 지었고 상인은 나에게 기록하기를 부탁했지만 나는 여유가 없다고 거듭 사양하였다.
>
> 一菴松堂專上人 釋之秀者也 僕於正統壬戌之冬 與甄城李伯玉 平陽朴仁叟 丹溪河中章 昌寧成謹甫諸君 受命讀書于覆鼎山之津寬寺 上人亦先住錫 始與識面 道骨淸癯 精神秀朗 於吾儒書 亦頗步獵 而尤通於詩律 遂司寢處 一夕 出一卷求詩 迺千峯所命一菴松堂也 諸君旣重上人 皆有詩 上人屬僕記 僕敦讓未遑)

그가 일암 승려를 만난 것은 1442년 겨울 진관사에서다. 독서 휴가를 받아 진관사에서 머물렀던 듯하다. 당시 진관사 독서에는 신숙주뿐만 아니라 이백옥, 박인수, 하중장, 성군보 등이 참여했다. 그가 본 일암의 첫인상은 '풍모는 맑고 여위였으며 마음은 훌륭하고도 밝았다'고 하였다. 따라서 일암은 선승의 풍모를 갖춘 수행자였고 유가서에도 해박한 학승의 풍채를 지녔던 승려였음을 알 수 있다. 그와의 첫 만남 이후 신숙주는 일본에 사신을 떠났으며 외로운 타향에서 일암과 나눴던 청론淸論을 늘 그리워했다는 것을 알 수 있다. 그들이 다시 상봉하게 된 내력은 이렇게 이어진다.

십여 개월을 지나고 서울로 돌아온 즉 상인은 이미 개성의 흥교사로 옮겼다. 몇 날이 지나지 않아 상인이 새벽에 형문을 두드리니 그와 더불어 조용히 하루를 보냈다. 상인이 말하기를 그대와 이별한 지 3일이 지나 괄목상대하였다. 하물며 그대는 이미 나의 시권에 시를 썼으니 말할 것도 없이 (시축에 글을) 쓸 만하다. 내가 바야흐로 오래 이별하였다가 새로 만나니 기뻐서 거듭 사양하지 못한 채 그에게 말하기를 일암송당 승려이니 어찌 쉽게 말하랴. 그러나 짐짓 들으니 하늘은 변함없이 사시를 운행하여 만물을 변화시킨다고 한다. 사람은 한결같음으로써 만 가지 다름에 응한다 하니 지성이어야 그침이 없는 것이다. 지극하구나. 한결같음의 덕이여. 증자도 다만 진적력구(眞積力久, 참을 알고 실행하는 데는 오랜 시간이 걸린다는 뜻)의 여유를 들으셨으니 도리어 나는 어떤 사람이기에 말을 얻을 수 있는 것인가. 또 들으니 고인이 소나무를 논함에 하늘에서 수명을 받아 겨울이나 여름에도 푸르다 하니 대저 소나무는 여름에도 번성하지 않고 겨울에도 시들지 않고 사계절이 지나도 한결같으니 그 또한 한결같음을 얻은 것이로다. 사람도 혹은 미칠 수 없는 것이다. 유자와 승려도 일(一)의 뜻이 어찌 다르랴. 상인이 그 진실로 암자 하나, 집에는 소나무뿐임을 이른 것은 아닐 것이다. 그 끝까지 소나무에 웃음거리가 되지 말라. 일(一)은 이미 내가 말할 수 없는 것이니 법문의 불이(不二)의 설이다.

(經十餘月得還于京 則上人已移錫開城之興敎寺 不數日 上人晨扣荊門 與之從容竟日 上人曰 士別三日 刮目相待 況子旣詩吾卷 可無說以爲記乎 余方以久別新遇爲喜 不復辭 謂曰 上人一菴松堂 豈可易以言哉 然竊聞天得一以運四時 化生萬物 人得一以應萬殊 至誠不息 至矣哉 一之爲德也 曾子亦僅聞於眞積力久之餘 顧僕何人而可得言哉 又聞古人論松 受命于天 在冬夏靑靑 夫松不爲夏榮 不爲冬枯 貫四時而一節 其亦物之得一者歟 在人亦或有不能及者焉 儒之與釋 一之義何嘗異也 上人其毋苟爲菴一堂松而已爾 其毋終爲松所哄也 一旣僕所不得言 而法門不二之說)

그는 송당이란 당호의 의미를 소나무처럼 언제나 한결같음을 얻은 것이라 정의하고 있다. 따라서 그가 시축의 말미에 서문을 쓴 연유도 '유자와 승려도 일—의 뜻이 어찌 다르랴. 상인이 그 진실로 암자 하나, 집에는 소나무뿐임을 이른 것은 아닐 것이다'라 하였다. 이 당시만 하여도 그는 충절을 숭상하는 선비였던 것이다. 하지만 세조를 만나 그의 정치 이념을 따랐기에 상대적으로 부귀를 보장받을 수 있었지만 악평을 받게 되는 결과를 낳았다. 그의 다른 시 〈고산사의 시운을 차운하여[次高山寺詩韻]〉에서는 부생浮生의 득실은 말할 것이 없음을 노래한 적도 있었다.

나는 지금 불가의 승려가 되고 싶으니

반백 공명은 한 끼의 달콤함이라
별안간 오는 높은 벼슬, 평소의 바람이 아니었으니
부생의 득실이란 말로 허용하기 어렵네

我今欲爲佛和南 半百功名一餉酣 軒冕倘來非素願 浮生得失不容談

고산사의 학추學追 승려에게 써준 시이다. 이 시를 쓰게 된 내력이 부주附注에 다음과 같이 밝혀져 있다.

> 아들 형(泂)과 손자 종흡(從洽)이 성남 고산사에서 독서를 하였다. 하루는 시축 하나를 가져와 말하기를 '하동(河東)의 정상공(鄭相公)이 다시 고산사에서 노닐 적에 모두 시를 지었고 또 화답한 시도 있었습니다. 이 절의 승려 학추가 시축을 만들어 화답을 구했습니다' 하였다. 하동은 나의 은부(가르침을 받은 스승)이다. 시축을 보니 느낌이 있어 4절구를 지어주고 돌려보냈다.
>
> (子泂 孫從洽 讀書城南高山寺 一日持一軸來謁曰 河東鄭相公再遊於寺 皆有詩 亦有和者 寺僧學追爲之軸乞和 河東 我恩府也 見軸有感 爲和四絶還之)

그도 한때 하동에 위치한 고산사에서 독서한 듯하다. 그러기에 '하동은 나의 은부이다'라고 했을 것이다. 그가 '평소 높은 벼슬에 오르는 것은 자신의 바람이 아니었다'라고 한 것은 바로 '반백 공명은 한 끼의 달콤함'일 뿐이기 때문이었다. 이런 이치를 알았던 그였는데도 삶의 정도가 달랐던 연유는 무엇이었을까. 그의 고뇌가 무엇인지 궁금하다. 요즘 우리의 현실은 '한 마리 쥐가 세상을 놀라게 한다'는 말을 연상케 한다. 아무리 막강한 권력을 가졌더라도 한 끼의 달콤함에 지나지 않는 권력의 힘은 바로 모래성에 불과하다는 것을 얼마나 많은 선인들이 말했던가. 그러나 우리 주변에서 의리나 절제의 미덕을 들어본 지도 오래되었다. 지금 우리는 어디를 향해 달려가고 있는가.

경재 하연
敬齋 河演

　　　　　　　　조선전기의 문인 하연(1376~1453)은
조선이 건국된 후 성리학을 토대로 나라의 기반을 다지는 데 공
헌했다. 그의 자는 연량淵亮이고, 호는 경재敬齋 또는 신희옹新稀翁
이라 했다. 어린 시절부터 목은 이색(1328~1396)과 야은 길재
(1353~1419)에게 뛰어난 필법과 재주를 인정을 받았으며, 대학자
정몽주의 문하에서 성리학을 공부했다. 그의 집안은 대대로 고려
의 은택을 입었는데 조선이 건국되자 부친 하자종河自宗(?~1433)
은 두문동에 들어가 절의를 지키고자 하였다. 그러나 아들 하연
이 식년문과에 급제, 봉상시 녹사에 중용되자 마음을 바꾸어 조
정에 나아가 공조참의를 제수 받았으니, 이는 고려왕실에 대한
변절이 아니라 진퇴를 고뇌했던 당대 문인들의 어려운 입장을 짐
작하게 한다.

　　알려진 바와 같이 조선초기 신진사대부들은 혼탁한 세상을 개혁
하여 태평성대를 구현하고자 하였다. 성리학은 새 왕조를 건설하
는 정치적 이념으로서 가장 참신한 이상을 구현할 수 있는 방책이
었다. 이를 주도했던 정도전, 하륜, 권근 등 신진사대부들은 사회

적 개혁과 함께 성리학을 정치의 이념으로 정착시키고자 하여 집현전, 홍문관을 중심으로 수많은 서적을 편찬하였다. 당시 『대학연의』나 『성리대전』을 집중적으로 강의한 것은 시대의 조류를 반영한 것이라 할 수 있다.

수신修身과 치국평천하治國平天下는 선비의 궁극적 목표였다. 그러기에 그 또한 벼슬에 나아가 선공후사先公後私를 실현하고자 하였다. 물론 이런 뜻이야 이미 스승인 정몽주에게서 그 실천적 덕목을 배웠을 것이다. 하지만 조선 초 정치적 상황은 혼란스러웠다. 정몽주의 죽음과 두문동으로 은둔한 조부와 부친에게 닥친 정치 현실은 그에게 충격적인 일이었을 것이다. 하지만 하늘이 낸 나라의 동량에겐 어려움을 극복하게 할 조력자도 나타나는 법이다. 바로 권근의 문인門人 강회백姜淮伯(1357~1402)이 그런 인물이었다. 그가 하연에게 '공은 좋은 벼슬을 하여 나라에 큰 정승이 될 것이니 향곡鄕谷에서 늙을 사람이 아니다'라고 한 말은 이미 하연의 품재와 시절의 흐름을 간파하고 내린 결론이었을 것이다. 아무튼 그가 원칙과 소신을 지켰던 관료로서 영의정에 오른 것이나 안견의 〈몽유도원도夢遊桃源圖〉에 찬시를 지었던 경력은 강회백의 예견이 적중된 것이라 하겠다.

한편 하연의 환로는 화려하였다. 1402년 사헌부 감찰에 임명되었고 1414년에는 사헌부 장령이 되었다가 2년 후 사헌부 집의에 임명되었다. 1445년에 좌찬성을 거쳐 우의정에 올랐다가 1449년 영의정에 임명되었다. 특히 그가 맡았던 사헌부는 나라의 기강을 세우는 관청이다. 그가 장령에서 집의에 승진된 것도 청렴과 원칙, 강직한 그의 품성을 반영한 결과일 것이다. 특히 태종은 강직한 그의 성품을 익히 알던 군주였다. 친히 그의 손을 잡고 '경이 사헌부에 있을 때 홀로 그 직분을 다했으니 그때부터 내가 알았다'라고 한 것은 왕의 신임을 드러낸 말이다. 그가 승정원 동부대언에 제수될 재목임을 알았던 태종이나 지신사로 임명한 세종 또한 그의 신중한 처신을 깊이 신뢰했던 것이다.

그가 불교의 폐단을 지적하고 개혁을 강조한 것은 1423년 대사헌으로 있을 때의 일이다. 여기서 잠깐 그가 지적한 당시 불교의 폐단을 살펴보자. 첫째, 백성은 기아를 면치 못하고 있는데도 놀고먹는 승려들이 있고, 어려운 백성을 꾀어 먹을 것을 빼앗는다. 둘째, 사원의 토지는 넓은데 그 안에 살고 있는 승려들의 수가 지나치게 적으며, 좋은 토지가 버려져 있는 현실적 폐단이 있다.

결국 그의 생각은 사원에서 소유한 대규모 사전寺田으로 인해 백성들이 고통을 받는다는 것이며, 세금이나 부역이 면제된 승려들이 무위도식無爲徒食 하는 폐단을 시정하여 불교계의 방만한 폐단을 개혁하자는 것이다. 그의 〈척불소斥佛疏〉의 일부를 살펴보면 다음과 같다.

> 옛날 당 고조는 사문을 싫어하여 장안에 다만 2곳의 절과 각 주에 각각 한 곳만을 남기고 나머지는 모두 폐지하였습니다. (중국은) 천하가 크고 사해가 넓은데도 오히려 또 이와 같이 하였거늘 하물며 우리나라의 땅은 작은데도 많은 절집을 남겨두고 이에 따른 사전 (寺田)을 넘치게 두는 것이 어찌 마땅한 것입니까. 신은 엎드려 바라건대 선왕의 유지를 잘 이어서 이단의 무리를 배척하시고 한양에 있는 사찰은 다만 2곳만을 남기고 각도에는 각각 2~3곳을 넘지

않게 하시고 이어 시행했던 법을 파기하셔서 승직의 비답을 내리지 마십시오. 위에 올린 소를 아래에서 의논했더니 대신도 개혁하는 것이 마땅하다고 합니다. 이는 그 의논한 것을 올립니다. 아울러 조계, 화엄 칠종은 선교양종으로 합하게 하시고 한양 이외에는 다만 36사만 남겨두시고 사전은 헤아려서 주시고 나머지는 모두 파기하십시오.

(昔唐高祖惡沙門 京師只留寺二所 諸州各留一所 餘皆罷之 以天下之大 四海之廣 尙且如此 況我國壤地褊小 豈宜多置寺宇 濫屬土田乎 伏望殿下善繼先王之志 排斥異端之類 於京師只留二所 諸道各不過二三所 仍罷試選之法 勿下僧職之批 疏上 下其議 大臣亦以爲革之宜 上是其議 幷漕溪華嚴七宗 合爲禪教兩宗 京外只留三十六寺 量給田土 餘悉罷之)

이 〈척불소〉는 그가 1423년 올린 상소문의 일부이다. 세종은 그의 상소를 받아들여 조계, 화엄 7개 종파를 선교 양종으로 통합하였고 36본산으로 통합하였으며 사원의 토지와 노비를 환수하는 조치를 내렸다. 이외에도 그는 1451년 문종이 대자암大慈庵을 중수하려고 하자 이를 반대하여 벼슬을 반납하는 결단을 보이기도 하였다. 이처럼 그가 불교의 폐단을 지적하고 개혁하는데 적극적이었지만, 이는 그의 정치적인 입장이었다. 그가 상당수의 수행자들과 교유했던 흔적도 또렷이 남아 있다. 우선 〈중흥사 감鑑 스님의 시축에 차운하여[次重興鑑上人詩軸韻]〉를 살펴보면 다음과 같다.

옛사람 뜻에 따라 승방에 묵었더니
어찌 중흥사만 큰 언덕으로 막혔는가

이 뒤에 만약 조정에서 휴가를 받으면

함께 양지 바른 창가에서 시축을 펴보리

昔人隨意宿僧房 胡乃重興隔大岡 從此若乘朝暇日 共開黃卷面牖陽

아마 감 스님은 중흥사의 원로 스님일 터이다. 그 또한 선배들
처럼 승방에 찾아갔지만 중흥사의 감 스님을 만나지는 못했던 듯
하다. 아쉬움을 뒤로하고 다시 후일을 기약했던 건 바로 양지 바
른 승방의 창가에서 서로의 시를 화답하고 싶기 때문이었다. 당
시 관료문인이나 승려들의 소통 언어는 시였다. 각자의 속내를
담아낸 시구詩句는 서로의 정치적 입장을 떠나 인간적인 따뜻한
배려와 이상을 담아냈을 것이다.

아무튼 중흥사는 그가 자주 출입했던 사찰이었던 듯, 다시 〈중
흥사 주지 성유省柔가 건포도를 보냈기에[重興寺住持省柔送乾葡萄]〉라는
시에서 건포도를 맛본 후의 감흥을 이렇게 노래했다.

자색 빛 둥근 건포도, 극치의 향기와 단 맛이라

(건포도) 씹자 가슴이 맑아지고 머리도 맑아지네

유연하게 갑자기 시가의 흥이 일어나니

바로 산중엔 팔월 가을이라

味盡香甘色紫球 嚼來淸膈更淸頭 悠然忽有詩家興 政是山中八月秋

우리나라에 포도가 들어온 것은 고려, 혹은 조선초기라고 한다.
당시 포도는 귀한 물품이었을 법한데 건포도를 보낸 것이다. 그
런데 건포도의 일미一味는 향기와 단맛이었던지 '(건포도) 씹자 가

습이 맑아지고 머리도 맑아지며 유연하게 갑자기 시가의 흥이 일어난다'는 것이다. 더구나 가장 달이 밝은 8월의 산중에서 보낸 선물임에랴!

중흥사 주지 성유 스님이 보낸 건포도는 그의 시흥을 북돋게 한 쾌거의 선물이었던 셈이다.

이뿐 아니라 산승山僧이 보낸 햇차도 그의 성정性情을 일깨웠다. 싱그러운 햇차의 향기, 산승의 깊은 우정의 일단을 보여 준 시는 〈지리산 산승이 햇차를 보내와서[智異山僧送新茶]〉이다.

진주의 풍미는 납일 전의 봄이라
지리산 아래 초목들도 새싹이 돋겠지
곱고 푸른 차 달이니 더욱 좋아서
맑은 색과 뛰어난 향기, 맛은 더욱 진기하네
晉池風味臘前春 智異山邊草樹新 金屑玉糜煎更好 色淸香絕味尤珍

진주는 차의 산지이다. 더구나 납일 전에 딴 햇차였으니 납일은 음력 12월 말 즈음이다. 양력으로 환산하면 1월 말이나 2월 초다. 지리산은 겨울에도 칡꽃이 피는 곳이다. 따라서 지리산 산승이 사는 곳은 쌍계사나 화계사, 아니면 지리산 깊은 산중에 위치한 암자일 터이다. 그가 보낸 차는 맑고 그윽하여 진기함을 더한 차였으니 차를 맛본 그의 시흥은 도도해졌을 것이다.

그는 거울에 비친 자신의 흰 수염을 보고 혹시 불로장생을 꿈꿨던 것은 아닐까. 그의 〈차노두황사탑전절구次老杜黃師塔前絕句〉는 다음과 같다.

『경재집』 목판

　　일월은 서쪽으로 날아갔다가 다시 동쪽으로 돌아오니
　　푸른 버들 풍요로운 풀, 그리고 따뜻한 바람이라
　　맑은 거울에 비친 흰 수염, 놀라지 마라
　　다만 술로 젊은 얼굴이 붉어지길 바라네

　　日月西飛更復東　綠楊豐草又薰風　莫將淸鏡驚鬚白　只要蒼顔得酒紅

　　해와 달이 오고감은 엄연한 원리이며 사시四時의 운행 또한 그
렇다. 사람의 생애도 마찬가지일 것이다. 그러므로 봄날 같은 청
년기가 지나가면 어김없이 찾아오는 건 늙어간다는 사실이다. 그
또한 거울에 비친 자신의 모습을 보고 이미 서리가 내린 듯한 흰
수염에서 느끼는 허무감을 담담하게 드러냈다. 그런 모습에 놀라
지 말라는 그의 의연함은 어디에서 오는 것일까. 아마 황黃 스님
의 탑전에서 무상無常의 소식을 들었던 것일까. 술을 빌미로 창백
한 얼굴이 붉어지기를 바라는 해맑은 그의 심사를 곁에서 듣는

듯하다.

그가 경상도관찰사로 있을 때 편찬한 『경상도지리지』는 후일 『세종실록지리지』를 편찬하는데 영향을 주었다고 한다. 이외에도 『진양연고晉陽聯藁』를 편찬했다. 그의 문집 『경재집敬齋集』은 후손 하곤이 『진양연고晉陽聯藁』에 편입하여 1609년에 간행했다.

용헌 이원
容軒 李原

조선전기의 관료문인 이원(1368~1429)
은 건국 초기 국가의 기틀을 다지고 제도를 정비하는데 공헌한
인물이다. 그는 다수의 승려들과 교유하였으며 수행승의 시축에
화답시를 남겼으니 이는 척불斥佛이 소명처럼 인식된 시기에 유불
교유가 이어졌던 정황을 드러낸 것이라 하겠다. 그의 자字는 차산
次山이며, 호號는 용헌容軒이다. 저서로 『용헌집』과 『철성연방집鐵城
聯芳集』을 남겼다.

이원의 집안은 삼대에 걸쳐 번영을 누렸던 가문이다. 특히 조
부 이암李嵒(1297~1364)은 재상을 역임했던 인물로 동국의 조자앙
趙子昻이라 칭송될 만큼 예서와 초서에 능했으며 묵죽을 잘 그렸
다. 그의 부친 또한 밀직제학을 역임하는 등 공민왕의 두터운 신
임을 받았다는 점에서 그의 가풍家風을 짐작하게 한다. 그러나 이
원은 태어난 지 석 달 만에 아비를 여이고 매부 권근權近의 문하
에서 공부했는데 날로 진취함을 드러내자 '우리 장인이 죽지 않
으셨다'라고 하였다.

『국조인물고』에 의하면 그가 진사과에 합격한 것은 15세이며,

1385년 문과에 급제했다. 당시 주시관主試官이었던 정몽주가 그를 보고 '문경공(이원의 아버지)의 재주와 덕이 크게 시행되지 못하였는데 이제 이런 아들이 있으니 하늘이 보답하여 베풀어 주심이 참으로 징험이 있구나'라고 한 점으로 보아 그의 부친 또한 범상한 인물이 아니었던 듯하다.

그는 1388년 사복시승司僕寺丞에 제수된 후 공조工曹와 예조禮曹의 좌랑佐郎 및 병조정랑兵曹正郎에 임명되었다. 조선이 건국된 후에도 능력을 인정받아 사헌부 지평持平과 시사侍史를 맡았다. 이뿐 아니라 정종定宗 때 우부승지右副承旨에 올랐다가 태종이 즉위한 후에는 공신녹권功臣錄券을 하사받는 등 순탄한 환로宦路를 달렸고 세종 때에는 우의정에 발탁되는 은택을 입었다. 특히 그가 중국에 사신으로 갔을 때 그의 아름다운 수염을 본 황제가 '황염黃髯(황금색 구레나룻)의 재상은 뒤에 다시 와야 한다'라고 했다는 사실은 『국조인물고』에서 확인할 수 있다.

하지만 그의 삶에도 기복이 있었다. 조선 건국 초 2차 왕자의 난에서 방원을 도와 좌명공신佐命功臣 4등에 책록策錄되었고 철성군鐵城君에 봉해졌던 그였지만 많은 노비를 불법으로 차지했다는 사헌부의 탄핵은 그의 몰락을 예고했다. 결국 공신녹권功臣錄券이 박탈되고 여산礪山으로 유배되어 생을 마쳤으니 당시 신구파의 정치적 갈등뿐 아니라 말년이 순탄치 않았던 그의 삶의 일단을 보여주는 일이었다.

무엇보다 정무에 관대하여 경장更張을 좋아하지 않고 대체大體를 지켰던 그는 상대적으로 그를 시기하는 무리들이 많았다. 그에게 누명을 씌우려는 무리들이 있을 때마다 태종은 친히 그의 누명을 벗겨 주었지만 그를 시기하는 무리들의 참언은 계속되었다. 결국 그가 참언을 견디지 못하고 여산으로 귀양 가는 정도에 그친 것은 세종의 배려가 있었기 때문이다. 세종은 큰일이 있을 때마다 '철성鐵城(이원)이 있으면 반드시 잘 처리할 것이다'라고 말했다고 한다. 그러므로 세종은 그를 해배시켜 정승에 임명하고자 했지만 시기하는 자들에 의해 번번이 저지되었다. 따라서 그가 유배지에서 죽음을 맞은 것은 그의 숙명인지도 모른다.

한편 도량이 넓고 충직했던 그의 성품은 『국조인물고』에 자세한데 그 내용은 다음과 같다.

> 공은 도량이 넓고 성품이 충직한데다 바른 학문을 더하였으므로, 그 논의에서 나타내고 사업에서 조처하는 것이 대단히 볼만하였다. 평생 남과 말할 때에 속이고 꾸민 적이 없고 또 모가 나서 스스로 남과 다른 체하지 않았으나, 큰일에 임하여 결단하게 되면 확고하여 동요하지 않는 것이 산악(山岳)처럼 우뚝하였다. 전주(銓注)를 맡은 10여 년 동안에 현명하고 재능이 있는 자를 선발하되 사심으로 관직을 주거나 빼앗지 않았으므로 원망하는 말을 하는 사람이 없었으니, 참으로 태평재상(太平宰相)이었다.

그는 강직했고 원칙을 준수했다. 평생 남을 속이지 않았으니 선비의 기상이 준절했고, 평탄했던 인물이었던 셈이다. 그를 따르던 사람들은 참으로 태평성대를 구가할 시절의 재상이었지만 세종의 유신 정치를 돕지 못한 것을 못내 아쉬워했다.

한편 그가 승려들과 교유했던 자취는 『용헌집』에서 확인된다.

우선 그가 유람했던 사찰은 평양에 위치했던 망일사와 보흥사, 강원도의 법천사, 흥천사興天寺, 장단 영통사, 회암사檜巖寺, 인왕사 등이다. 또 그와 교유했던 승려들도 일운 스님과 인왕사의 장로, 염 스님 등 다수의 인물이 거론된다. 특히 그와 깊이 교유했던 일운一雲 스님과의 우정은 〈기일운상인寄一雲上人〉에서 잘 드러난다.

> 법천사는 앙암(仰巖) 동쪽에 있는데
> 치악산은 드높이 반쯤 허공에 걸렸네
> 어느 날 한가로이 시골집에 돌아가서
> 분향하고 마주하여 솔바람 소리를 들을까
>
> 法泉寺在仰巖東 雉岳山高倚半空 何日閒尋田舍去 焚香相對聽松風

　　법천사는 강원도 원주지역에 있는 사찰이다. 신라 성덕왕 때에 창건되었고, 고려 문종 때 지광국사智光國師가 머물며 큰 가람을 형성했다고 한다. 임진왜란 때 전소되어 절터만 남았다. 지금도 지광국사현묘탑비와 당간지주가 남아 있어 이 절의 위용을 짐작케 한다. 이원은 바로 이 법천사의 일운 스님과 사귀었던 것이다. 일운 스님은 흥천사興天寺의 사리탑 중창을 기념하는 경찬법회를 주관했던 고승이다. 이원은 '어느 날 한가로이 시골집에 돌아가서, 분향하고 마주하여 솔바람 소리를 들을까'라고 하였으니, 솔바람 소리는 바로 찻물이 끓는 소리를 의미한다. 따라서 이들의 교유는 차로써 더욱 돈독해졌음을 알 수 있다. 한편, 인왕사 장로 스님의 시권에 써준 그의 시 〈제인왕장노시권題仁王長老詩卷〉에는 이런 내용이 보인다.

법천사지

봄이 되니 한가한 날 많아서
앞길 물어 절간을 찾아가네
소나무 그림자에 누대가 고요하고
강물 소리에 절간이 맑구나
이제부터 결사를 함께하여
여기에서 불법을 배우리라
관직을 가벼이 여겨서가 아니라
물외의 정을 금할 수 없기 때문이네

乘春多暇日　尋寺問前程　松影樓臺靜　江聲院落淸

從今同結社　坐此學無生　不是輕軒冕　難禁物外情

　그가 인왕사 장로 스님의 시권에 이 시를 쓸 무렵에는 척불斥佛

의 거센 물결이 일기 전인 듯하다. 그러므로 '이제부터 결사를 함께하여, 여기에서 불법을 배우리라'라고 했던 것이다. 그러므로 스님과의 교유를 끊을 수 없다는 것이다. 나아가 그는 결사만 할 수 있다면 벼슬길의 부침마저 다 버릴 수 있다는 의지도 드러냈다. 이는 〈장단 영통사의 시에 차운하여[次長湍靈通寺韻]〉란 시에서 확인된다.

한가로이 절을 향해 도림(道林)을 찾아가니
시내 따라 오솔길이 솔숲으로 나 있네
오관산은 바람과 안개 띤 채 예스럽고
대각국사비 기울었으니 세월이 오래됐구나
삼보의 마음은 불경 계율 교화이고
노승의 설법은 과거 미래 현재라네
만약에 결사하여 이곳에 눕는다면
벼슬길의 부침(浮沈)도 다 버릴 수 있다네
開向招提訪道林 緣溪小逕出松陰 五冠山擁風烟古 大覺碑橫歲月深
寶字念心經律化 老僧讀法古來今 若爲結社亭中臥 一任名塗昇與沈

그가 찾아간 장단의 영통사는 오관산에 위치한 절이다. 이 절에 대각국사비가 있었다는 것으로 보아 대각국사가 수행했던 절인 듯하다. 그러나 그가 영통사를 찾아갔을 무렵에는 이미 비가 기울어져 있었던 듯하니, 세월은 이처럼 무상한 법이다.

한편, 노승의 설법은 삼세일여三世一如의 법도가 명백하니 그가 영통사를 찾은 이치도 이를 깨치기 위함이었던가. 그러기에 '만약에 결사하여 이곳에 눕는다면, 벼슬길의 부침浮沈도 다 버릴 수 있다네'라는 결의를 보인 것이리라. 아무튼 이런 결연한 의지가 있었던 그도 왕조의 변화를 거역할 수는 없었을 것이다. 더구나 고려의 유신으로 건국의 기틀을 만드는 데 기여했던 그였으니 말이다. 왕자의 난에 방원의 정치적 노선을 따랐던 그였고 세종 때에는 높은 벼슬에 있었기 때문에 그의 불교 혁파 상소는 당연한 일이었는지도 모른다.

그의 정치적 명분은 분명했지만 이런 상황에서도 그의 유불교유는 이어졌으니 이는 〈기백운산염상인寄白雲山焰上人〉에서 확인된다.

> 몇 자 편지, 아득히 속세에 전해져서
> 스님께서 백운산에 계신 것을 알았네
> 눈 깊은 계곡 길에 지나는 이 없어서
> 솔 아래 바위문은 항상 닫혀 있겠지
>
> 隻字遙傳落塵寰 知師住錫白雲山 雪深溪路無人過 松下巖扉盡日關

염焰 스님은 백운산에서 수행하는 고승이다. 이들의 교류가 얼마간 뜸했던지 염 스님이 백운산에서 수행하고 있다는 사실을 스님이 보낸 편지에서 알았다는 것이다. 백운산은 깊은 산중이다. 한겨울 눈까지 덮였으니 더욱 인적이 드물었을 터이다. 그러므로 솔 아래 사립문이 닫혔을 것이란 말에서 염 스님이 선승임을 짐작할 수 있다.

고려 말에서 조선 전기의 격동기를 살았던 이원은 승려들과의 교유에서 어떤 위안을 받았으며 무엇을 소통했던 것일까. 아마도 학문적 성향이나 정치, 이념, 가문, 신분은 다르다 할지라도 이들 사이에 오간 것은 따뜻한 인간애가 아니었을까. 사람을 위한 학문, 사람을 위한 종교, 사람을 위한 정치만큼 값진 것이 어디 있으랴.

조선의 선비 불교를 만나다

초판 1쇄 인쇄   2017년 4월 12일
초판 1쇄 발행   2017년 4월 19일

지 은 이   박동춘
펴 낸 이   김환기
펴 낸 곳   도서출판 이른아침

주   소   경기도 파주시 회동길 445-1 경인빌딩 B동 402호
전   화   02)3143-7995
팩   스   02)3143-7996
출판신고   제406-2003-00324호
이 메 일   booksorie@naver.com

ISBN 978-89-6745-070-0 03810
© 박동춘, 2017

값 18,000원